BEN AARONOVITCH

倫·敦·探·案

4

天空塔
黑巫再現

班恩·艾倫諾維奇——著

林詔伶——譯

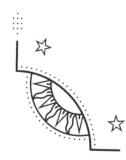

BROKEN
HOMES

各方推薦與媒體書評

透過一樁樁謀殺與打鬥，讓你情不自禁地愛上書中性格黑暗又帶點漫畫風格的角色。

——《週日快報》

機智、風趣，一票活潑生動的角色，曲折跌宕的情節足以讓推理小說迷為接下來的故事走向猜個不停。

——《出版人周刊》

就我長時間閱讀的經驗來說，這是最具娛樂性的一本小說。……既有趣、又聰明，作者寫得棒極了！

——知名書評人南希・珀爾

新奇有趣、原創力十足的美妙閱讀滋味，我超愛這個系列！

——《南方吸血鬼》（噬血真愛）系列作者莎蓮・哈里斯

作品中充滿了巧妙的細節與奇想……班恩・艾倫諾維奇是個值得關注的未來之星。

——《北方大道》作者彼德・漢彌頓

不論是喜愛現代都會設定的奇幻小說粉絲、英國犯罪推理擁護者、或是對倫敦歷史深感著迷的讀者，這本小說加上系列前面的作品，肯定讓你願意從第一頁緊追到最後一頁！

——Book Zone's Big Brother 書評網站

大抵是長大後的哈利波特加入倫敦警隊調查魔法犯罪的故事吧。非常熱鬧、想像力極度活躍的冒險。

——《異鄉人》作者黛安娜·蓋伯頓

《CSI犯罪現場》與《哈利波特》的完美結合。

——專業科幻網站io9

艾倫諾維奇創造了一個歡樂的角色葛蘭特，這傢伙幽默風趣、思路敏捷，營造出再好不過的開場，足以預見這系列冒險故事能長長久久地寫下去。

——SFrevu.com

機智聰慧、情節流暢，書寫生動且一讀就上癮！

——《泰晤士報》

這本書獻給所有挺身而出去奉獻的人，
不論是為了什麼事、也不論他們所做的事有多麼渺小。

住宅問題是時代的問題。今日社會的平衡取決於此。在這個重建的時期，建築的首要任務就是帶來價值觀的修正、房屋構成要素的修正。我們必須創造大規模生產的精神。

——勒·柯比意[1]

1 Le Corbusier，原名Charles-Édouard Jeanneret，二十世紀最重要的建築師之一，被稱為「功能主義之父」，致力於讓居住在擁擠都市的人們有更好的生活環境。

1 完美的人魔

十一點二十三分，羅伯．威爾駕駛他於〇三年下半註冊的Volvo V70橫越連接豌豆湯村的橋梁，行經這個有著不可思議名稱的英國村莊，以及同樣名為豌豆湯的公路服務站。我們之所以知道確切的時間，在於高速公路管理局的攝影機在這裡拍到了他。儘管下著雨、能見度很差，幾幅強化處理後的關鍵影像仍清楚地顯示，羅伯．威爾獨自坐在車內的駕駛座上。

事後發現，羅伯．威爾的駕駛方式看起來過於慎重到令人起疑，他在環形交叉路口左轉，開進圍繞服務站而彎曲的環狀道路，從正好跨過M23公路上方的第二座橋開往克勞利。這裡是個複雜的十字路口，自高速公路交流道來的車流在此與通過橋上的車流交會——由交通燈號控制，以防止事故發生。我們無從知曉為何羅伯．威爾要闖過那些紅燈。一些人相信那是一種求救的呼喊，無意識地希望自己被攔下來。其他人則說他趕著回家，於是冒了計畫中的風險，但這無法解釋當他闖紅燈時，那每小時三十英哩、不慌不忙的行車速度。我認為他是全心專注在保持合法的車速，避免引起注意，因此甚至沒留意到那些燈號——他一定心事重重。

我們不知道艾倫．弗洛斯坐在他車齡五年的Vauxhall Corsa中，以大約時速五十三英哩開上高速公路交流道、並轉了個直角朝羅伯．威爾駛來時在想什麼。燈號顯示他可以通過，因此他持續往左靠，中途穿越十字路口，就這樣側面撞上羅伯．威爾的Volvo前方副駕駛座車門。薩塞克斯警方的撞擊事故鑑定小組事後判定，兩輛車在相撞之前都沒有減速或嘗試閃避，這讓他們推斷在天色黑暗和下雨的狀況下，兩名駕駛均未意識到對方的存在。

撞擊力將Volvo推到了長滿草的路肩，碰上防撞護欄後幾乎立刻停了下來。Vauxhall則以近兩倍的速度移動，在溼滑的狀態下旋轉了好幾次，接著不斷翻滾，更進一步往前衝撞一整排樹木。警方確認，雖然一開始安全帶和安全氣囊拯救了艾倫．弗洛斯的性命，不幸的是，由於車子翻覆令安全帶失去作用，使得他撞上車頂，折斷了脖子。

第一名出現的警察是警員茉琳．史萊特，隸屬位於克勞利附近的北門警局。她正在北方不到一公里處獨自巡邏，儘管天氣條件十分惡劣，她仍趕在兩分鐘之內抵達現場。沒有什麼事比在快速道路上處理一場交通事故能使更多警察喪命或受傷，所以她做的第一件事就是將緊急應變警車停在十字路口的阻擋位置，同時把車上的長條警示燈、頭燈和故障指示燈全部打開。然後，依靠著這簡陋的保護來阻止此處的瘋狂夜間駕駛，她先冒險走向Volvo，發現到虛弱但仍有反應的羅伯．威爾，接著在Vauxhall中找到毫無生氣、明顯死亡的艾倫．弗洛斯。她用手電筒快速掃視，確保沒有其他乘客被拋進前方的灌木叢邊，便返回羅伯．威爾身邊看看自己是否能幫上忙。正是由於這點，我敢說史萊特警員她一定受夠了這個名字，她得證明自己是個真正的員警，而非只是駕駛技術優良的制服衣架子。

Volvo V70是一輛大型休旅車，撞擊力道使得後車箱門彈了開來。交通警察的傳言中充斥許多未繫好安全帶的寵物、老人甚至是小孩被甩出車子後方的可怕故事，於是史萊特警員認為她應該檢查一下。

她立刻辨識出側板上的血跡，新鮮得仍在手電筒的光線下閃耀。血量不算太多，但足以引發她的關切——她徹底搜查，可是車輛後方或周遭十公尺的範圍內都沒有人。

當交通警察駕駛BMW520休旅車姍姍來遲時，她已經完成了搜索，車上載滿路障、警示燈和足夠在蓋威克機場搭建第二條跑道的反光標誌。他們迅速隔離出車道，讓車流再度安全地通過。一輛救護車隨後很快抵達，利用緊急救護人員緊張地關注羅伯．威爾之際，史萊特警員趁機搜查了他前座置物箱內的登記文件。救護車離開前，史萊特爬上後座，詢問羅伯．威爾車內是否還有其他人。

「他絕對是十分驚恐。」後來她告訴警探。「他不僅被這個問題嚇壞了，而且知道我是警察後甚至讓他更加害怕。」

警界有句箴言：所有民眾多多少少都做過一些違法犯紀的事，只不過某些民眾犯了較一般人更多的過錯。就在救護車擺脫M23公路上的車陣前往雷德希爾的傷員中心時，史萊特警員一直緊跟在後。她一邊開車，一邊透過無線電建議警力派遣控制組的勤務督察找刑事偵緝科來看看。沒有什麼事能夠在凌晨兩點鐘迅速完成，因此當來自附近的克勞利警局警探認為這件事足以驚動他的偵緝督察時，已經是黎明時分了。

他們跺著腳，咒罵那些在交通延誤時狂按喇叭又發牢騷的早晨通勤者，並決定這是個值得讓別人來處理的問題。這樁案件便轉到了薩塞克斯和塞里警方聯合重案小組，因為這就是他們負責的業務。

要想強迫一位資深的偵緝督察長離開他舒適溫暖的床鋪，需要的不止是一點謎團而已，當被指派的高階刑偵長道格拉斯．曼德利抵達辦公室時，他已經派了兩名倒楣的探員到現場去，一名探員前往西塞里醫院接替史萊特警員，而他的辦公室主管也已啟動福爾摩斯系統，並為行動指派了一個名稱：「塞利克」。

道格拉斯．曼德利絲毫察覺不出，一旦羅伯．威爾的名字輸入福爾摩斯，就會觸發我誘騙技術支援部門的一名文職技師幫忙安裝的程式，發送一封電子郵件到我的電腦。然後我的電腦會傳訊至我的手機，發出「叮」的一聲，就在我跟托比外出到羅素廣場散步的此時。

雖然說是散步，實際上我們兩個已經穿過稀疏的冬季細雨，溜進公園裡的咖啡館，我喝咖啡、托比吃蛋糕。我可以在手機上盡可能查看細節，但此處的安全性不足以處理如此敏感的事件，於是我們又踩著水回到浮麗樓。為了節省時間，我們繞過後門，穿越後方庭院爬上戶外的螺旋梯，到車庫上方的改建閣樓。我在那裡放置了電腦、電漿電視、音響系統，以及所有其他二十一世紀生活的配備，出於某種理由，我不敢把這些配備留在浮麗樓裡。

聖誕節過後，我請我的表兄弟歐比在門上安裝一具主電源開關。它能切斷閣樓裡每一樣電器的電源，除了電燈以外——這在生態意義上非常友善，那卻不是我安裝它的原因。事實是，當你使用魔法的時候，附近任何最靠近的微處理器都會爆裂，而且現今幾乎每一樣有開關的物品都有一個微處理器，很快就會成為昂貴的開銷。如今，我做了一些實驗後發現先前提到的晶片必須在接通電源時才會故障，因此得關上開關。

我確認歐比選了一具老式的撥動開關，費勁到足以防止任何隨意的使用。那天早上當我伸手要扳動開關的時候，我發現它已經打開了。我知道這不是我做的，過了一年被魔法炸到一團糟的生活後，讓我對這些事情非常講究。也不會是萊斯莉，因為她目前正在醫院進行另一場臉部手術。我知道納丁格爾偶爾會偷溜上來私自看橄欖球賽轉播，所以有可能是他。

我一進到室內，托比就甩著牠的溼狗毛，然後躺我的腳下；我開啟作為我們AWARE終端機使用的戴爾電腦，它發出一封電子郵件提醒我應該在兩週內進修我的警員安全課程，也重新確認了要我查詢福爾摩斯上的塞利克行動的通知，可是系統卻不讓我進行讀取。我考慮使用納丁格爾的授權卡登入，那似乎可以讀取每份資料，不過最近當局對於未經授權就進入資料庫這種事很敏感。所以我問自己，在這種情況下萊斯莉會怎麼說，當然是**打電話給案件調查本部啊，笨蛋！**

於是我行動了，十分鐘後，我與重案小組的辦公室主管通電話，並急忙把這一切告訴納丁格爾——走出門的時候，我還特別記得把主開關給關上。

一個小時後，我們開著捷豹往南邊前進。

納丁格爾讓我開車，這是件好事，雖然在我完成倫敦警察廳的進階駕駛課程前，他仍舊不會讓我獨自駕駛捷豹。我已經報名了，但麻煩的是，幾乎每一個倫敦警察廳的警員都想上這個課程，而自治市行動組那些開緊急應變警車的男女賽車手們有優先權。我應該能在六月開始的課程有個位子。在那之前，在我發動直列式六缸引擎、遵守M23公路時速七十六英哩限制的同時，我得安分地受人監督。她毫不費力地以這個速度奔馳，就一輛幾乎和我母親一樣老的車子來說，算是相當不錯。

「他在泰本給我們的名單上。」我們順利離開克羅伊登可怕的交通奇異點後，我告訴納丁格爾。

「為什麼我們在這之前沒有跟他談過？」納丁格爾問。

我們一直在追蹤牛津大學晚餐會的舊成員，稱之為小鱷魚，自從我們發現有個名叫傑弗瑞．惠特卡夫特的前任巫師違反了傳統及規定教授他們魔法。他從五〇年代早期就開始這麼做了，你可以想像這得要調查多少人。泰本——也就是你們這些鄉巴佬所謂的泰小姐——泰晤士河失落的支流之一的地域守護神，正好是牛津大學畢業生，她於在校期間發現了這個團體的一些成員。她聲稱自己能夠嗅出使用魔法的術士，我相信她擁有這種能力，所以我們優先處理她提供的名單。

而我們該死的Volvo駕駛就在名單上。

「羅伯．威爾，」我說。「姓氏W開頭。我們是按字母順序處理的。」

「這說明了我們做事太有條理。」納丁格爾說，「我相信你已經翻遍電腦紀錄了吧，發現了什麼？」

其實，那個跟我說過話的辦公室主管早已將他們查詢的結果用電子郵件寄給我了，但我才不會告訴納丁格爾。

「他四十二歲，出生於皇家唐橋井，父親是一名出庭律師，母親是家庭主婦。在彼奇沃德教會學校接受私校教育──」我說。

「日間生還是寄宿生？」納丁格爾問。

自從跟納丁格爾一起工作，我已經學會了一點上流社會的皮毛，因此至少我聽得懂這個問題。

「這間學校位在皇家唐橋井，我猜是日間生。」我說。「除非他的父母真的很想讓他搬出家裡。」

「那麼後來大概上了牛津大學。」納丁格爾說。

「他在那裡學習生物學──」我繼續說。

「讀。」納丁格爾說。「你在大學研讀學科。」

「他在那裡讀生物學，以第二名畢業。」我說。「不是一群人裡面最聰明的。」

「生物學。」納丁格爾說。「你想的跟我想的一樣嗎？」

我想到了無臉男的嵌合體，那些從我們稱作莫洛博士脫衣舞俱樂部中流出的人造貓女和虎男。除此之外，還有用她的陰牙咬掉人們陰莖而奪人性命的白小姐，以及俱樂部裡其他納丁格爾認為對我來說太過恐怖、不該親眼目睹的事。
「我真的很希望不是。」我說，但我知道，我所想的真的跟他一樣。
「在他畢業之後呢？」納丁格爾問。
他在帝國化學工業工作了十年，之後進入新興的環境影響評估領域，在英國機場管理局當環境控制員，直到二〇〇九年，他和蓋威克機場的其餘部分一起被賣掉。
「去年被裁員了。」我說，「他是管理階層，拿到不錯的補償，目前掛的頭銜是顧問。」

案件調查本部設在布萊頓郊區的薩塞克斯屋，辦公室看起來像由一間三〇年代的輕型工程廠房改建而成。在過去三十年間的某個時候，此地的倉儲業快速興起，出現了一間麥塔蘭服裝公司與一間阿斯達連鎖超市，均有著核子動力級航空母艦般的大小。這是一種市郊發展，會使得有嚴肅環保意識的男女憤怒得口吐白沫，咬住他們 Prius 油電混合車方向盤的邊緣，可是我忍不住從一個警察的角度來思考：這對於下班後的購物真是該死的方便。事實上，由於布萊頓看守所就緊鄰超市後方，對那些犯人來說也很方便。而且隔壁有間大盒子個人倉儲，如果牢房太擁擠的話，還可以就近使用。
偵緝督察長道格拉斯・曼德利是一名標準的現代警察，低調又合身的細條紋西裝，棕色頭髮剪得短短的，一雙藍色眼睛，口袋裡有最新款手機。他十分認真冷靜，工作到很晚，淡啤酒只喝半杯，知道如何換尿布。他很快就會調任為偵緝警司，不過只是為了額外加給和退休金。我猜他的工作能力不壞，但是碰上不易理解的事情，可能會感到不自在。

他會喜愛我們的。

他在自己的辦公室迎接我們以建立他的權威，不過採取站著與我們握手的方式轉而喚起正確的合作氣氛。我們坐在對方提供的座位、接過對方提供的咖啡、花了一分半鐘禮貌寒暄後，他才直接開口問我們想知道些什麼事。

我們沒有告訴他我們在搜捕巫師，這種事容易引起人們的恐懼。

「羅伯．威爾可能與另一樁調查有關聯。」納丁格爾說。「夏天時發生的一連串凶殺案。」

「傑森．登祿普的案子嗎？」他問。

他比稱職還要好，我心想。

「是的。」納丁格爾說，「但不算直接相關。」

曼德利看起來很失望。人們對於警察的地盤概念一直有錯誤的想法——一件全面性的凶案調查至少會讓你花掉二十五萬英鎊。假設曼德利可以把這個案件扔到倫敦警察廳頭上，那麼它將變成我們的預算和我們的問題，更別說在年底時它會改善他的犯罪總數。他當然不想調派一個他寶貴的手下來陪我們辦案，當納丁格爾提到史萊特警員時，他並不是特別高興。

「那是她直屬主管的問題。」曼德利說。

接著他問，關於我們想知道的事情，他是否該特別留意些什麼。

「如果你發現任何不尋常的事，請通知我們。」納丁格爾說。

「包括屍體嗎？」他問。

技術上來說，你不需要一具屍體就能判決一件凶案，不過要是探員能找到受害者的話更好，他們就是這麼迷信。再加上沒有人想認為他們可能燒了二十五萬英鎊，結果只有發現受害者，以及一個生活在亞伯丁、名叫杜戈爾的保險業務員。

「確定在Volvo車裡有一具屍體嗎？」我問。

「我們還在等待DNA鑑定結果，但實驗室已經確定是人類的血液。」曼德利說。

「來自一具處於死後僵直初期的屍體。」

「所以，那就不是綁架案了。」納丁格爾說。

「不是。」曼德利說。

「威爾先生現在在哪裡？」納丁格爾問。

曼德利瞇起雙眼。「他正在押往這裡的路上。」他說，「除非你們有什麼重要的東西要補充訊問，否則我覺得你們還是把事情留給我們處理比較好。」

現在，我們顯然無法讓他從這個麻煩的案子中脫身，在他好好了結這樁案子之前，是不會讓我們接近頭號嫌疑犯的。

「我們想先跟史萊特警官談談。」納丁格爾說。「我想，威爾家已經搜過了吧？」

「我們在那裡有一隊人。」曼德利說。「你們要找什麼特別的東西嗎？」

「書籍，」納丁格爾說，「和其他可能的工具。」

「工具。」曼德利說。

「我一看到就能辨認出來。」納丁格爾說。

據我所知，在城市與鄉下之間執行警務的最大不同是距離。羅伯．威爾居住的地方要從A23公路往克勞利開三十公里，這比我在倫敦工作一週開的距離還遠。不過呢，少了倫敦交通的阻礙，我們不到半小時就抵達了。途中，我們經過事故發生的地點。我詢問納丁格爾他是否想停下來看看，由於威爾的Volvo已經被拖走了，我們便繼續前往克勞利。

五〇和六〇年代，當權者一同致力於去除倫敦的勞工階級。城市的工業急速萎縮，愛德華時代家庭所需的大量雇工正在被新時代白色家電[1]的科技奇蹟取代。倫敦再也不需要那麼多窮人。直到那時候，克勞利仍是一個中世紀市集，六萬名居民就這樣被傾倒在此。我說「傾倒」，事實上他們是住進了幾千棟堅固的三臥室式套房，我的父母親應該會很喜歡住在這種房子裡，假如他們能將倫敦的爵士樂現場、佩克漢市集以及獅子山共和國的移民人口一起帶去的話，或者至少帶走她目前還有往來的那一半。克勞利藉由

1 白色家電指的是生活及家事用的家庭電器，例如電鍋、洗衣機、電冰箱、空調、微波爐、電視等。早期這些家電大多是白色的外觀，因此得名。

在市中心建造一座購物中心的簡單辦法，設法避免了必須跑到市郊購物中心的問題。除此之外，議會辦公室、大學和警察局，所有的設施都聚集在一起，就像來自遊戲《模擬城市》的場景。

我們在警察餐廳裡找到史萊特警員，這裡與倫敦的警察餐廳一樣令人安心地無趣且實用。她是一名個子不高、紅頭髮的女人，身上的防刺背心十分合身，讓她看起來像一棟三房式的半套房，還擁有一雙聰明的灰色眼睛。她說她的督察上司已經向她簡短提過了。我不知道史萊特被告知了些什麼，但她盯著納丁格爾的樣子，彷彿在期待他會冒出另一顆頭。

納丁格爾派我到櫃檯去，當我端著茶和餅乾回來時，史萊特警員正在描述她在事故現場的行動。只要曾經在車禍現場待過，你看到血跡一定辨認得出來。

「拿手電筒照到血跡的時候，它會發亮，對吧？」她說。「所以我認為車子裡可能有另一名傷者。」

車禍當事人離開座車後，會不定向地遊蕩，這是相當常見的，即使他們受了重傷。

「只是我找不到血跡去向，駕駛也否認車上有其他人。」

「當妳第一眼看到車子的後座時，有注意到任何異狀嗎？」納丁格爾問。

「異狀？」她問。

「在妳朝車子裡看的時候，有感覺到什麼不尋常的事情嗎？」

「不尋常？」史萊特問。

「怪異的，」我說，「令人毛骨悚然的感覺。」魔法，尤其是力量強大的魔法，能夠在施術後留下某種迴響。石頭的保留效果最好，混凝土和金屬則不是那麼佳，有機物質甚至更糟——不過某些種類的塑膠卻出奇地好。如果你知道自己在尋找什麼，或是來源非常強烈，很容易就能找到魔法迴響。順帶一提，這也是人們感受到鬼魂的由來。不過，要向目擊者解釋這種事真是一大難題。

史萊特往後靠在椅子上——遠離我們。納丁格爾神色嚴厲地看了我一眼。

「當時下著雨。」史萊特終於開口說。

「他給妳什麼樣的印象？」納丁格爾問。「那名駕駛？」

「起初，他就像我遇過的每一個車禍受害者，」她說，「茫然、目光渙散，你知道那是怎麼回事——要不是胡言亂語就是緊張到呆滯。他屬於胡言亂語的那一種。」

「他有胡亂說了什麼特別的事嗎？」納丁格爾問。

「我想，他說了一些關於狗在吠叫的事，但他除了胡言亂語之外還喃喃自語。」

史萊特吃完了她的餐點，納丁格爾喝完了他的茶，而我則完成了我的筆記。

我按照史萊特警員的指示開車經過火車站、越過鐵軌，也通過了據我所知是克勞利於維多利亞時期興建的區域。毫無疑問地，羅伯．威爾的房子是一棟低矮的維多利亞磚造獨立別墅，有著方型的凸窗、陡峭的屋頂和赤陶瓦片的尖頂裝飾。周圍的房子都是愛德華七世時代或甚至更晚期的，我猜想這棟別墅曾經很自豪地堅守著自己的土地。你可以在廣大的後花園中看見遺跡，此處目前是一隊尋屍犬的搜索重點——我後來才知道，牠們是從國際搜救隊那裡借來的。

史萊特警員認識負責看門的員警，那人沒說什麼就讓我們進去了。房子十分寬敞，屋主並不覺得需要將所有的隔間牆打掉，而且，我心想，最近還修復了裝飾線板。餐廳閒置著，被他們的孩子所占領，根據我的筆記顯示，年齡分別是七歲和九歲，散落在箱子外的玩具、壞掉的木琴及ＤＶＤ感覺很危險。孩子們正和朋友待在一起，不過他的妻子在家。她名叫琳達，有著一頭褪色的金髮與一張薄唇。當我們搜索她的房子時，她坐在客廳沙發上，瞪著我們——當地警方正在尋找屍體，而我們正在尋找書籍。納丁格爾負責書房，我負責臥室。

我先從孩子們的房間著手，只是想碰碰運氣，希望在樂高星際大戰貼紙、《公路壞蛋鼠》故事書和幾本輕薄的貼紙著色書之中會藏著某些有趣的東西。最年長的孩子在他的房間裡已經有一臺自己的筆記型電腦，雖然從電腦的年紀判斷，它看起來像是別人用過的二手貨。有些小孩就是運氣很好。

父母親的臥室裡有種空氣不流通的霉味，在我看來沒什麼感興趣之處。真正的術士從來不會將他們的**重要**書籍隨意亂放，但是你可以找到一些提示。關鍵是不太可能並列在一起的組合。許多人會閱讀關於超自然的書籍，不過假如你發現它們和牛頓寫的書或是與牛頓有關的書擺在一起，特別是冗長無聊的那些，那麼我會豎直背毛、揚起警旗，更重要的是，會在我的筆記本裡特別註記。

我只在臥室裡找到一本翻舊了的《魔法覺醒》，和床底下的《少年Pi的奇幻漂流》及《微物之神》。

「他什麼事都沒有做。」一個聲音在我身後說。

我站起來，轉身發現琳達．威爾站在門口。

「我不知道你們認為他做了什麼。」她說。「但他就是沒做。你為什麼不能告訴我他被認為做了什麼事？」

當你忙於執行其他任務時，最好避免與證人或嫌疑犯互動，尤其是那些可能跨越這兩種類別的人。而且——我也不知道她丈夫做了什麼事。

「我很抱歉，女士。」我說。「我們會盡快完成。」

我們甚至完成得比預期更快，因為一分鐘後納丁格爾叫我下樓，告訴我凶案小組找到了一具屍體。

他們的辦案技巧也太優秀了，真的令我大開眼界。凶案小組握有羅伯．威爾出發經過豌豆湯村圓環、往聽起來很不祥的森林路開去的監視錄影畫面。這條路如此命名是由於它沿著聖里納德森林的中心軸線而行，是一片縱橫交錯的樹林，覆蓋了從豌豆湯村到霍舍姆之間的高地山脈。

棄屍的最好地點，史萊特警員是這麼說的，容易經由步道與森林小徑抵達，而且此處並未設置測速照相。無論羅伯．威爾去了哪裡，他都超過五個小時沒有回到豌豆湯村，因此很可能就在森林中的某處。不過他們找到了破綻，因為琳達．威爾在九點四十五分打電話給她的丈夫，大概是要問他死到哪裡去了，這讓薩塞克斯警方有辦法將他的發話地點進行三角定位到科爾蓋特村附近的區域。在這之後，只要搜索相當範圍的道路直到有所發現就可以——結果他們找到了Volvo V70的胎痕。

當我們抵達凶案現場時，天空中的灰色雲朵已經轉暗成荒野烏雲。那裡沒有適合停車的地方，我不得不將捷豹停在更遠處的道路再走回去。

史萊特警員解釋說，地主最近才將此處通往森林的道路入口封鎖。

「威爾可能記得這裡有一條徒步的岔路，」她說，「他沒料到路已經不存在了。」

給連環殺手的重要安全提醒——在犯案前一定要先尋找好棄屍地點。由於邊緣可見的路徑仍然在進行鑑識，我們必須爬過一座泥濘黃泥和廢棄樹枝堆成的人造小丘。

「他得拖行屍體，」史萊特警員說，「那留下了一道痕跡。」

「他聽起來不是十分有所準備。」我說。在我轉身用手電筒的光線指引納丁格爾時，雨水在光束下形成一道道銀色條紋。

「或許這是他第一次殺人。」他說。

「老天，希望如此。」史萊特警員說。

小徑更後方的路非常泥濘，但我仍帶著男人的自信地往前走，因為這個男人確定自己已經在他的過夜行李包中帶了一雙馬汀大夫靴。不管是在城市或是鄉村，你都不會想在犯罪現場穿著自己最好的鞋子。除非你是納丁格爾，他似乎有無限量供應、由別人清理和擦亮的高級手工鞋可穿。我懷疑那可能是茉莉——但也有可能是我所知道的地精，或者一些其他說不出來的家庭小精靈。

在路徑兩旁豎立著樹幹蒼白的細長樹木，納丁格爾認出是白樺樹。幽暗地立在前方有著黑色尖刺的樹木很明顯是紅杉，偶爾點綴著落葉松。納丁格爾對於我如此缺乏樹木的知識感到吃驚。

「我不明白你如何能辨別出五種不同的磚砌方式，」他說，「卻連最常見的樹木都認不得。」

事實上，如果你把都鐸式和其他早期的現代風格都算進去，我能分辨二十三種類型的磚砌方式，可是我沒說出來。

有人已經聰明地在樹與樹之間串起反光膠帶，標記出我們的下坡路徑在哪裡，我可以聽見行動發電機的低鳴聲，看見藍白色的相機閃光燈、黃色的反光背心，以及穿著拋棄式紙製連身服、外形如幽靈般的人員。

回首模糊又遙遠的過去，你的受害者會被裝進屍袋、貼上標籤，一拍好最初的照片就快速送到太平間。而現在，法醫病理學家在遺體上方架起一頂帳篷準備長期駐守。幸運的是，回到文明地區不需要花太多時間。但在野外，有各式各樣令人興奮的昆蟲與蕈類在屍體上大快朵頤。因此我們被告知，這些東西可以透露許多關於死亡時間以及屍體倒地時所處的狀態等訊息。將它們全部記錄下來得需要一天半之久，在我們抵達時，他們才剛開始工作而已。可以看得出來法醫病理學家不是太開心，有另一個隨意介入的警察干涉了她精細的科學調查。即便我們都是遵守規矩的好男孩，穿著我們的傻瓜裝，還戴上帽子和面罩。

曼德利偵緝督察長也不太開心，他比我們還早抵達這裡。儘管如此，他一定是認為我們越快開始就能越快離開，因為他隨即招手要我們過去，把我們介紹給那名法醫病理學家。

自從加入浮麗樓，我一直在累積與屍體相處的時間。在看過被扔出窗外的嬰兒和腦袋爆開的哈瑞奎師那信徒後，我以為自己變得堅強起來了。只是，正如我聽過那些經驗老道的警官所說，你永遠都無法變得夠堅強。這具屍體是個女性，全身赤裸並覆滿泥塊。病理學家解釋說，她被埋在一個很淺的墓坑中。

「只有十二公分深。」她說。「狐狸很快就會把她挖出來。」

現場看起來未經布置，所以羅伯・威爾——如果真的是他幹的——只是把她丟進洞裡再埋起來而已。在刺眼的人工光線照射下，她看起來十分灰白、毫無血色，就像我印象中在學校看過的大屠殺照片一樣。她是個白人，女性，不是一名青少年，卻也還沒老到有鬆弛的皮膚，除此之外我看不出太多事實。

「儘管埋葬得很草率，」病理學家說，「仍然留下了想要毀屍滅跡的證據，所有的手指全都從第二指關節處切斷，當然還有她的臉……」

或該說是少了臉。從下巴以上面目全非，只有一團紅色的血肉與幾處露出森白的骨頭。納丁格爾蹲下來，短暫地讓自己的臉靠近到足以吻上她嘴唇的位置。我撇開視線。

「什麼都沒發現。」納丁格爾站起身時對我說。「也不是**變形咒**。」

我深吸了一口氣。所以，不是毀了萊斯莉的臉的那個咒語。

「你認為是什麼原因造成的？」納丁格爾問病理學家。

病理學家指出，頭皮頂部布滿了細小的紅色紋路。「我從未在肌膚上看過這種狀況，可以這麼說，但我懷疑是近距離遭到獵槍射擊。」

「或許有人認為她是一具殭屍。」這句話試圖從我的喉嚨裡爬出來，力量大到我必須用手壓住面罩阻止它們脫口而出。

納丁格爾和病理學家都好奇地看了我一眼，然後又回頭研究屍體。我跑出帳篷，手仍放在嘴巴上沒有放下，直到我離開了鑑識現場的隔離區，可以靠在樹上把我的面罩拿下來。我毫不理會外頭那些老鳥警察的同情目光——我寧可讓他們認為我是噁心想吐，而不是想阻止自己咯咯笑。

史萊特警員晃過來，遞給我一瓶水。

「你想找一具屍體。」在我用水漱口時，她說。「這和你的案子有關聯嗎？」

「沒有，我不覺得這是我們要找的。」我說。「感謝老天。」

納丁格爾也認為無關，於是我們脫掉身上的裝備，並感謝曼德利偵緝督察長的配合後就開車返回倫敦——由納丁格爾駕駛。

「上頭沒有**感應殘跡**，而且就我看來，的確是槍擊造成的傷口。」他說。「不過我還是想問瓦立醫生他能否親自下來看看。純粹為了保險起見。」

在我們往北開時，穩定的雨勢已經趨緩，我可以看見倫敦的燈火反射在北丘遠方的雲層。

「只是一個普通的連環殺手。」我說。

「你太快下定論了。」納丁格爾說。「只有一名受害者。」

「我們知道的只有一名。」我說。「無論如何，這對我們來說還是有點浪費時間。」

「我們得確定一下。」納丁格爾說。「而且到鄉下走走對你有好處。」

「噢，是啊。」我說。「沒有什麼事比到凶案現場一日遊更棒了。這不可能是你第一次追查一名連環殺手吧。」

「如果他真的是連環殺手。」納丁格爾說。

「假如他是的話，那麼他不會是第一個吧。」我說。

「很不幸的，沒錯。」納丁格爾說，「雖然我從來沒當過主要負責人。」

「有哪個有名的連環殺手是超自然生物嗎？」我問，心想這樣就更能解釋得通了。

「如果他們是超自然生物，」納丁格爾說，「我們就必須確保他們默默無名。」

「開膛手傑克呢？」我問。

「不是。」納丁格爾說。「相信我，假如最後發現他是惡魔或那一類的東西，人們反而會感到得救。我認識一位曾協助警方調查的巫師，他說要是知道做出如此恐怖事情的不是人類，他們全都會睡得十分香甜。」

「彼得·薩克利夫[2]呢？」

「我親自訊問過他。」納丁格爾說，「一無所獲。他確實不是術士或是受到什麼惡靈的影響。」他舉起一隻手阻止我問下一個問題。「就我所能分辨的，丹尼斯・尼爾森也不是，或是佛瑞德・韋斯特、麥克・盧波[3]，或者任何我在過去五十年來必須徹查的可怕人等。他們每個人都是不折不扣的人魔。」

2 Peter Sutcliffe，於一九七五至一九八〇年間連續用鐵錘殺死了十三人，被稱為「約克郡開膛手」。

3 Dennis Nilsen，英國最著名的戀屍癖連環殺人魔，殺了超過十五人；Fred West，與其妻蘿絲瑪莉 Rosemary 為英國知名連環殺手夫婦，在家中虐殺了十名女子；Michael Lupo，義大利人，一九八六年時在八個星期內連續殺害四名男同性戀者並分屍。

2 韋藍之子

如果羅伯．威爾就是我們要找的人魔，那他的口風可真是緊得很。我利用福爾摩斯追蹤了訊問紀錄，在第一回合的筆錄中跟你預料的一樣。他否認自己的車子後座有一具屍體，聲稱他只是開車出去散個步，不知道血跡是怎麼沾上去的，當然也不知道什麼臉部被轟爛的女人。隨著鑑識證據壓倒性地越來越明確，像是他衣服上的血跡、指甲縫裡的泥巴，他就停止回答問題了。自從他被正式起訴及拘留後，他便不再與任何人交談，就連他的律師都建議對他進行心理評估。即使只是瀏覽行動列表，我仍能從中感覺到凶案小組的挫敗感，他們陷入了一場冗長又艱困的苦幹，得仔細徹查鑽磨每一條線索，然後從中篩選過濾。受害者的身分依然成謎，驗屍結果只能確認她是白人、女性、三十多歲，在她死前至少四十八小時都未曾進食。死亡原因很可能是獵槍在近到足以留下火藥燒傷的臉部範圍內射擊。瓦立醫生，胃腸病學界的凱特．史蒂文斯[1]，據我們所知，是世界上唯一一個執業的神祕病理學家，他在回家途中突然帶著自己的驗屍報告過來。

1 本名 Steven Demetre Georgiou，七〇年代英國民謠搖滾代表人物，Cat Stevens 是他前期使用的藝名，也是他最廣為人知的名字。

於是我們坐在樓下中庭的填充皮革扶手椅上，邊喝下午茶邊聊病理。浮麗樓最後一次整修是在三〇年代，當時的英國政府堅信中央暖氣系統如果不是魔鬼本身，那也絕對是邪惡的外國人一心削弱堅毅英國精神的產物。儘管中庭的面積寬闊又有玻璃圓頂，它經常比小餐廳或是任何一間圖書室都還要溫暖。

「正如你所看到的，」瓦立醫生說，將一張張薄薄的大腦切片照排列在桌子上，「上頭沒有超奇術衰退的跡象。」大腦切片已經染上各式各樣鮮豔的顏色以提高對比度，不過瓦立醫生抱怨它們仍然再正常不過了——這點我相信他的話。

「而且，所有的組織樣本中也找不到任何嵌合體改造的跡象。」他說，啜了一口咖啡。「但我已經送出兩組樣本去做基因序列檢測。」

納丁格爾禮貌地點點頭，可是我知道他對ＤＮＡ為何物只有模糊的概念，他的年紀可是老到足以成為克立克與華生[2]的父親了。

「我認為我們可以考慮結束這樁案子。」他說。「無論如何，就我們的觀點看來已經結束了。」

「我想繼續監控它。」我說。「至少等到我們得知受害者的身分。」

納丁格爾以指尖敲擊桌面。「你確定你有時間做這件事？」他問。

「在案件進行期間，薩塞克斯和薩里的凶案調查小組每週都會交出一份摘要報告。」我說，「只需要十分鐘就能看完。」

「我不認為他有像他應有的態度般認真看待我的意見。」納丁格爾告訴瓦立醫生。

「每當他以為我沒盯著他的時候，仍然會溜去進行一些非法的實驗。」他看著我。「你最近對什麼感興趣？」

「我一直在研究不同材料能保存多久的**感應殘跡**。」我說。

「你是如何測量**感應殘跡**的強度？」瓦立醫生問。

「他使用狗。」納丁格爾說。

「我把托比和材料一起放在箱子裡，然後測量牠吠叫的音量與頻率。」我說。「這跟使用嗅探犬沒什麼不同。」

「你怎麼能確保結果的一致性？」瓦立醫生問。

「我進行了一系列的控制實驗來排除變因。」我說。托比從早上九點開始獨自待在盒子裡，以每小時間隔的測量當作音量基準點。接著，把托比與各式各樣絕對是惰性的材料放進箱子，再以前述的基準點測量。第三天，托比就躲進茉莉廚房內的桌子底下了，必須用香腸把牠引誘出來。

在我說話的時候，瓦立醫生向前傾身——至少他算是欣賞經驗主義的。我解釋道，我藉由召喚出一團擬光——這是我知道最簡單、也最好控制的咒語——讓每一種材料樣本暴露在相同分量的魔法下，然後把樣本和托比放進箱子裡，看看發生了什麼事。

---

2 英國生物學家法蘭西斯．克立克（Francis Crick）與美國分子生物學家詹姆斯．華生（James Watson），兩人在一九五三年共同發現了DNA的雙螺旋結構。

「有什麼值得注意的發現嗎？」他問。

「托比的反應沒有非常大的區別，所以我們在討論的是一個很廣的誤差範圍。」我說。「不過結果很接近我的預期，也和我的解讀一致。石頭保留**感應殘跡**的效果最好，其次是混凝土。金屬的結果都太過相似，難以判別。再來是木頭，肉的效果最糟。」我用的形式是一條豬腿，在我來得及阻止之前就被托比吃掉了。

「唯一令我驚訝的事情是，」我說，「有某些塑膠在吠指數的得分幾乎和石頭一樣高。」

「塑膠？」納丁格爾問。「這真是意想不到。我一直以為天然物質才能保留超自然元素。」

「你可以把研究結果用電子郵件寄給我嗎？」瓦立醫生問。

「當然。」

「你考慮過以其他狗進行測試嗎？」瓦立醫生問。「或許不同品種的狗會具有不同的敏感度？」

「阿布德，麻煩你，」納丁格爾說，「別再給他任何想法了。」

「他在這門技術上取得了進步。」瓦立醫生說。

「幾乎沒有。」納丁格爾說。「而且我相信，他正在複製已經有人做過的研究。」

「複製誰的研究？」

納丁格爾啜飲著他的茶，露出微笑。

「我跟你做個協議，彼得，」他說，「如果你在正式的學業上更加進步，我會告訴你哪裡找得到最後一位智者的筆記，他的實驗室充滿了……事實上，大部分是老鼠，但我依稀記得他的動物裡有兩隻狗。」

「要更加進步多少？」我問。

「比你現在做得更好。」他說。

「我很想看看你說的那些資料。」瓦立醫生說。

「那麼你應該鼓勵彼得更努力學習。」納丁格爾說。

「他是個邪惡的傢伙。」我說。

「而且狡猾。」瓦立醫生說。

納丁格爾平靜地從茶杯邊緣注視著我們。

「既邪惡又狡猾。」我說。

第二天早上，我開車到亨頓參加第一階段的強制性警察安全訓練。在晉升到督察長之前，每六個月都會被強烈要求進行一次這樣的課程，不過我懷疑我們應該永遠不會看到納丁格爾參加。我們聽了一場關於興奮性精神錯亂的有趣講座，或是該如何處理那些醉得糗態百出的人。然後在體育館中玩角色扮演，練習如何處置嫌疑犯，不讓他們跌下樓梯。有兩個與我和萊斯莉在亨頓就認識的警官，我們一起共進午餐。他們問起了萊斯莉，我告訴他們官方版本的答案，說她在柯芬園暴動期間遭受到身體上的攻擊，而攻擊她的人在我來得及逮捕之前就隨即自殺了。

下午，我們輪流將攻擊性武器藏在自己身上，同時讓我們的同事來搜索，幾輪下來我一直贏得比賽，因為我知道如何將一枚剃刀刀片藏在牛仔褲的腰帶內，我也不怕一路沿著嫌疑犯的大腿內側往上搜。做這些體力上的事情詭異地讓我精力充沛，因此當其他警官提議大家到俱樂部去的時候，我也跟著去了。我們最後在隆福德一間閃著紫外燈的牛棚裡，我可能有、也可能沒有在那裡和羅姆河女神發生了關係。不是認真的那種，你懂的，只是一些擁抱和舌頭交纏的動作。當你喝太多WKD情人海調酒就會發生這種事。第二天早上，我在中庭的一張椅子上醒來，令人驚訝的是只有輕微宿醉，而茉莉正靠近盯著我瞧。她看起來十分不贊同我的行為。我還是宿醉比較好。

我可靠的福特Asbo安全地停在車庫裡，吃完早餐、泡過澡之後，我再次出發前往亨頓。當我爬進駕駛座時，一股強大的**感應殘跡**向我襲來。我嚐到伏特加、聞到了機油的味道，還有唇膏滑動的感覺。我聽見吶喊、興奮的尖叫，還有將你按在座椅上那種非法的加速感，同時間車子引擎有如受到威脅的龐大動物般咆哮著。

儀表板上有個大刺刺的口紅印——是十分驚人的粉紅色。

我不確定是不是羅姆河女神留的，但我絕對是接觸到了超自然生物。或許那根本不是受到伏特加酒的影響。

應該是這樣沒錯，我心想。以後如果沒人同行，就別去俱樂部混了。

我加速行駛，儘管Asbo的引擎被我改裝過，它也沒發出豹子般的咆哮聲。

但它確實讓我順利抵達亨頓，準時開始第二天警員裝備安全的課程。早上的講座是涉及發現可疑行為的攔檢搜查。以全名為道格拉斯．道格拉斯自豪的講師，用圖片說明那些順手牽羊者會出現奇怪的、被稱為「機器人」的肢體僵硬症狀，或者當真正犯罪的人意外碰上警察時，他們會有誇張的比手畫腳行為。「任何刻意與你攀談的人，」他說，「搜他們身準沒錯。」除非他們在試圖轉移你對某些事的注意力，否則沒有人會特地找警察說話。不過他也告誡我們，對待觀光客是例外，因為倫敦需要觀光財。

在那之後，我們回到體育館，重溫如何正確使用手銬。我們使用的手銬中間是實心的，讓你可以抓住並扭轉它，好讓你在嫌疑犯的手臂上施加壓力，並確保他們像我們教練所說的那樣守規矩與合作。

下午時，其中一名教練穿上一件連身棉衣，表現出瘋狂的樣子，挑戰我們是否能用伸縮警棍將他制服。這項活動過去稱為「瘋子」訓練，現在的官方名稱是「不一樣的人」。這是項很實用的練習。你永遠不知道何時得確保「不一樣的人」保持順從與配合，他們有可能處在興奮性精神錯亂的狀態。

結束後，我再度接到玩樂的邀請，可是我拒絕了，小心地慢慢開車回家。

萊斯莉出院了，在我試著將一個名為**水**的形式練習得完美時意外現身。對那些沒受過正統教育的人說明一下，這是一種操控水的基本形式。它和**現光**、**氣**、**土**一起合為四態咒——四元素的物質理論未能在啟蒙時代存活下來，其中兩個咒語已經退流行了。

這咒語跟**現光**很像，你在腦中塑造出**形式**，打開手掌，並滿懷希望地感覺有個乒乓球大小的水球出現。納丁格爾聲稱他不知道水是從哪裡來的，但我認為是從周圍的空氣抽出。應該是這樣，或是從平行的維度吸過來的，超空間或者更詭異的地方。希望不是超空間，我還沒準備好接受這種事。

就我的練習狀況而言，到目前為止，我製造出了一小團雲、一小滴結冰的雨水和一灘水窪。這些東西耗費了我整整四個星期才得到。當我手掌上方那團水霧縮小成一顆晃動的球體時，納丁格爾正在一樓的教學實驗室監督我。這階段想掌握**形式**的困難之處是，你根本無從判斷自己現在做的是否比兩秒鐘之前做的還要好。

這就是為什麼你始終得大量練習，而且不容易維持新學的**形式**的原因。特別是某個人決定在門外唱艾美．懷絲〈戒了吧〉的副歌——扯開嗓門唱還走音。

球體就像一顆水球般爆炸了，水飛濺到我身上，也潑灑到長凳及周圍的地板。納丁格爾早就學聰明了，知道我有讓**形式**爆炸的特殊能力，穿著一件雨衣始終站得老遠。

我瞪著萊斯莉，她在門口擺了個姿勢。

「我的聲音恢復了，」她說，「恢復了一點。」她人在浮麗樓裡就不會戴面具，雖然她的臉仍是一團糟，至少她微笑時我分辨得出來。

「不，」我說，「妳老是唱走音。」

納丁格爾招手要萊斯莉過來。

「很好。」他說。「很高興妳回來了。我想做點示範，我一直在等機會可以同時做給你們兩個看。」

「我可以先去放東西嗎？」萊斯莉問。

「當然。」納丁格爾說。「妳去放東西的時候，彼得可以在這裡清理實驗室。」

「幸好是水而已。」萊斯莉說。「就連彼得也沒辦法讓水爆炸燃燒。」

「我們還是別冒險。」納丁格爾說。

半小時後我們重新集合，納丁格爾帶我們到走廊末端一間未使用的實驗室。他掀開防塵布，露出下方傷痕累累的工作檯、車床和檯鉗。我認為這是一間設計與工藝工作室，就像我以前在學校使用的一樣，只是這裡似乎時光倒流了，停在蒸氣動力與童工盛行的那個年代。他拉起最後一面防塵布，底下是一個黑色的鐵砧，砸在卡通人物頭上的那種。

「妳想的跟我想的一樣嗎，萊斯莉？」我問。

「我想是的，彼得。」她說。「但我們該怎麼把小馬弄進來這裡？」

「釘馬蹄鐵是一項很有用的技能。」納丁格爾說，「當我還是個小男孩的時候，樓下的院子裡有間鐵匠鋪。然而，這裡就是我們把男孩變成男人的地方。」他停下來看萊斯莉。「我想，年輕女孩也可以成長為女人。」

「我們現在是要鑄造至尊魔戒嗎？」我問。

納丁格爾舉起手杖，「你們認得這個嗎？」

我認得，這是一根有著銀色頂部的紳士手杖，頂端看起來有點磨損。

「這是你的手杖。」我說。

「還有呢？」納丁格爾問。

「這是你的巫師魔杖。」萊斯莉說。

「很好。」納丁格爾說。

「無賴揍人棍。」我說。當萊斯莉揚起她剩下的眉毛時，我補充道：「毆打人的無賴使用的棍子。」

「這是巫師力量的來源。」納丁格爾說。

使用魔法有一項非常特別的限制。假如你過度使用，大腦就會變得像瑞士起司一樣。瓦立醫生稱之為超奇術衰退，而且他的抽屜裡有些大腦樣本，一找到藉口就會迅速拿出來給年輕學徒們看。大腦損傷的首要法則是，當你感覺到任何異樣時，損傷已經造成了。因此魔法術士們往往會謹慎行事，以避免出差錯。這可能會引起一些緊張——為了便於討論——一九四五年一個下雨的晚上，兩輛德國虎式坦克忽然從林線後方出現。為了成為《男孩周刊》裡的英雄，並且仍然保有完整的大腦，一名聰明的巫師帶著一根他親自注入強大力量的魔杖來對抗。

別問我那是什麼樣的力量，我唯一能用來測量它的東西只有狗狗托比。我很想把一些有高度**感應殘跡**的物質放進質譜儀裡檢測，但首先我必須弄到一臺質譜儀，而且得學習足夠的物理知識來解讀該死的結果。

納丁格爾將他的手杖放到其中一張工作檯上，旋開頂部，用鉗子夾住杖身的部分，接著用錘子和鑿子沿著它的身長敲開，露出約鉛筆厚度的霧光鋼藍色內芯。

「這是權杖的核心，」他說，從附近的抽屜裡撈出一支放大鏡，「更仔細看看。」我們輪流觀察。內芯的表面有淺淺卻特別的波紋陰影，沿著其身長呈螺旋形狀。

「這是什麼做的？」萊斯莉邊看邊問。

「鋼。」納丁格爾說。

「精鋼，」我說。「就像武士刀。」

「這叫做炫銲，」納丁格爾說，「將不同的合金鋼鍛銲出不同的形狀。正確完全的話就能創造出一個可以保存魔法的矩陣，留待權杖主人需要時取用。」

有效省去了對大腦的耗損與傷害，我心想。

「你是怎麼把魔法灌進去的？」萊斯莉問。

「趁鍛造的時候，」納丁格爾說，比出敲鐵錘的手勢，「用第三級咒語提高鍛造的溫度，擊打內芯時再用另一個咒語保持其熱度。」

「那魔法呢？」我問。

「來自你鍛造時所使用的魔法，他們是這樣教我的。」他說。

萊斯莉擦了擦她的臉。「打造權杖需要花多久時間？」她問。

「這把權杖需要三個多月。」他看著我們的表情。「如果每天工作一到兩個小時的話。必須避免超量使用魔法，不然就違背製作權杖的本意了。」

「那麼，我們要各別做一支權杖嗎？」她問。

「最終要做的，沒錯。」納丁格爾說。「但首先你們得觀摩和學習。」

隱隱約約地，我們聽見電話鈴聲在遠處響起，大家都轉向門口，等著茉莉出現。她出現時朝納丁格爾點點頭，示意電話是找他的。

我們保持謹慎的距離跟上去，希望能偷聽到談話內容。

「我就知道我應該在設計與工藝上多花點心力。」萊斯莉說。

當納丁格爾叫我們下樓時，我們已經在樓梯底端了。我們看見他站在那裡，手裡握著電話，臉上是一副全然驚訝的表情。

「我們找到了一名漏網之魚魔法師。」他說。

我和漏網之魚魔法師互相盯著對方，兩人都帶著疑惑。他想知道為什麼他媽的有個警察坐在他的床邊，我則是想知道他媽的這傢伙是什麼來歷。

他名叫喬治．諾飛，是個長相普通、將近七十歲的白人——根據我的筆記，是六十七歲。他的頭髮已漸稀疏，但大部分仍是棕色的，有雙藍眼睛和一張顯然是年老憔悴而非下巴鬆垮的臉。他的手自手腕以下都用繃帶包紮起來了，只能露出指尖。他偶爾會舉起指尖仔細查看，臉上露出一副十分驚奇的表情。我的筆記上寫著他的雙手在那場「意外」中造成二度灼傷，不過其他人並沒有受傷，儘管有幾個幼童因此受到了驚嚇。

「你何不告訴我發生了什麼事？」我說。

「你不會相信我的。」他說。

「你憑空製造出一團火球。」我說，「看吧，我相信你——這種事情無時無刻都在發生。」

他傻乎乎地盯著我看，和超自然事物沾上邊的人時常對我們裝傻——這真討厭——甚至連超自然事物**本身**也這樣。

他出身溫布頓，是一名退休的有執照測量師。他不在我們的小鱸魚名單上。事實上，他讀過利茲大學，可是諾飛的名字並沒有列入柯斯果夫學院或浮麗樓的名冊內。然而，他還是在他女兒房子的客廳中召喚出一團火球——過程全都被攝影機拍了下來。

「你之前曾經這樣做過嗎？」我問。

「是的。」他說。「可是長大以後就沒有了。」

我記下來。納丁格爾和萊斯莉甚至在他家仔細尋找與魔法相關的書籍、**感應殘遺**的熱點，或是**遺隙**、家庭守護神或惡靈。納丁格爾清楚地說明我的職責：首先確定諾飛先生做了什麼，接著是他為什麼這麼做，最後是他如何知道怎麼做的。

「那是嘉布雅菈的生日派對，」他說，「她是我的孫女。很討人喜歡的孩子，不過才六歲而已，有點難以控制。你有小孩嗎？」

「還沒有。」我說。

「一個滿是六歲女孩東西的房間看起來真夠嚇人的，我可能不小心多喝了一點雪莉酒來提振精神。」他說。「結果蛋糕出了問題。」

更糟糕的是，燈光已經關上，蠟燭也點好了，蛋糕即將伴隨著「祝你生日快樂（燉番茄和燉肉[3]）」的合唱進場。

所以，身為爺爺的諾飛先生被指示在問題解決前要逗孩子們開心。

「於是我想起了小時候曾經玩過的小把戲。」他說。「在當時似乎是個好主意。我為了得到她們的注意力——聽著，這可不是件容易的事——捲起袖子，說出了那個神奇的字。」

「什麼神奇的字？」我問。

「**現光！**」他說。「這是拉丁文的光。」

我當然早就知道了，這也是接受傳統訓練的巫師學徒第一個學習的**形式**。我問諾飛先生他預期會發生什麼事。

「我曾經能夠變出一團妖精般的光芒。」他說。「當時這讓我姊姊玩得很開心。」

試探了一會兒，發現他只知道這個咒語而已，在他被送去上學之後就沒再用過了。

「我讀的是天主教學校。」他說。「老實說，他們不贊成學生涉獵神祕學——就算只是接觸也不行。校長認為如果你決定要做某件事，就應該完全投入。」

他給了我這間學校的詳細資料，不過警告我，由於六〇年代末期的一樁醜聞，它已經關閉了。「校長他監守自盜。」他說。

「那麼，你是從誰那裡學到這個魔術的？」我問。

「當然是從我母親那裡。」諾飛先生說。

「從他母親那裡學的。」納丁格爾說。

「他是這麼說的。」我說。

我們在所謂的私人餐廳裡，大家正在用餐——老實說，我們不確定自己吃的是什麼，茉莉又在做實驗了。根據萊斯莉的說法是，小羔羊排加上砂鍋燉煮某種魚類，可能是鯷魚、可能是沙丁魚，以及兩杓泥狀物——我說是蕪菁甘藍，但納丁格爾堅稱至少有一種是防風草。

「我不確定我們應該吃下自己都不知道是什麼的東西。」萊斯莉說。

「我可不是那個買傑米．奧利佛[4]的書給她當聖誕禮物的人。」我說。

「不，」萊斯莉說，「你是那個想送她赫斯頓．布魯門索[5]的人。」

納丁格爾從小就被訓練有什麼就吃什麼——他是這麼解釋的——於是熱烈地吃了起來。有鑑於茉莉正在門口徘徊，我和萊斯莉別無選擇，只好跟著做。

嚐起來非常像小羔羊沾沙丁魚醬，我心想。

等了好長一段時間，確定我們沒有食物中毒後，納丁格爾才繼續問我關於諾飛先生的訊問。

3 Squashed Tomatoes and Stew，生日快樂歌的趣味歌詞變化之一。

4 Jamie Oliver，英國型男名廚，推廣原味、直接與健康的飲食文化。

5 Heston Blumential，自學出身的鬼才廚師，譽為英國廚神，創立了獲得米其林三星的肥鴨餐廳。

「我覺得這不太可能，」納丁格爾說，「或者至少我以前沒遇過這樣的事。」

「我們在他家什麼都沒找到。」萊斯莉說。

「即使是在你那個年代，應該也有女術士吧。」我說。

「有一些荒野女巫，」納丁格爾說，「特別是在鄉下，一直都有。可是就我所知，沒有人受過正式訓練。」

「霍格華茲裡全都是男性。」我說。

「彼得，」納丁格爾說，「如果你想把接下來的三天都花在清掃實驗室的話，那麼請務必繼續稱我以前的學校為霍格華茲。」

「**開斯特布魯克**。」我說。

「好多了。」納丁格爾說，很快吃光剩下的蕪菁甘藍——假如那是蕪菁甘藍的話。

「但僅限男孩就讀。」我說。

「確實是。」納丁格爾說。「我確定我會以其他方式注意到的。」

「那麼，這些男孩都來自古老的巫師家族嗎？」

「你對事情看法的老派概念還真是有趣。」納丁格爾說。「有一些家庭通常會送一個或幾個兒子們去學校。就是這樣。」

傳統上，擁有土地的仕紳階級會把長子留在家中繼承產業，次子送去從軍，三子則成為神職人員或律師。我問納丁格爾，魔法業在這份名單上排在何處。

「浮麗樓從來就不曾在貴族階層間流行。」納丁格爾說，「比起前者，我們全都更以中產階級為榮。最好把我們想成是專業人士，就像醫生或律師。兒子跟隨父親的腳步是很常見的事。」

「女兒不能繼承父業？」

納丁格爾聳聳肩。「那時候民情不同。」他說。

「你的父親是一名巫師嗎？」我問。

「天啊，不是。」納丁格爾說，「我的叔叔史丹利繼承了那一代的傳統，是他建議我就讀**開斯特布魯克**的。」

「他自己沒有兒子嗎？」我問。

「他沒結過婚。」納丁格爾說。「我有四個哥哥、兩個姊姊，我相信我父親覺得少我一個沒差。母親總說我是個好奇的孩子，會在最不適宜的時間問太多的問題。我確定有人擔起了回答這些問題的責任，讓他們鬆了一口氣。」

他注意到我和萊斯莉正在互相使眼色。

「我很驚訝你們覺得這一切很有趣。」他說。

「你以前從來沒有談過你的家人。」我說。

「我很確定我提過。」他說。

「才沒有。」萊斯莉說。

「噢。」納丁格爾說，並迅速改變了話題。「明天我要你們兩個早上在靶場練習，」他說，「那麼下午就是拉丁文課。」

「現在就斃了我。」我說。

「我們沒有一些應該要做的警察工作嗎？」萊斯莉問。

布丁上桌了，顏色鮮紅、熱騰騰的果醬白脂布丁。茉莉將它擺到我們面前，感覺比她呈上小羔羊排時還要有自信。

「每個人都要製作自己的權杖嗎？」萊斯莉問。

「每個人是指誰？」納丁格爾問。

「在以前的時候。」她說，對著餐廳周圍比手勢示意，「每一名這個地方的成員？」

「沒有。」納丁格爾說。「首先，我們之中很少有人需要每天使用權杖。可以這麼說。第二，權杖的製作變成了一門專業技術。只有在曼徹斯特的一群巫師，自稱是韋藍之子，會製作權杖供人訂購。你們很幸運，我認為自己是個現代的博學多才之人，十分樂意去學習每種藝術與專門技巧。」

納丁格爾去過曼徹斯特，在那裡學到了韋藍之子的怪招，或者至少是適合紳士學的一點怪招。當我問到訓練他的人後來怎麼了的時候，納丁格爾的臉色沉了下來，我便知道答案了。伊塔斯貝。每一個人，英國巫師界的菁英，都去了伊塔斯貝。而且只有少數幾個人回來。

「傑弗瑞．惠特卡夫特是否學過韋藍之子的奇特技藝？」萊斯莉問。

納丁格爾意味深長地看了他一眼。「妳在想什麼？」他問。

「我在想，長官，」她說，「如果傑弗瑞．惠特卡夫特沒有學過如何製作一柄權杖，那麼他就無法將相關知識傳授給小鱷魚或無臉男。」

「我們知道他的學徒會做惡魔雷，」我說，「還有更糟糕的東西。」

「萊斯莉是對的。」納丁格爾說。「假如他是最初期的邪惡成員，任何人都可能會做惡魔雷。可是，要鑄造出權杖需要一些祕訣——我深深懷疑老傑弗瑞曾經學過。但我不確定這對我們有什麼幫助。」

我知道。「這意味著我們握有某個無臉男他真正想要的東西。」我說。

「換句話說，長官，」萊斯莉說，「我們可以引他上鉤。」

3 地下死者

就在聖誕節前夕，我協助偵辦一起發生在貝克街地鐵站的命案。在這次調查期間，我認識了一位賈傑．庫瑪巡佐，他是個城市探險家、燙手山芋處理專家，也是英國鐵路警察處理謀殺案和怪異事件的負責人。我們一起協助凶案小組抓到了凶手、發現了一整個地下文明，儘管只是一個小型的文明，不幸的是，還毀掉了牛津圓環站的一個月臺。在這場混亂中，我最後被埋在地底整整半天，在那裡作了一場清醒沒睡著的夢，但是那件事──就像他們說的──又是一場完全不同的輔導會談了。

儘管一月底就恢復正常行駛，但對於管理地下鐵的倫敦交通局和負責巡邏檢查的英國鐵路警察來說，我確實不是個受歡迎的人物。這可能是為什麼當賈傑說他有些訊息要提供給我的時候，我們並沒有在康登鎮的英國鐵路警察總部碰面，而是約在一間路上的咖啡館。

我們坐下來喝咖啡，賈傑打開他的三星平板電腦，叫出了幾個檔案。

「上星期，我們在帕丁頓站接到這個地下死者的案子。」他說。「而他出現在你的名單上。」浮麗樓保有一份潛在關注人物的名單，二次大戰後倖存的術士、有嫌疑的小鱷魚們、和妖精廝混的人，雖然人數不斷減少，但只要有人在整合情報平臺中查詢他們，我們就會收到通知。

賈傑把平板轉過來，給我看一張中年白人男子的照片，他有著稀疏的頭髮、單薄又毫無血色的嘴脣。從他蒼白的臉色和無神的瞪視判斷，這是張驗屍照片，不過是你可以拿給親友和相關證人看，不會把他們嚇得半死的那種。這很合理，因為**地下死者**是地鐵人員的特殊用語，用來形容跳軌的老百姓。兩百四十噸重的地鐵機車頭可以讓你一整天都陷入混亂。

「理查．路易斯，」賈傑說，「四十六歲。」

我在我的小黑書裡尋找他的名字。我把所有可能的小鱷魚按照出生日期排列。賈傑看到筆記本時笑了出來。

「很高興看到你擁抱現代科技的潛力。」他說，但我不理他。一九八五到一九八七年間，理查．路易斯確實在牛津大學就讀，不過他不在確認是小鱷魚的主要名單上——他是在那些曾被傑弗瑞．惠特卡夫特親自教授過的人組成的次要名單上，惠特卡夫特是前正式巫師，也是個愚蠢到開始非法教授魔法的男人。納丁格爾不是很常咒罵別人，可是當他提到傑弗瑞．惠特卡夫特的時候，你可以分辨得出他是真的他媽的很想這樣做。

「你要說的只有他在名單上這件事嗎？」我問。

「關於自殺的這部分，也有地方不對勁。」他說。

「他是被推下去的？」

「你自己看吧。」賈傑說，他在平板電腦上叫出影片。由於倫敦地鐵站是從在公眾場合撒尿到大規模謀殺等各種事件的首選目標，監視錄影畫面的覆蓋率之高可說是無所不在。

「他來了。」賈傑說。

賈傑顯然花了些時間將影片剪輯在一起，因為它表達出的故事有相當多不必要的特色。你可以把影片配上音樂，或許走某種陰鬱德式風格，就可以把它賣給藝術畫廊了。

「你做這個影片的時候是有多無聊？」我問。

「並不是每個人的職業生涯都充滿神祕事物和魔法。」賈傑說。「你看，他一路搭電扶梯上樓，但在到達驗票閘門之前，他轉過身回頭往下走。」

我看著理查．路易斯和其他人群沿著一條通道耐心地拖著腳步，走下一段樓梯並踏上月臺。他慢慢往前走，直到站在標示月臺邊緣的黃線上。他在那裡等待著，直視前方，等待下一班列車。當列車抵達時，理查．路易斯轉頭看著列車進站，然後，正如賈傑所說，算準了時機往前跳。

我猜想應該還有更多撞擊時的影片，但幸運的是，賈傑覺得沒必要拿來勉強我看。

「他是從哪裡進站的？」我問。

「倫敦橋。」賈傑說。「他在南華克自治市的地方議會工作。」

「他自殺之前，為什麼要從一個車站搭到另一個車站去？」我問。

「噢，這並不奇怪。」賈傑說。「我們曾遇過一個女人，跳下去之前先停下來吃完她的洋芋片，還有一個南肯辛頓的男人堅持不在有小孩可能會看到他的時候跳下去。」

賈傑描述體面地穿著細條紋西裝、拿著傘的男人是如何錯失每個機會時，明顯變得更加激動。「最終月臺上只剩下他的時候，你可以在監視錄影畫面上看到他整理自己的袖口及調整領帶。」

「彷彿他想在去到那裡時製造好印象。」賈傑說。

無論「那裡」可能是哪裡。

然後，正當下一班列車只剩一分鐘就要進站時，月臺上出現了一整團剛從博物館出來的學生。孩子們和忙得左支右絀的老師們占據了整個月臺。

「你應該看得到他的臉，」賈傑說，「超級沮喪的。」

「他最後達成目的了嗎？」我問。

「沒有。」賈傑說。「那時候車站中控室已經有人注意到了，跑下去阻止他。」接著，在不到六小時內，穿細條紋西裝的男子就被拘留、隔離，並送到精神科與值班的心理學家聊聊。

「我想知道他是否試圖再跳一次？」

「只要他沒在我們值班的時候跳就好。」賈傑說。

「那麼，我們的路易斯先生到底有什麼可疑之處？」

「是他跳軌的位置。」賈傑說。當地下死者選擇他們遺世的跳軌位置時，通常滿容易預測的。

「如果他們只是想要求救，」他說，「那麼他們會從月臺的最末端跳下去，因為列車開到那裡時差不多停下來了。如果他們是認真的，那麼就會選在駕駛員毫無機會反應的另一端，列車正處於全速行駛。媽的，要是你選在那裡，甚至連跳都不用跳，只要探身出去，列車就會直接把你的頭撞斷。」

「如果他們從月臺中間跳呢？」

「就表示他們猶豫不決。」賈傑說。「這是一件有程度之分的事情，只要有點遲疑，他們就會選這一邊；如果他們相當確定，就會選另一邊。」

「路易斯先生選中間。」我說。「意思是他腦中兩種想法都有。」

「路易斯先生，」賈傑說，將影片倒轉回到他跳軌之前，「剛好從進出站口的前方跳下去。如果列車馬上要進站了，那我還能理解。但是車還沒來，他還得等一等，像是他一點都不在意自己要從月臺的哪個地方跳下去。」

我聳聳肩。「所以呢？」

「你跳下去的位置很重要。」賈傑說。「這是你生命中要做的最後一件事。看看他。他只是掃視一眼確認有車要進站，然後砰地跳下去不見了。看看那一跳多麼有自信，不見絲毫猶豫。」

「你對跳軌自殺的知識真豐富，容我向你致敬。」我說。「你認為究竟發生了什麼事？」

賈傑注視著他的咖啡好一陣子，然後問道：「讓人們去做違反他們意願的事，是有可能的嗎？」

「你的意思是像催眠那樣？」

「不只是催眠，」他說，「像瞬間洗腦一樣。」

我想起第一次遇見無臉男的情形，他以一種隨興的方式命令我跳下屋頂。如果沒有建立對這種事情的抵抗力，我也會照做。

「這叫做魅惑。」我說。

賈傑盯著我看了一會兒——我覺得他原本並不期待我會有肯定的答案。

「**你**能做到嗎？」他問。

「拜託。」我說。我問過納丁格爾關於魅惑的事，他告訴我即使是最簡單的一種都是七級咒語，而且結果稱不上穩定。「特別是當你認為這不算難以防守抵禦的時候。」他是這樣說的。

「那你的上司呢？」

「他說他知道這個原理，但他從未實際執行過。」我說。「我覺得他認為這不是一件紳士該做的事情。」

「你知道那是怎麼做到的嗎？」

「先施展出**形式**，然後告訴目標該做些什麼，」我說，「瓦立醫生認為咒語會改變你大腦的化學作用，讓你特別容易受到暗示影響，不過這只是一個理論而已。」

主要因為我和瓦立醫生設想的實驗性方案，是對一些志願者下咒，檢查他們在之前和之後血液中的化學變化，這排在我們想要測試的一長串其他事情的最後，而且還得假設我們可以讓納丁格爾和醫學研究委員會批准。

「你認為我們的路易斯先生是被迫自殺的嗎？」我問。「是基於什麼？他跳下去的位置？」

「不只如此。」賈傑在他的平板電腦上叫出另一段影片，「看這個。」

這是當理查．路易斯搭乘電扶梯上到車站大廳時，將他頭部和肩膀的特寫拼接在一起的影像。監視器鏡頭的解析度持續且快速地改善，在「恐怖主義目標」這個詞發明之前，倫敦地下鐵就已經有許多最好的設備可以使用。不過影像還是受到顯像粒子和突然的燈光變化影響，表示這經過某款物美價廉的軟體加強處理過了。

「我該注意什麼？」我問。

「看著他的臉。」賈傑說。我依言照辦。

這就是張極其平常的通勤族臉龐，疲倦又認命，在注意到能吸引他目光的某些事或某些人時偶爾眼睛一亮。他在搭電扶梯時查看了手錶至少兩次，像是要急著趕上往史雲頓的早班車。

「他住在郊區。」賈傑說。一時之間，我們都不能理解通勤族為何要選擇住郊區。

當他從上方的電扶梯走下來，目光搜尋最不擁擠的驗票閘口時，影像的畫質足以捕捉到我們預期的那一刻。他再次查看手錶，堅定地往他選擇的出口走去。然後他停下來猶豫了一會兒，接著轉身往後，朝向下的電扶梯前進，去趕赴他與已停產的 Mark II 1972 鐵路列車的約會。

看起來就像他只是記起自己忘掉的某件事。

「這太快了。」賈傑說。「如果你忘了什麼事，你會停下來，心想，『噢，天啊，我必須一路往回搭電扶梯下去，可是，不管是什麼事，真有糟糕到需要回去嗎？』，**然後**你才會轉身。」

他說的沒錯，理查．路易斯停下來，像身在閱兵場上接到指令般俐落轉身。他回頭往下搭時，臉上的表情專心地出神，彷彿在想什麼重要的事情。

「我不知道這是否算魅惑，」我說，「可是事情絕對不簡單。我想我需要第二意見。」

但我已經認為這是無臉男幹的了。

「很棘手。」在我把納丁格爾引到科技基地、給他看了那段影像後，他說。「這是一項非常冷門的技巧，尖峰時段的地鐵站幾乎不是施行它的理想環境。你有可以看得到訂票大廳的廣角鏡頭影片嗎？」

我花了幾分鐘時間才從賈傑寄給我的檔案中把影片挖出來，主要是因為他古怪的檔案標記方式。對於「影片」可以輕鬆又快速地操控播放，納丁格爾發出了一聲驚嘆的低語。「這就是所謂的錄影帶？」他問。

我沒告訴他**這**全都是儲存在高速旋轉的閃亮光盤上的二進制信息，部分原因是我必須先查清楚細節，但大多是因為等他理解這項技術的時候，它早就被別的東西取代了。

他花了大約一個小時來來回回捲動訂票大廳的影片，看能否在搭車人群中發現一名術士。納丁格爾的專心程度很嚇人，不過即使是他也無法過濾出任何可疑人物。

「他可能就走在路易斯身後兩步遠。」納丁格爾說，「可是我們不知道他長什麼樣子。」

稍後我們向萊斯莉簡要地說明，她想知道我們為什麼會假設一定是無臉男。「也可能是彼得眾多河流女朋友中的某人，」她說。「或是什麼同樣奇怪的東西，只是我們還沒遇到過。」

我指出理查·路易斯一直列在懷疑是小鱷魚成員的名單上，她同意這是條可能的線索，應該追查。

「你得去他家打探一下。」她說。「如果發現了什麼，那我們就知道這樁自殺案值得一查。」

「想一起來嗎？」我問。萊斯莉說史雲頓一日遊聽起來很吸引人，不過她必須婉謝我的好意邀請。

「我得把神奇諾飛的報告完成。」她說。「要做兩份報告，一份是浮麗樓的檔案文件，另一份消毒過的版本是給更大的倫敦警察廳。」萊斯莉格外會寫消毒過的報告。

「我打算歸咎於他試圖用白蘭地玩憑空點火的把戲。」她說。「這樣一來，他的官方供詞——他正在表演魔術，可是出錯了——就會與證據吻合。」

用不著說，我們不會起訴他。相反的，他得去瓦立醫生那裡上我們所謂的「安全講座」。跟好醫生與他的大腦切片相處半小時，就足以讓任何人終生遠離魔法。

於是我爬進 Asbo 準備採取行動，駛上M4公路，朝泰晤士河谷的荒野開去。

一路上，大部分時間都在下雨，廣播警告說會淹水。

理查．路易斯住在列入二級法令保護建築的茅草屋頂別墅，擁有自己的私人車道入口，在雨中看起來就像自有的果園。這裡是那種風景如畫到誇張的地方，被充滿鄉村夢想、現金多到滿出來的人買下來。看著小屋，我真希望我有時間仔細檢查路易斯先生的財務狀況——靠他在南華克議會賺來的錢，是沒辦法買得起這樣的地方。我猜想他是否暗中幹了什麼勾當。也許他太貪心了，向錯誤的人要了額外的金錢。

或者他註冊登記的同性伴侶，菲利普．歐蘭德先生原本就很富有。

我將車停在外頭一輛綠色 Range Rover 旁邊，從它的輪罩拱判斷，車齡不到一年而且從未行駛在泥土路上，潮溼的碎石被車輪輾擠到前門。雖然才剛過中午，低垂的雲層與細雨意味著天色灰暗得足以讓居民把樓下的燈打開。看到有人在家幫了我一個大忙，因為我先前並沒有通知對方要來訪。

如果能避免，就不要事先通知，像個恐怖的驚喜般出現在某人的門口總是比較好的。假如你要談話的對象沒機會演練他們的證詞、討論他們要說什麼、藏好證據、埋葬屍塊之類的事情，調查通常會進行得更順利。

橡木大門上有個真正的拉鈴索，聲音聽起來像有個牛鈴裝在大門的另一邊。垂掛在門廊上方的茅草試圖滴水在我背上，於是我站到一旁等人開門。房子周圍的空地——面積寬廣到我無法稱之為花園——在柔和的雨勢中潮溼而安靜。在某個角落的周遭，我可以聞到一股溼玫瑰花叢的香味。

開門的是一名中年婦女，有著圓圓的棕臉、黑色雙眼及短短的深色頭髮——我會猜是菲律賓人。她身穿一件白色塑膠圍裙，底下是藍色聚酯纖維外衣和一雙黃色洗碗用手套。她似乎不太高興看到我。

「有什麼事嗎？」她有一種我分辨不出是來自哪裡的口音。

我表明身分，並要求和歐蘭德先生談話。

「這跟可憐的理查有關嗎？」她問。

我說是的，她告訴我，菲利普的心都碎了。

「真是可憐。」她說，邀請我進屋，在她去叫歐蘭德的時候，要我在客廳等待。

別墅的內部十分令人失望，以極其普通的設計師風格配置——奶油色沙發、以鋼管點綴的家具，牆壁漆成房屋仲介最愛的白色色調。牆上只有照片，大部分是黑白照，毫無任何特色。當穿圍裙的女人與菲利普·歐蘭德回來時，我正在端詳一幅兩位紐奧良爵士音樂家的真人肖像。

他是一名三十多歲的矮小苗條男子。儘管他的臉比較瘦，他的面貌還是跟那位年長女性相似到足以判定他們是親戚。是他的母親，我心想，或者至少是姊姊或阿姨。作為他的母親，她似乎有點太年輕了。

當警察的美好之處是，你可以滿足自己的好奇心，而無須擔心不擅交際這種事。

「妳是他的親戚嗎？」我問。

「菲利普是我兒子。」她說。「我的大兒子。」

「她來這裡，呃，幫忙，你知道的，」菲利普說，「在那件事發生之後。」

他打手勢請我坐下，我自動等他選擇了坐在沙發上之後，才隨意挑一張椅子坐下──最好保持我的身高優勢。我們先從一些標準的對話開場白著手：我很遺憾他離開了，他很遺憾、我很遺憾，我會想來點咖啡嗎？

你永遠不會拒絕亡者家屬請你喝的咖啡，就像你總是從一開始就帶著哀悼的僵硬表情。這種平凡的交流能幫助證人平靜下來。生活遭到瓦解的人正在尋找秩序和可預測性，即使只能在小事情裡找到。這就是身為警察最有用的時候了──看起來很冷靜、慢慢地說話，有百分之九十的時間，他們會把你想知道的一切告訴你。

菲力普有著我以為是加拿大人的口音，但我問了之後才發現是加州腔。更精準地說是舊金山。他的母親是菲律賓人，但在她二十幾歲時已經搬到加州，並遇見了菲利普的父親，他的雙親都是菲律賓人，不過他出生在西雅圖，那時兩人都在菲律賓的加洛坎市探望親戚。於是我們建立了一點親密的情誼，談論到在廣大的移居僑民家庭中成長的樂趣，以及母親不合理地認為年輕男孩最重要的應該是對學業、家務和家庭的承諾。一旦你完成大學學業，就有足夠的時間去享受社交生活、結婚和撫養孫子女。這明顯的矛盾似乎從未讓她們感到困擾。

「我們正在為了孫子女而努力。」菲利普說。

領養或者代理孕母，不知道他們會選哪一個？現在好像不是發問的時機。

他母親為我們端來咖啡，放在畫有小貓的琺瑯托盤上。我等她忙完離開後，才詢問他是如何搬來英國並認識理查．路易斯。

「我是因網路公司而致富的。」他簡短地說，「一間你沒聽過的公司的共同創辦人，後來被一間更大的公司收購，我與他們簽署了保密協議。他們給了我鉅額股份的選擇權，在市場崩壞之前我把股份拋售兌現了。」

他對我露出淡淡的笑容。顯然這是他的官方說法，這個適當的停頓是留給懊悔的笑聲或者自嘲的咯咯聲的——只不過，這是他的伴侶死後他第一次說這個故事。

「有太多好事發生時，我總是會擔心。」他說。

在成為百萬富翁後他就來到了倫敦，為的是此處的文化和夜生活，不過最主要是因為，據他所知，他的近親都沒有住在這裡。

「我愛我的家人，」他說，看了一下後方的母親，「但你知道那是怎麼回事。」

他去皇家歌劇院看威爾第的《假面舞會》表演時，遇到了理查．路易斯。他是一時衝動跑去的，因此一直待在站立區，這時，一名穿著得體的陌生人轉身對他說：「天啊，這真是一場難看到爆的表演。」

「他說，他至少可以想到五件寧願馬上去做的事。」菲利普說，「我問他第一件事是什麼，他說，『那麼，喝杯烈酒會是個好的開始，你認為呢？』於是我們一起去喝一杯，就這樣，愛神的箭正中紅心。」

但這並不是一見鍾情，菲利普帶著大筆財富飛越海洋可不是為了答應這種似是而非的追求。「他循序漸進，」菲利普說，「他很有方法也很有耐心，而且——」菲利普看向一旁，盯著空白的牆面好一會兒，才深吸一口氣，「真的非常風趣。」

三個月後他們結婚了，或者更確切地說，他們進入了公民伴侶關係，包含正式的儀式、慶祝活動和適當的婚前協議。

「那是理查的主意。」菲利普說。

我判斷現在正是輪到問卷調查的好時機。這是由瓦立醫生和納丁格爾制定的，用來揭露真正使用魔法的證據——而不是對超自然事物、鬼故事、幻想小說和那些古老宗教信仰的興趣。瓦立醫生從既定的心理測定學和社會學量表中抓出一些問題，好讓它聽起來比較正當。我稱它為同理心測試[1]，雖然只有瓦立醫生抓到笑點，而且他還得上維基百科查過。

「這是為了替這些……悲劇性事件提供背景資料，」我說，「看看未來能做些什麼加以預防。」

到目前為止，我主要是對有嫌疑的小鱷魚進行調查，我一直假裝訪問是完全隨機的方式。看著菲利普的臉，我決定我們得構思出一套全新的策略來應付這些失去親人的親屬，要不然瓦立醫生可以自己過來執行他那該死的測驗。

菲利普點了點頭，彷彿這件事再合理不過了。或許他只是很高興我們願意花心思調查下去。

測試開始時，有幾個心理問題用來當作暖身，我差點想跳過第五題：「受試者是否對生活中的任何方面表現出不滿？」可是瓦立醫生強調測試必須有連貫性。

「我不這麼認為。」菲利普說。「一直到我看見事故的錄影畫面。」

「他們讓你看那個？」我問。

「喔，是我堅持要看的。」菲利普說。「我認為理查不可能自殺。他有什麼原因要這麼做？但是很難與你親眼見到的證據辯駁。」

我轉而進行「精神上」的提問，顯示理查差點成了一名英國國教徒，就像菲利普差點成了一名天主教徒一樣。菲利普自豪地告訴我，自他出櫃的那一天起，他的母親就不再是一名虔誠的天主教徒了。

「她說，等教會道歉的那天之後，她就會回到教會去。」他說。

除了需要鑑賞韋格納或《魔笛》以外，路易斯對超自然事物毫無任何興趣，而且他沒有任何關於魔法的書，甚至連書都沒幾本。

「當我們搬到這裡的時候，他送掉了大部分的舊書。」菲利普說。「他說，通勤到倫敦用他的Kindle看書比較方便。現在我很氣他在火車上度過了那麼多時間。可是他愛這裡的家，也不會放棄他的工作。」

菲利普並不理解為什麼。「我知道他在工作上始終沒獲得任何成就感。」他說。菲

1 Voigt-Kampff test，科幻電影《銀翼殺手》中區分真正人類與人造人的測驗。

利普絕對可以在自己的公司聘雇他的，他們替高科技新創公司管理財務。「他討厭在倫敦工作，說他討厭這個城市，我懇求他辭職求了五年，他還是不願意。」

「他有說為什麼嗎？」我問。

「沒有。」菲利普說。「他總是轉移話題。」

在那之前，我一直在塗鴉，不過現在我開始做筆記了。心懷祕密總是會引起警察的懷疑。雖然我們願意相信有可能全然無辜的解釋，但我們從來不認為這值得賭一把。

我問菲利普，身為城鎮規畫師的理查，他有沒有特別談及工作上的什麼事情？菲利普說他沒注意到。理查也從未抱怨過貪腐情事，或者在任何壓力下以某種方式影響規畫決策。

「無論是什麼原因讓他留在這裡，」菲利普說，「他顯然已經受夠了，因為他告訴我他正準備辭職。」他避開我的視線，慌亂地摸著茶杯想擋住眼淚。

他母親再次忙碌地回來了，看見他的眼淚，惡毒地瞪了我一眼。我問完問卷剩下的題目，快速完成工作，再次表達我的哀悼之意後便離開了。

理查．路易斯身上發生過某些可疑而且可能是超自然的事情，然而由於他顯然不是一名術士，我想不出他和令人興奮的現代魔法勢力的終極世界有何關聯。當我回到浮麗樓時，我寫下紀錄，並完成必要的兩份報告的歸檔事宜。警察工作中對於這種無用線索的想法是，要不是一些其他完全不同的偵查線索會出乎意料地證明有所關聯，就是你永遠不會查出該死的發生了什麼事。

我的直覺是，我們永遠不會知道理查・路易斯為什麼把自己扔到火車下——後來發生的事只是證明了：為什麼你不應該相信自己的直覺。

4 複雜且無以名狀之事務

排名在車禍相關事件之後，搶劫和偷竊是公眾——也就是平民老百姓——之間最常見的犯罪。這也是他們最常抱怨的一件事，主要是因為他們知道偷盜的破案率很低。

「我不知道你們為什麼要這麼麻煩地把這些東西寫下來。」當他們為了申請保險理賠而誇大他們物品的價值時，他們會這樣說。

「你們抓不到小偷的，對吧？」對此，我們無法回答——因為他們說對了。我們不會因為那些特定的竊盜案抓到他們，但我們經常在之後才抓到，然後找回一些你的東西，只不過那樣東西現在已經被保險理賠金買來的更好東西取代了。大部分追回的物品都是垃圾，但其中一些會吸引藝術古董組的銳利目光，他們會搶奪它、幫它拍照，並且把它輸入資料庫，倫敦警察廳為它取了令人耳目一新的好聽簡稱，叫做倫失藝，全名是倫敦失竊藝術品目錄。

他們一直說要把資料庫開放給民眾查詢，我可不會屏息等候。如果員警可以說服直屬上司為他的行動指揮隊爭取授權、允許透過他們使用的終端機登入資料庫，那麼開放給像我一樣的警察人員搜尋是**有**可能的。當直屬上司對於資料庫和網路搜尋的概念，以及真正的「直屬上司」這個概念都很模糊的時候，這並不是一件容易的事。就在新年過後，我總算取得登入訪問權，如今查看資料庫新增的物件是我早晨的例行公事。「不擇手段想躲避真正的工作」是萊斯莉的結論，納丁格爾則是對我露出隱忍已久的表情，每當我意外炸掉滅火器、在他說話時睡著，或者弄錯拉丁文的動詞變化時，他也會露出同樣的表情。

在我造訪史雲頓兩星期後的某個寒冷黑暗的早晨，我終於有了第一個發現，你可以想像我有多麼興奮。我總是從珍本書開始看，而我差點就錯過它了，因為這是本德文書，書名是《Über Die Grundlagen Dass Die Praxis Der Magié Zugrunde Léigen》，幸運的是，它被翻譯成《關於實踐魔法參考文獻的基礎知識》，可能是Google翻譯的。卷頭插畫是作者雷納．穆勒的人像，一七九九年在威瑪出版。我利用一般圖書室的卡片索引查詢了穆勒這個名字，什麼都沒找到。

我記下物件編號，把描述列印出來，在稍後的晨間練習時拿給納丁格爾看。他將書名翻譯成《魔法實踐構成的基本原理》。

「德文不錯喔。」我說。

「我認為你最好找到這本書，」他說，「看看能否追查它來自哪裡。」

「這跟伊塔斯貝有什麼關係嗎？」我問。

「天啊，沒有。」他說。「不是每樣德國人的東西都跟納粹有關。」

「這是《魔法學原理》的翻譯本嗎？」我問。

「我得看過之後才能回答你。」

「我馬上去跟藝術古董組聯絡。」我說。

「等會兒。」納丁格爾說。「練習完之後再去。」

藝術古董組，倫敦警察廳的大多數人絕對不曉得他們也叫藝術工藝小組，偶爾會追回一樣就連新蘇格蘭場中央的證物儲藏櫃都不夠保險的貴重物件。為了這些物件，他們租賃了佳士得拍賣公司的空間，那裡有全世界最嚴謹、但謠傳是非法的安全措施，足以嘲笑翻牆入室的飛賊、讓國際藝術品大盜難堪。這就是為什麼隔天早上，我發現自己走在聖詹姆士區的國王街上時，覺得即便是一場淒風苦雨也洗不掉此地的銅臭味。

自一八二三年以來，佳士得的倫敦總部就設在此處，就連一九四一年四月遭遇一場燃燒彈攻擊也沒造成影響，只摧毀了國王街八號正門以外的一切事物。他們在五〇年代進行改建，這正是它的大廳令人失望地難看且天花板低矮的原因，儘管設有昂貴的空調和大理石地板。

浮麗樓不像倫敦警察廳的其他部門，會產生幾億幾兆字之多的文書資料，但我們的資料往往較為深奧，無法外包給位在印威內斯的資訊公司處理。於是我們轉而委託一名住在牛津大學地下室的老人——那間地下室就位在博德利圖書館下方，這個老人還是一名有博士學位的皇家學會會士。

我在樓上的視聽室裡找到哈洛德．波斯特馬丁教授，這位哲學博士兼皇家學會會士兼博德利圖書館管家婆正埋首書中。我後來才知道這裡的設計刻意降低了彩度，空間裡全鋪著米色地毯，牆壁也漆成白色，加上鋁管和黑色人造帆布組成的包浩斯簡約風格椅，無論你正在閱讀什麼，都不會轉移你的注意力。波斯特馬丁正在一座沒有裝飾的講臺上檢視他的戰利品。他戴著白色手套，用一支塑膠小刮刀來翻動書頁。

「彼得，」當我進門時，他說，「這一次你已經超越了自己，真的大有長進。」

「這本是真正的魔法書嗎？」我問。

「我應該這麼說，」波斯特馬丁說，「這是一本正統的德國魔法咒語和符咒書。自一九九一年以來，我從未看過任何一本這種書。」

「我以為這可能是《魔法學原理》的抄本。」

波斯特馬丁越過他閱讀用眼鏡的上緣瞥了我一眼，咧嘴而笑，「這本書當然是奠基於牛頓的原理，但我認為它不只是抄本而已。我的德文有點生疏了，但我可以確定它看起來像是從科隆大學的 Weiße Bibliothek 來的。」

我的德文比我的拉丁文還糟，但我想我能懂這個詞的意思。

「白色圖書館？」我問。

「又名阿爾巴圖書館，是德國的魔法學中心，直到一七九八年當時占領德國的法國人關閉了大學為止。」

「法國人不喜歡魔法？」

「幾乎沒有好感。」波斯特馬丁說。「他們關閉了所有的大學。這是法國大革命不幸的副作用之一。」

圖書館藏書的下落並不明確，但根據波斯特馬丁的紀錄，整座白色圖書館的館藏都被人從科隆偷運到了威瑪。

「在高漲的德國民族主義影響下，」波斯特馬丁說，「他們就在威瑪設立了 Deutsche Akademie der Höhere Einsichten zu Weimar，簡稱 Weimarer Akademie der Höhere Einsichten。」

「的確簡短得多。」我說。

「譯成威瑪高等洞見學院。」波斯特馬丁說。

「高等洞見？」我問。

「Höhere Einsichten 可以翻譯成高等洞見，或者『高等理解』。」波斯特馬丁說。「其實兩者皆可。德語真是一種用來討論深奧學問的優秀語言。」

那並不相當於德國版的浮麗樓。「嚴謹多了，也沒那麼自負。」波斯特馬丁說，他相信在十九世紀的大半時間裡，**威瑪學院**都是比浮麗樓要來得進步的。

「儘管有人喜歡說兩者在二〇年代時已經並駕齊驅了。」波斯特馬丁說。三〇年代，威瑪學院被希姆萊[1]的**德意志研究會**併吞，該組織致力於教育一批聰明人，為納粹主義和印第安納·瓊斯[2]提供源源不絕的一次性壞蛋。

1 海因里希·魯伊特伯德·希姆萊（Heinrich Luitpold Himmler）是納粹德國的重要政治人物，信奉神祕主義與北歐宗教，曾成立德意志研究會（Ahnenerbe）。

又一次，我們再度談到伊塔斯貝。無論一九四五年時納丁格爾和在劫難逃的朋友們在那裡做了什麼。

我問德國人是否擁有和浮麗樓相同的現代組織。

「德國的聯邦警察部隊有個總部位於梅肯海姆的分支，名叫 Abteilung KDA，是 Komplexe 和 Diffuse Angelegenheiten 的縮寫，翻譯為『複雜且無以名狀之事務部門』。」

先不談這個奇妙的名字，聯邦政府對該部門的職責含糊其辭，極不像德國人。「對方怪異的態度就類似英國白廳對浮麗樓的含糊其辭。」波斯特馬丁說。「說真的，這反而相當引人注意。」

「我猜你從來沒想過要打電話去問問看。」我說。

「業務運作上的事情與我無關，」波斯特馬丁說。「除此之外，我們認為沒有必要。」

戰後倖存的英國巫師一直堅信魔法即將從世界消失。假如你存在的理由就像極圈冰山一樣正一點一滴地消融，就不需要再與姊妹組織去建立雙方連結了。

「還有，彼得，」波斯特馬丁說，「如果這本書確實來自白色博物館，那麼德國人很有可能會想把它要回去。就我而言，我是不想把它從手中交出去。」他把戴著白手套的手緩緩放在書封上強調。「不過，藝術古董組當初是怎麼弄來這麼本書？」

「是由一名有信譽的書商繳交的。」我說。

「信譽度有多高？」

「顯然是很足夠了。」我說。「賽西爾巷的『柯林與利奇』。」

「這個小偷肯定很幸運地不知道他拿到了什麼。」波斯特馬丁說。「那就像試圖在波特貝羅市集**兜售**一幅偷來的畢卡索作品一樣。」他反覆說「兜售」，顯然沉浸在這個詞的音韻裡。「他們是怎麼把這本書從持有人手上搶過來的？」

我告訴他我不清楚細節，等我們談完話之後，我就去追查。

「為什麼還沒去查？」波斯特馬丁問。「姑且不論這本書更深奧的特性，它仍然是一件極具價值的物品。你們應該已經展開調查了吧？」

「這本書還沒有通報失竊。」我說。「對藝術古董組而言，沒有任何需要調查的犯罪情事。」而且，目前倫敦警察廳正飽受預算縮減之苦，沒有人會急著找理由替自己增加工作。

「真令人好奇。」波斯特馬丁說。「也許物主沒發現它失竊了。」

「也許試圖賣掉它的傢伙就是物主。」我說。「他或許會想要回去。」

波斯特馬丁充滿恐懼地看了我一眼。「不可能。」他說。「我有一輛運鈔車負責運送這本書和我到牛津同時保護我的安全。此外，如果那個人是物主，以他的能力和各項條件，也不配擁有這本書。」

「你雇了一輛運鈔車？」

---

2 Indiana Jones，喬治・盧卡斯導演、哈里遜・福特主演《法櫃奇兵》系列電影中的主要角色。

「為了這個？」波斯特馬丁說，憐愛地看著那本書。「當然，我甚至考慮拿出我的左輪手槍來。」他停了一下，確認我真的被嚇到了。「別擔心。我以前開槍時都沒什麼準頭可言。」

「那是什麼時候的事？」

「在韓國，」他說，「服英國國民兵役的時候。我還留著服役時使用的左輪手槍。」

「我以為那時候軍隊已經換成白朗寧手槍了。」我說。一年前清理浮麗樓的槍彈庫，我學到了關於二十世紀殺傷性武器的知識，只要你把它們放著生鏽幾十年之後，它們就會變得危險又不穩定。

波斯特馬丁搖搖頭。「我用的是可靠的恩菲爾二型。」

「可是，你沒帶在身上對吧？」

「最後沒帶。我找不到備用彈藥。」

「那就好。」

「我到處都找遍了。」

「讓人鬆了一口氣。」

「我想一定是被我丟在車庫的某個地方了。」波斯特馬丁說。

查令十字路曾經是倫敦書籍銷售重鎮，此地的聲名狼藉足以避免跨國連鎖企業不斷追求將每座城市的每一條街變成彼此的複製品。賽西爾巷是一條行人專用的小巷，連接了查令十字路與聖馬丁巷，如果你忽略街道那頭的高檔漢堡餐廳和另一端的墨西哥連鎖餐飲店，你仍然可以看出這裡原本的樣貌。雖然據老一輩的說，現在比以前乾淨多了。

「柯林與利奇」位在許多家專門書店和畫廊之間，成立於一八九七年，現在的經營者是蓋文·海德利。他原本是個矮小結實的白人男子，有著漂亮的地中海黃褐色皮膚，應該是源自他陽光普照的第二個家，以及防止皮膚晒成橘色、夠強力的地中海基因。店裡溫暖到可以種石榴了，還聞得到新書的氣味。

「我們專營作者簽名初版書。」海德利說，並解釋作家會被說服在他們最新出版的書籍上「簽名並留言」——「他們會從書中挑一句話，寫在書名頁的頂端。」他說——然後他們的顧客就會買下這些書，像對待上好的紅酒般收藏。

書店的空間挑高且狹長，昂貴的上漆硬木書架上陳列最新的精裝書。

「是當作投資嗎？」我問。我覺得這麼做似乎不太可靠。

海德利覺得我的說法很有趣。「投資新出版的精裝書無法讓你致富，」他說，「也許你的小孩可以，但你不行。」

「那你是怎麼賺錢的？」

「我們是一間書店，」海德利說，聳聳肩，「我們賣書維生。」

波斯特馬丁說的沒錯。小偷一定是愚蠢到難以置信才會試圖在賽西爾巷兜售一件真正昂貴的古董，尤其是在柯林與利奇。海德利當時並未表現得大驚小怪。

「他把這東西包在垃圾袋裡。」海德利說。「他一解開包裝，我心裡就想『天啊！』。我的意思是，我也許只賣比較現代的東西，但是當它砰一聲放在我面前時，我仍然知道這是珍品。『你認為這東西值錢嗎？』他問。這有價值嗎？假如他知道魔法的存在，怎麼會不知道這一點？好吧，他可能是在他爺爺的閣樓裡發現這本書的，要是這樣的話，書況怎麼可能還如此良好？」

我同意這種情況的可能性不高，然後問他是如何讓那位紳士把書脫手的。

「告訴他我想把書留下來一晚，不然呢？這樣我才能找人做準確的估價。」

「他相信了？」

海德利聳聳肩，「我給了他一張收據，並詢問他的聯絡方式，不過他告訴我，他剛剛想起自己把車停在雙黃線上，等等就回來。」

接著他跑了，就這樣把書扔著。

「我猜想他一定是意識到自己搞砸了，」海德利說，「慌了手腳。」

我問他是否能描述一下那個人的樣子。

「喔，我有的不只是描述而已，」他說，舉起一個隨身碟，「我還有監控影片。」

所謂該死的監控國家的問題是：很難用監視錄影畫面來試著追蹤某人的行動，特別是如果他們以步行移動。某部分的問題是，攝影鏡頭基於不同的理由而分屬不同單位。西敏市議會擁有一個處理交通違規的監視網，牛津街貿易組織則有一個針對商店竊盜和扒手的龐大監視網，而每間個別的商店也都有自己的監視系統，酒吧、俱樂部和公車亦是如此。

當你在倫敦街頭行走時，重要的是要記住，「老大哥」可能正在看著你，或者在尿尿、看報紙、幫忙疏導車禍現場的交通，或者他也許只是忘了把該死的監視器打開。

在正規的案件調查小組中，會有一名警員或巡佐抵達犯罪現場，負責定位所有可能拍到事發經過的攝影機並蒐集所有影片，然後瀏覽拍攝過程——然而那會花費數千個小時——尋找任何相關線索。他或她會有一個多達六名探員的小組來幫忙處理這項工作，傻瓜如我當然只能靠自己、托比，還有想看到正義伸張的堅定決心去完成了。

那本書是在一月底時交給藝術古董組的，大多數私人場所不會保留超過四十八小時之前的影片，但我設法從交通攝影機和一間最近剛安裝監視系統、還不知道怎麼刪除舊檔案的酒吧搜刮了一些。在過去，我得扛著裝滿錄影帶的大袋子帶回1GB大的資料量，現在只要存在海德利給我的隨身碟就搞定了。

我打算去蓋比餐館休息一下，吃些鹹牛肉和醃菜，這足足花了我三個小時，直到傍晚才回到浮麗樓。我想直接去科技基地查看影片，不過納丁格爾堅持我和萊斯莉得練習只用**驅動**將一顆網球來來回回地打過中庭。納丁格爾聲稱，當他還在讀書時，這是一種很受歡迎的雨天運動，名為室內網球。我和萊斯莉則稱之為袖珍版魁地奇，這說法讓他十分不耐。

規則很簡單，約莫是想像一群青少年處在一個全力以赴、全是男性的環境中。球員站在中庭兩端，必須待在一個用粉筆畫在地上、直徑兩公尺的圈圈內。裁判——此刻指的是納丁格爾——在場中放進一顆網球，球員們試圖使用**驅動**和其他相關咒語來推動對面打過來的球。要是打中脖子到腰部之間的身體就算得分，要是球在自己這一半場地失去控制就算失分。瓦立醫生一耳聞有人在進行這項運動，便堅持要求我們比賽時穿上板球頭盔和面罩。

納丁格爾發牢騷說，在他那時候，他們永遠不會想像穿上護具的樣子——即使是在第六學級他們用板球玩的時候。此外，這樣還會降低選手維持良好形式與不被首先擊中的動力。一直都不喜歡戴頭盔的萊斯莉也十分反對這件事，直到她發現球從我的頭盔彈起來時，會發出有趣的**啵**一聲。要不是一來有頭盔，二來萊斯莉放過容易攻擊的身體而針對我的頭部打、讓我比較容易贏的話，我會更加火大。

以前在開斯特布魯克的時候，男孩們會在比賽中打賭。他們賭的是勞動日，勞動的意思是年紀比較小的男孩會扮演大男孩的僕人，這樣你就知道上流學校都在做些什麼事了。我和萊斯莉都是渴望成功的勞工階級，賭的是上酒吧時誰請客。事實上，萊斯莉總是得自己付飲料錢的唯一原因，很可能只是我比她多當了七個月學徒。

最後，一個物體擊向我，又**啵**一聲彈向萊斯莉，以及由於托比跳起來在半空中抓住球的犯規這點，比賽打成了平手。我們休息享用我和萊斯莉稱之為晚餐、納丁格爾稱之為晚飯，以及茉莉——我們開始懷疑——認為是她烹飪實驗的現場驗收。

「這個馬鈴薯吃起來有點不一樣。」萊斯莉說，戳著工整圓錐形的一堆搗碎物，這是為了平衡盤子另一邊納丁格爾確認是乾煎鮪魚排的配菜。

「因為這是甘薯。」納丁格爾說——真令我吃驚。像甘薯這樣的食材並不常出現在傳統英式菜單上。如果出現的話，廚子可能會把它搗成糊狀再覆上洋蔥肉汁。我母親會把它當木薯一樣煮熟，切片後塗上奶油，搭配辣到足以讓你舌尖燒焦的湯。

我望向茉莉，她正看著我們吃。她抬起下巴，與我的眼神交會。

「這好吃極了。」我說。

我們聽見一陣來自遠方、鈴聲般的聲響，每個人都有點困惑，直到我們辨認出那是浮麗樓前門的門鈴。我們互相交換眼神，接著大家公認因為我本身不是超自然生物、也不是一名督察長，或是必須在與民眾接觸前先戴上面罩，所以被任命為首席應門員。

原來是一名騎腳踏車的快遞員，他遞出一件包裹要我簽收，是個A4大小的信封，以硬紙板加強硬度，署名給湯瑪斯．納丁格爾先生。

納丁格爾用一把鋸齒狀牛排刀從錯誤的一端打開信封。這樣比較好，他解釋，可以避免不友善的驚喜，並且抽出一張昂貴的紙張。他遞給我和萊斯莉看——這是手寫的拉丁文。納丁格爾翻譯道：

「河神之主與女士特此通知，即將在伯尼．史賓公園共同舉行他們的春季召見。」他停頓了一下，重唸最後一句，「伯尼．史賓公園，猶如依循古老的慣例，你們有維護安全的義務，並保護此過程不受敵人侵擾。」上頭蓋了泰本的吊死人印章及奧斯歷的水車封印，加上親筆簽名。

他將封印圖章展示給我們看。

「有人《權力遊戲》看太多了。」萊斯莉說。「什麼是春季召見？」

納丁格爾解釋，泰晤士老爹在河流上游主持的春季召見曾經是項傳統，通常在萊奇萊德附近，目的是為了讓他的子民們前來致上敬意。舉行時間通常是在春分前後，但自從老爹在五〇年代放棄了水路之後，就不曾再有形式上的召見了。

「如果我記得的歷史正確的話，浮麗樓也是如此。」納丁格爾說。「除了派特使過去獻上敬意之外。」

「我注意到這上面說『猶如依循古老的慣例』。」我說。

「是的。」納丁格爾說。「我想，泰本和奧斯歷都十分享受這種模稜兩可的說法。」

「或許他們不是非常認真地說這些話。」我說。

「如果只是這樣就好。」納丁格爾說。

晚餐過後，我前往科技基地喝杯啤酒，看看有線電視頻道在播些什麼。我以為萊斯莉可能會想加入我，但她說她累斃了想上床睡覺。我從冰箱拿了一罐紅條啤酒，花了五分鐘徒勞無功地在頻道間轉來轉去，然後決定來處理下午拿到的監視影片。

我從店裡的影片開始著手。由拍攝角度判斷，攝影機安裝在櫃檯上方，監視著從店內到前門之間的狹長範圍。我等到我們的目標男子踏進店內的那一刻才開始播放，他抓著裝有贓物的黑色袋子，迅速靠近櫃檯。

他是白人，臉色蒼白，鼻子細長，我猜是四十五歲左右，黑髮逐漸轉灰，深藍色的眼睛下方掛著眼袋。他身穿淺色襯衫，外罩一件棕褐色拉鍊夾克，以及卡其色的長褲。

我看著整起交易如同海德利所描述般進行，小偷發現自己犯下錯誤的那個瞬間也很明顯。他不由自主地望向監視器，意識到自己做了什麼事，不到一分鐘就奪門而出。

實際上是剛剛好三十六秒——由螢幕角落的時間碼得知。

書店的監視器是最新型的設備，我把影片轉回他看向攝影機時，將他的臉拍下來，只要使用相片及影像編輯軟體就能清楚放大，我印了幾張複本備用。儘管角度很差，但我相當確定偷書賊離開書店後是往右轉，朝聖馬丁巷前進。不過為了保險起見，我還檢查了從查令十字路上的巴克萊銀行拿來的影片。倫敦市中心的銀行擁有最好的監視錄影系統線路，而該分行的十五臺攝影機之一恰巧正對著賽西爾巷的入口。我瀏覽了他離開的時間點前後各二十分鐘的影像，證實他絕對沒有出來到查令十字路上。

賽西爾巷本身有幾臺位置很好的攝影機，但影片沒有被保留下來。所以我從聖馬丁巷中找到的最好影片是來自天使與皇冠酒吧，他們還沒弄清楚要如何刪除影片——感謝老天。不過，這是一個一秒記錄十格的低階系統，與其他在白天運作的攝影機相比，不清楚的重影要多得多。儘管如此，還是輕易地發現他，棕褐色拉鍊夾克和卡其色便褲出現在聖馬丁巷，左轉後爬上一輛灰白色Mondeo Estate——就我看到的應該是ＭＫ２型。

這讓我燃起了希望。如果這是他自己的車，那麼事情就簡單了，只要連上另一個包含駕駛車輛牌照局車輛數據資料庫的整合情報平臺查詢，我就可以取得由國家保險數據資料庫所提供的名字、出生日期和註冊地址。事實證明，老大哥畢竟是有他的用處的。

該死——我看不見車牌。即使車子開出來了，Mondeo 的角度還是太斜，而且影像品質差到我無法辨認車牌號碼。我前前後後看了好幾次，還是看不清楚。看來我得說服西敏市議會釋出一些交通監控影片，看能否讓我找到 Mondeo 轉進查令十字路的畫面。

不過我沒辦法馬上去做，現在早就過六點了，這就是所謂監控國家的另一個問題：幾乎只在辦公時間工作。

我喝掉另一瓶紅條啤酒，便上床睡覺。

吃過早餐、盡完遛托比的責任後，我回到科技基地繼續尋找偷書賊車牌號碼的清楚鏡頭。當我正準備深吸一口氣、開始越過西敏市議會那有如沼澤腹地般官僚的介面時，突然發現我忽略了一個更簡單的方法。我叫出聖馬丁巷的影片，點選回看 Mondeo 車剛停妥的段落，我們的偷書賊不是優秀的泊車員，在他第二次調整車子的角度時，我清楚看見了他的車牌。

一上整合情報平臺查詢後，我知道了他的名字：喬治・川查。他的長相和監視錄影畫面相符，他的警方紀錄也符合職業保險箱竊賊的形象。由他後半段職業生涯沒有被起訴的紀錄判斷，他是個手法高明、小心謹慎的人。他有非常多「嫌疑」紀錄，像是「犯罪嫌疑人」那種，和少數逮捕紀錄，但沒有定罪紀錄。根據備註的情報資料說明，川查是一名專家，個人或團體客戶會雇用他來撬開他們可能會在工作過程中碰到的任何棘手保險箱。他甚至擁有一家合法的鎖匠公司，我注意到他住在布倫萊，如此一來有點難指控他「備有偷竊工具」，因為他用同樣的工具來進行兩種工作。這些備註還暗示說，他最近已經從保險箱竊賊這一行「退休」，否則就是不當鎖匠了。

最後公開的住家地址與他的駕照地址和註冊的營業地址相同——我決定上門逮他。

5 鎖匠

又下雨了，開車過河到布倫萊自治市跟一個月前開到布萊頓的車程一樣久，花了很多時間在象堡附近的交通以及在老肯特路上龜速前進。

等你開到格羅夫公園南方，倫敦的維多利亞風便消褪不少，你會發現自己身在倫敦最後一波郊區都市化的仿都鐸式建築群中，像我和我父親這類的人不會把布倫萊這種地方視為倫敦的一部分，但外圍自治市就像討人厭的姻親一樣，不管你喜不喜歡他們，都甩不開了。

喬治・川查住的地方看起來像個奇怪的變種混合體，好像都市發展師覺得繼續蓋仿都鐸式的半獨立房屋太無聊了，決定把兩棟塞成一棟，變成看起來像有四間房子黏在一起的平頂房屋。寬闊的前花園就像街上大多數房屋一樣都用水泥鋪過，增加了停車空間以及淹水的風險。

一輛米白色福特Mondeo停在外面，布滿雨滴的車身閃閃發光，我查看車牌號碼——和監控畫面裡那輛一樣，不僅是ＭＫ２型，使用的還是有點遜的一點六公升引擎，不管川查幫人犯罪的收入有多少，肯定都沒花在座車上。

我坐在熄火的車內花了五分鐘觀察那棟房子的動靜，天色很陰暗，但透過窗戶沒看見裡頭有任何燈火，也沒人撥開紗簾看我。我下了車，以最快的速度步上前廊。這房子不知何時被上了一層粗糙的磨石子，我伸出手掌碰觸時，差點磨掉一層皮。

我撳下門鈴後等待。

透過門板兩邊結霜的窗格，我看得見門廊地板上散落著方形的白色與棕色物體——是被忽略的信件。照數量看來，應該累積兩、三天了，我又按一次門鈴，手指壓在按鈕上的時間已經久到有點不太禮貌了，但還是沒人應門。

我考慮要回到車上等，那裡有維吉爾的《農事詩》等著我苦讀，還有重新裝滿的監視補給包，我相信那裡面一定沒有茉莉恐怖的廚藝驚喜。當我轉身要走時，指尖刷過門鎖，這時我感應到了一些東西。

納丁格爾曾經將**感應殘跡**形容成強光留在眼皮上的殘影，我在門鎖上感覺到的東西像是閃光燈的殘留物，而鑲嵌其中的是某種堅硬銳利又危險的東西，像磨剃刀的皮革。

納丁格爾仗著他豐富的經驗，聲稱可以從每個咒語的**標記**——白話文來說也就是類似署名的印記——認出施展魔法的人是誰。我原本以為他是在唬我，但最近我開始覺得自己也能感應到。門上的**標記**讓我在電光石火間想起蘇活區的屋頂以及那個混蛋，他操著英國上流社會口音、沒有臉、對犯罪反社會人格有著非學術的狂熱興趣。

我檢查客廳的窗戶——裡面沒人。透過紗簾朦朧地看進去，隱隱約約的家具式樣老舊但狀況維持得很好，電視機則看起來有二十幾年歷史了。

因為那本書還沒正式通報失竊，我拿不到搜索票，如果我闖進去，就得仰賴忠實的老朋友：一九八四年的《警察與刑事證據法》第十七條第一款第 e 項清楚指出，為了維護「生命安全」，警員可以進入私人房屋。根本用不著聽到什麼可疑的動靜就可以進去了，這是因為連那些最頑強的自由黨員都不願意見到自己在屋裡快被勒死時，警方還在外頭磨磨蹭蹭。

如果我闖進去，而無臉男還在裡面呢？

我不像納丁格爾那樣法力高強，但我幾乎百分之百確定，門鎖上的**感應殘跡**是超過二十四小時前留下的，無臉男早就遠走高飛了。

幾乎百分之百確定。

上一次我能從無臉男手中逃過一劫，完全是因為他低估了我，而且裝甲部隊即時出現，我不覺得他會再低估我一次，再加上裝甲部隊遠在河的另一邊。

也不是說一輛滿載地區支援組的箱型車就能影響戰局，納丁格爾很確定，在公平的打鬥中，只有他能拿下無臉男，「不是說我想讓他有公平打鬥的機會。」納丁格爾這麼說過。

但我不能每次想進入嫌疑犯的房屋前都跑去找納丁格爾搬救兵，不然的話還要我這個人幹嘛呢？我也不能一直在門外晃來晃去，免得鄰居起疑打電話報警。

於是我決定強行進入。為了保險起見，我會打給萊斯莉讓她知道我在哪裡、正要做些什麼。

我們做這行的稱之為「進行風險評估」。

打給萊斯莉的電話直接進入語音信箱，我留了訊息，然後把手機關機，檢查四周是否有人在看，接著召出一團火球把防盜鎖轟掉。納丁格爾有另一道咒語可以更輕巧地拆掉鎖，但我只能將就著用。

我在走廊等了一下，傾聽著。

眼前有一道往上的階梯，右邊一扇打開的門通往客廳，走廊底端、房屋後方則有另一扇垂著珠簾的門，我想後面應該是廚房。

「警察！」我大喊，「有人在房裡嗎？」

我又等了一會兒。如果是一大群人一起行動，那麼講求的是快速攻克，在衝突開始之前就將之弭平，但當你單獨行動，最好慢慢來，並隨時注意撤退路線。

又是**感應殘遺**——燒焦的肉味、烤肉的煤炭味、另一次刀刃擦過磨刀石的感覺，還有一閃而逝的炙熱。

我不能在走廊耽擱一整天，雖然我很想這麼做。我快速通過門廊，確認客廳沒人，然後盡可能輕手輕腳地退出客廳，進入後面的房間。

這裡顯然以前是餐廳，不過被改造成工作室，有一張古董活板桌，上方擺著切割鑰匙用的機器和一盒盒坯件，落地長窗俯望著庭院和一塊溼漉漉的草坪，一座老式桃花心木餐具櫃上方掛著畫家喬治．斯塔布斯的仿作——十八世紀曠野中的馬匹。

房間裡有股金屬粉塵的味道，但我分辨不出是**感應殘遺**還是裁切鑰匙的殘留物，身後安靜的走廊讓我很緊張，於是我又快速移動到廚房。

廚房很乾淨、裝潢很老派，黃色的碗盤瀝乾塑膠架放著幾個馬克杯和一個孤伶伶的藍色瓷盤。

那股燒焦的肉味在廚房裡比較沒那麼強烈。我檢查櫥櫃和冰箱，發現裡頭擺滿了食物，但並沒有任何東西腐敗。

我對這棟房子開始有了初步了解，一名單身男子在家庭式的房屋中敲敲打打——他的父母呢？還是有漸行漸遠的妻子和小孩？換作是我母親，一定會把這裡塞滿親戚，或者把房間租出去，也可能兩者並行。

我再次退回到門廊上，站在階梯底。

烤肉的煤炭味更加強烈，我發現這完全不是**感應殘遺**，而是真實具體的氣味。

「川查先生，」我出聲問道，因為在未來的某個時間點，可能會有辯護律師質問我當時有沒有這麼做，「我是警察，你需要協助嗎？」

天啊，我希望他是出門去探望生病的母親、去買東西，或者去吃咖哩了。

樓梯頂端看得見一扇半開的門，依照典型室內設計邏輯來說的話，應該是通往浴室的門。

我踩上臺階，甩出伸縮警棍，拉到最長。不是說我不相信自己的能力，尤其是**驅動**的威力，但沒有什麼比一根來不及拉長的警棍更能驗證什麼叫「鞭長莫及的法律」了。

我慢慢步上階梯，那股味道越來越臭，主要是一種血液的銅味，混合著燒焦肝臟的氣味。我有個恐怖的想法：我知道那是什麼味道。

樓梯爬到一半時我就看到他了，仰躺在浴室裡，他的腳指向我，穿著黑皮鞋，品質很好但腳跟已經磨損，腳踝的部分以一種奇怪的角度往外張，非專業舞者很難維持這種姿勢。

我爬上最後幾階，看見他直勾勾地瞪著天花板，臉、頸項、雙手上僅存的皮膚是可怕的淡褐粉色，像是過熟的豬肉。他的嘴巴張得大大的，被染成煤渣般的黑色，雙眼則是水煮過後的駭人白色。雖然距離這麼近，臭味還算可以忍受——他一定死了一陣子，可能已經好幾天，我沒企圖查看他的脈搏。

一名訓練有素的警察找到屍體時必須做兩件事：打電話通報並且保護現場。

我在屋外淋著雨進行這兩件事。

謀殺對警察廳來說茲事體大，意思是謀殺調查真天殺的貴，所以你不會想輕易開啟調查，然後才發現受害者其實只是爛醉如泥想要躺一下而已。這種事真的發生過一次，雖然事實是那傢伙由於酒精中毒昏迷了——並不是謀殺案，這就是我要強調的。為了避免凶案小組的資深警官被迫離開他們無比重要的文書工作，命評組——也就是命案評估小組——的車輛會負責巡邏倫敦街頭，隨時準備好咻咻咻快速抵達現場，評估是否值得花費時間和金錢在那些死人身上。

他們一定恰巧在附近，不到五分鐘小組就抵達了——什麼車不好開，偏要開磚紅色的 Skoda，後座一定難坐死了。

負責指揮的偵組督察是個圓胖的錫克教徒，操伯明罕口音，鬍子修剪得整整齊齊，不過已經提早變灰。他爬到樓上去，不到五分鐘就下來了。

「不會有人比他死得更徹底了。」他說，差遣手下警員去拉封鎖線並準備挨家挨戶訊問，接著他講電話講了很久，我猜他在回報現場狀況，然後才招呼我過去。

「你真的是經濟與特殊犯罪部第九小組的人嗎？」他問。

「對啊，」我說，「但我們改名叫SAU了──特殊評估課。」

「什麼時候改的？」偵緝督察問。

「十一月開始。」我說。

「但你們還算是超自然課吧？」

「沒錯。」我回答，雖然是第一次聽到「超自然課」這個稱呼。

偵緝督察在電話中報告這件事，聽了一下電話那頭的指示，對我露出一個好笑的表情，然後掛斷電話。

「你留在這裡，」他說，「我的長官有話要跟你說。」

於是我在門廊上等候，一邊寫筆記。筆記有兩個版本，其中一版會收進我的Moleskine筆記本，另一版則會變成給警察廳的公文。這是個很爛但經過官方認可的程序，因為有些事情警察廳並不想知道，免得惹他們不開心。

等待偵緝督察長前來時，有人告訴我她名叫莫琳．杜菲，她駕駛賓士E-class敞篷車抵達，這款車似乎比較適合更年期男性開，而不是那名穿著黑色防水大衣步出車外的纖瘦白人女性。蒼白的長臉和長長的鼻子，我想她說話應該是格拉斯哥腔，後來才知道是法夫才對。她看見我坐在門前，在我來得及說半個字之前便舉起手示意我別開口。

「等等。」她說，接著走進屋內。

在我等待她有空理我的這段時間，我又打了一次電話給萊斯莉，再度轉到語音信箱。我沒浪費時間撥電話到聖誕節時送納丁格爾的那支手機，因為只有在他想打電話給別人時才會開機──現代科技只為他個人的方便而存在，不是為了別人的。

等我被叫去樓上時，鑑識小組都已經抵達了，訊問小組也開始挨家挨戶敲門。

杜菲偵緝督察長在樓梯上方最後幾階的地方等我，這樣的高度足以看見屍體，但不至於影響穿藍色拋棄式紙製連身服的鑑識人員工作。

「你知道殺死他的是什麼嗎？」她問。

「我不知道，女士。」我說。

「但依你所見，死因『不太尋常』？」

我望向喬治．川查那有如煮熟龍蝦般的臉，本想說點輕浮話，不過還是吞了回去。

「沒錯，女士，」我說，「肯定不太尋常。」

杜菲點點頭，顯然我已經通過了重要的「緊守口風」測驗。

「我聽說你們有專門處理這類案件的病理學家。」她說。

「是的，女士。」我說。

「你最好告訴他我們有工作給他做了，」她說，「我要你的上司也在場。」

「他有點忙。」

「我無意冒犯，彼得，但我不想跟猴子談事情——把猴子主人給我找來。」

但我的確被冒犯了，我小心翼翼不要表現出來。

「我可以看看他樓下的東西嗎？」我問。

杜菲嚴厲地看著我，「為什麼？」

「只是想看看有沒有什麼……怪怪的地方。」我說，杜菲皺起眉頭，「我的主管希望他到場之前我已經先行檢查過了。」

「是這樣嗎？」

「是的，女士。」我說。

「好吧，」她說，「但請管好你的手，不要亂碰，找到什麼的話要先向我回報。」

「是的，女士。」我順從地說，下樓打電話給瓦立醫生，電話只響一聲他就立刻接起，不像我能想到的那幾個死不接電話的人。他很開心有新的屍體可以檢視，答應我會盡快趕過來。我又留了另一封語音訊息給萊斯莉，接著把手插進口袋，開始工作。

我父親認為他只要聽三個音符，就能分辨是哪個喇叭手吹奏的。我不是說像分辨迪吉．葛拉斯彼和路易斯．阿姆斯壯這麼簡單，他可以分辨早期的弗雷迪．赫巴和晚期的克利福德．布朗，這可不簡單。我可以告訴你，我父親能夠如此不是因為他花了好幾年聽這些人的獨奏，而是因為他把分辨誰是誰這件事當作一門生意。

大多數人對眼前發生的事情大概有一半視而不見。在信號抵達大腦前，你的視覺皮層已經腦補了很多，因為你的大腦還在檢查那原始大草原上是否有危險的獵食者、有沒有可食用的野莓和可以攀爬的樹。這就是為什麼黑夜裡蹦出的一隻貓會嚇你一跳，但有些人在分心時可以直直走到一輛巴士前方卻毫無所覺。你的大腦對移動的大型金屬或者周遭那一堆堆動來動去、顏色鮮豔的東西沒興趣。別管那些了，你的大腦如此說，要小心的是穿著毛皮的死神。

如果你真的想看看是什麼在盯著你瞧、如果你想成為還算稱職的警察，就得學會觀察事物。要找到能告訴你下一步該怎麼走的線索，這是唯一的方式，特別是你不知道線索會是什麼的時候。

我想不管這次的線索是什麼，應該比較可能出現在改造成餐廳的工作室，但我還是先檢查了前廳和廚房，因為最糟糕的莫過於事後才發現你與最重要的線索擦身而過。嗯，最糟的可能還是與嫌疑犯擦身而過，我才上班一個星期就發生了這種事。

萊斯莉後來抓到他了——如果你想知道的話。

不管最近剛死的喬治．川查是什麼身分，他絕對不是個懶鬼，廚房和客廳都很整潔，打掃得徹底，但還沒到專業的程度。也就是說，當我戴上手套、把沙發拉離牆邊時，在底下發現了各式各樣的筆、紙片、棉絮、硬糖和三十六便士。

其中一張紙片，我之後才了解到它的重要性。

整棟房子唯一有書的地方是後面的房間，兩座一九七〇年代的書架堆滿了技術文件和專業雜誌，例如《獨立鎖匠期刊》和《鎖匠》。自從加入浮麗樓後，我檢視過很多嫌疑犯的書架，訣竅是不要漫無目的地亂看，必須有章法地從上往下一本一本檢查。我看到兩本二〇一〇年的《槍上膛》雜誌、一本亞戈斯連鎖百貨的聖誕商品目錄、一本平裝版《丁丁歷險記之奔向月球》、一個裝滿可追溯到九〇年代收據的資料夾，以及一本國家名勝古蹟信託[1]小冊，裡頭是倫敦海格區西丘屋的介紹。我把小冊子先放在一旁，待會兒比較好找，然後回到客廳再看一次那堆小紙片。

它還在那兒，一張老式的「限一人進入」票券，那種在比較小的古蹟信託景點幫忙的志工會從一卷紙上撕下來的票，我做了筆記，把紙片留在原來的地方。警察廳對謀殺案現場證據鏈的態度非常堅定——保持證據鏈完好無缺，不只能防止被告辯護律師以任何異常為由借題發揮，也能扼止辦案探員想「幫助」調查的欲望，至少別讓膠著的案情火上加油了。

我花了點時間檢查工作室裡的餐具櫃，在得到杜菲偵緝督察長的同意之後，也查看了樓上的房間——以免喬治．川查只是一名愛造訪古蹟信託景點、在床邊擺滿相關旅遊指南的狂熱分子。不過並沒有。我只在床邊桌上發現一本小說《雲圖》。

等到處都搜遍了、確定自己不會出醜之後，我說服杜菲的一名下屬上整合情報平臺搜尋，是否有地點位於倫敦的古蹟信託景點的犯罪紀錄，結果幾乎立刻就跳了出來——

1 英國的國民信託組織，一八九五年創立，旨在永久保護全國具歷史價值和自然美的土地與建築，擁有超過三百萬名會員，數千間散布在英格蘭、威爾斯和北愛爾蘭的物業。

有人曾闖進海格區的西丘屋。情況很不尋常，因為管理員不知道有什麼東西失竊了，我抄下案件編號時，納丁格爾剛好開著捷豹抵達，我出去跟他會合。在走回屋子的路上，我告訴他我是怎麼找到這兒來的。

他停頓了一下，檢視大門上燒焦的洞。

「這是你的傑作嗎，彼得？」他問。

「是的，長官。」我說。

「嗯，至少這次你沒把門燒掉。」他說，但走進屋裡他的微笑就消失了。他嗅聞一下，我看見回憶在他臉上一閃而過──但又很快壓抑下去。

「我認得這個味道。」他說，走上樓梯。

浮麗樓和其他警務單位彼此間的協調向來不易，尤其是凶案小組，若是沒拿個「狐疑」學士學位、再念個「不信任」碩士學位、履歷表上的興趣欄沒列出你是個「疑心病重的混帳」，是當不了高階刑偵長的。納丁格爾說，在美好的過去，對他來說就是戰前，其他單位都會立即配合浮麗樓的調查，什麼也不會多問，其中應該牽涉了很多敬禮啊脫寬邊帽啊之類的拍馬屁動作。他說就算是在戰後，也沒這麼多案子要查，而且當時的高階刑偵長對文書工作、處理程序和證據的態度比現在隨興很多。如今，高階刑偵長必須看出特定罪犯與特定案件之間的關聯性，要是做不到就得面對外部調查，你得有一定的手段和魅力才能和他們交涉。就這方面來說，一個偵緝督察長就比警員有魅力多了，這就是為什麼由納丁格爾上樓去找杜菲談，而且去沒多久就搞定了──我想他的上流社會口音是關鍵因素。

我問他這案件是不是跟魔法有關。

「我從來沒見過這種狀況。」納丁格爾說，「從氣味判斷，我猜他是被煮熟了。」

「你做得到嗎？我是說，你知道方法嗎？」

納丁格爾往樓上瞥了一眼。「我可以讓你著火，」他說，「不過那樣一來，你的衣服也會跟著燒起來。」

「是魔法嗎？」

「等到瓦立醫生看過他之後我們才能確定。」納丁格爾說，「我在屍體上感覺不到任何**感應殘遺**。」

「除了魔法之外還有什麼能做到？」我問。

納丁格爾對我露出陰鬱的微笑。「彼得，」他說，「你比別人更應該知道，沒有證據就做出推論是很危險的。你說你感覺到門上有**感應殘遺**？」

我描述我的感覺——強烈銳利的恐懼感。

「你確定自己認出來了？」

「你是專家，」我說，「你告訴我啊，有可能嗎？」

「有可能，」納丁格爾說，「在我還是你這個資歷的學徒時分辨不出來，但我那時候才十二歲，而且容易分心。」

「被什麼分心？」

「彼得！」

「抱歉。」我說，並且告訴他有人闖入海格區西丘屋的事。

「有點薄弱的線索。」納丁格爾說。

「是沒錯，」我說，「但如果我告訴你，西丘屋是知名德籍建築師艾瑞克・史騰堡的故居呢？」

納丁格爾瞇起眼。「你覺得那本書可能屬於史騰堡所有？」

「希特勒得勢之前他就逃離德國了，」我說，「如果他帶了一些祕密走呢？如果他是威瑪學院的一員？」

「戰前的倫敦滿是流亡的外籍人士，」納丁格爾說，「不管是不是德國人，你會很驚訝他們之中術士的人數其實少之又少。」

「那本書一定有個來歷吧。」我說。

「對，」納丁格爾說，「可是當時白廳擔心德國會滲透進來，花費很多人力來尋找並將他們集中起來。」

「監禁他們？」

「給他們一個選擇，」納丁格爾說，聳聳肩，「戰爭期間他們可以去加拿大參與勞動，不過很多人留了下來，當然大多是猶太人和吉普賽人。」

「你可能漏掉了一些？」

「是有可能——如果他們夠低調。」

「也許諾飛先生的母親就是這樣學到派對那招，」我說，「她可能是德籍流亡人士。在醫院時我沒想到要問她這個。」追查爆炸老爹的祖宗十八代在我的待辦事項清單中目前仍排得很後面，也許我該將它往前提了。

「的確，」納丁格爾說，「我要你調查一下房子。」

「今天嗎？」

「如果可以的話，」納丁格爾說，意思是「沒錯就是今天」，「我會跟杜菲偵緝督察長和瓦立醫生溝通，你調查後可以和萊斯莉一起加入驗屍——我想會是很好的一課。」

「噢太棒了。」我說。

6 國際風格[1]

往北邊回程的路上我覺得怪怪的，於是在老肯特路上停下來喘口氣。

我在車裡安坐了一會兒，聽雨水滴滴答答落在 Asbo 車頂，瞪著消防隊的紅色金屬大門。

當你還是個年輕警察時，老鳥總愛拿這份工作可怕的地方來嚇你：被輾爆的機車騎士、浮腫的水流屍、瘦小的老女士死在公寓裡變成貓的糧食，此類事件層出不窮——人肉的燒焦味也是。

「那股味道會一直留在你的鼻孔裡，」老鳥會這麼說，而且一定會補充說在沒吃晚餐時聞到是最糟糕的，「因為你會開始流口水，接著才赫然發現自己聞到的是什麼味道。」

我發現屍體時的確是有點餓，不過想起那股味道連帶讓我的食慾沒那麼強烈，可是我空著肚子工作總是表現不好，所以還是開車到砌磚手餐館找尋有賣超濃香料蔬菜咖哩餃的地方——辣到足以麻痺你神經的那種，然後點了幾個來吃。我一邊吃一邊用手機撥

1 International Style，二十世紀主要建築風格之一，又稱現代主義，以簡潔的幾何造型為特色。

電話給國家名勝古蹟信託，花了有趣的十分鐘在他們的內線電話間被轉接來轉接去——他們很想幫忙，但沒人確定忽然有警官撥電話來時該怎麼辦。我告訴他們一小時內會抵達西丘屋之後，就讓他們自己處理去。當你對事情有疑慮時，就讓別人去操煩吧。

我再度回到潮溼的馬路上，嘴裡塞滿最後幾口蔬菜咖哩餃。我慢下來通過象堡地帶的交通，發現自己其實身在艾瑞克．史騰堡的傑作旁邊——空中花園大樓，一座混凝土尖塔，直到旁邊蓋起了史垂塔大樓之前都還睥睨四周。一九八〇年代時，他們本來要拆除空中花園，但它清清楚楚被寫在特殊建築和歷史遺產法定列表上，我曾在某處讀到，南華克議會原先想要推翻這個決定，好炸掉那棟該死的大樓。

空中花園以三個原因聞名：隱居其中的地下電臺、警方只能在發生暴力事件時才能進入的限制，以及熱門自殺地點。早在媒體開始對擁有少於兩間手工起司店的區域亂貼標籤之前，空中花園早已是一棟「沉淪房產」[2]。關於空中花園的建築師有各式各樣的謠言，包括建築師因為對自己設計出的作品飽受罪惡感而從頂樓跳下去。這當然都是些屁話，艾瑞克．史騰堡在海格丘頂一棟專門設計的國際風格奢華別墅裡生活，直到翹辮子為止。

根據Google地圖，該棟別墅離最近的高樓公寓至少有一公里遠。

我開上陡峭的海格西丘，林蔭大道前大門聳立的房子從馬路兩邊探出頭來，海拔每上升二十公尺房價就多二十五萬英鎊。我右轉登上海格丘頂，這裡多數建築都可回溯至海格村還是鄉下聚落、從安全距離俯望又吵又臭的倫敦時。

車道入口處有個極度不起眼的國家名勝古蹟信託圖示，後方的開闊空地大大標註「嚴禁停車」。我把車停在那裡，鑽出車門，第一次看見史騰堡蓋的屋子。

它在四周滿是喬治時期的小屋之中顯得鶴立雞群，很像柯比意的飛橋，如果是在燦爛的地中海豔陽下，那純白的粉刷毫無疑問一定會熠熠發光，但在冰寒刺骨的雨水中看起來灰灰髒髒的，頂樓邊緣些微掉漆的部分一條一條綠綠的——當你用布爾喬亞的裝飾取代了壁帶、石像鬼以及飛簷時，就是會發生這種事。

身為國際風格的忠實擁護者，史騰堡可能想用柱子撐起全部房屋，好讓我們有更好的角度可以觀賞簡約風格的方塊狀房屋，但倫敦的地價從來沒便宜過，他只好將就僅撐了前面三棟。遮蔽處太狹窄了，不足以當成車庫，但從牆上貼的告示看來，古蹟信託應該覺得這裡很適合作為來訪遊客的集合地點。

入口上方是強制安裝的鋼條窗，又細又長的造型讓我強烈認定會有一道紅光從裡頭射出，一邊從左到右掃描一邊發出嗡嗡的聲音。

一名留著灰色短髮、臉頰瘦長、戴著半月型眼鏡的白人女子在前門迎接我，身上昂貴的嬉皮風穿搭是深淺不一的藕粉色，很多在一九七〇年代浸淫過次文化的人們都會這樣穿，他們就讀的學校所費不貲，家裡還擁有鄉間別墅。她看到我時愣了一下。

---

2 用來指稱居民社經地位低落的社會住宅，起源已不可考，極可能是媒體自創的詞彙，於一九七〇年代時風行。

「葛蘭特警員？」她問。

我表明身分並出示證件給她看——很多人要這樣才安心。

她鬆了一口氣，露出微笑跟我握手。

「瑪格麗特．莎皮若，」她說，「西丘屋的管理員。我得知你對我們遭闖空門的經過有興趣。」

我告訴她這可能跟另一樁案件有關。

「我們找到一本書，覺得應該是從你們這裡偷走的。」我說，「我注意到你們的失竊物品清單列得並不完整。」

「不完整？」莎皮若說，「是可以這麼說啦，你最好親自上來看看。」

她帶我穿過前門，進入一條走廊，兩旁是刷白的牆壁，腳下則是淺色木地板，左右各有兩扇門，尺寸都比平常的要小，好像被洗到縮水了。

「傭人的房間。」莎皮若說，「還有原本的主廚房。」

二次世界大戰後的充分就業[3]趨勢終結了幫傭文化，史騰堡家族只得湊合著請一個女人每週來三次幫他們「處理」事情。原本傭人住的地方變成了公寓房間，史騰堡太太也被迫自己下廚。

一道鋪設桃花心木梯級的美麗鑄鐵螺旋梯通往主屋。

「有點狹窄對不對？」莎皮若顯然帶過幾次導覽，「為了要把史騰堡太太的家具搬上樓，史騰堡先生發現他必須設計一組精巧的滑輪系統安裝在一樓才行。」

我才不想扛一座衣櫃爬這道樓梯，就算是扁平的DIY組合包也不想。

樓上的空間除了比較寬敞及裝潢稍華麗之外，其他部分都很像社會住宅，有著同樣低矮的樓層和比例怪異的房間——燈光華美的狹長餐廳，但窄到餐桌旁擺不下看起來很不舒服的布勞耶椅[4]；一間很小的廚房，以及米白色的狹窄走廊。我發現史騰堡的辦公室比例就比較正常，莎皮若小姐告訴我，一九八一年的某個早晨，史騰堡踏出這間辦公室去醫院進行例行性手術，然後就再也沒回來過，辦公室就此原封不動地保存下來。

「大腸癌，」她說，「出現併發症，然後染上肺炎。」

柚木大書桌後方的牆壁上，無趣的鐵支架撐起一排排松木書架，上面擺著一盒標記RIBA的檔案、仿皮裝的相簿、一疊《建築評論》雜誌，以及為數驚人、看起來像材料科學課本的書籍。它們很厚重，A4大小，封面是紫色或藍色，裂掉的書背上有學院紋章。我對莎皮若小姐特別指出這點。

「他以使用材料的革命性手法聞名。」她說。

史騰堡那張搪瓷鋼與橡木繪圖桌有著一九五〇年代簡潔俐落的線條，面對朝南的窗戶擺放以便取得良好的採光角度，窗戶上方牆上的一幅畫吸引了我的目光，一個黑人裸

3　英國經濟學家凱因斯提出的主張，在一定的工資水平下，所有願意工作的人都能獲得就業機會。

4　設計師馬歇爾．布勞耶在一九二五年設計出的鋼管結構椅，造型簡單輕巧，適合大量製造。布勞耶相信工業化的大量生產，致力於家具與室內設計元件的標準化。

女的水彩與鉛筆素描。那女人身體微彎，兩手擺著膝上，雙臂之間垂著豐滿的胸部。她的臉線條粗獷，眼睛很大、嘴脣很厚，頭偏向一邊，所以只看得到她的側臉。我覺得這幅畫有點太過粗糙潦草，似乎不該享有掛在書桌正對面的殊榮。

「是柯比意的真跡。」莎皮若小姐說，「畫的是知名舞者約瑟芬．貝克。」

我覺得不太像約瑟芬．貝克，卡通角色般過大的嘴脣、扁塌的鼻子和拉長的頭型，嗯，可能因為是素描，也可能是老柯比意忙著看她的胸部。腳倒是畫得很好，比例正確且細節豐富，他可能只是不太擅長畫臉。

「這很值錢嗎？」我問。

「價值三千英鎊。」她說。

掛在約瑟芬．貝克肖像旁的那幅畫作我認得，那是同為建築師的布魯諾．陶特的《玻璃展覽館》。就像他那個世代的很多其他人一樣，陶特相信建築可以提升社會大眾的道德素質，但和其他人不同的是，陶特並不想把社會大眾塞進死板的方型水泥建築。他喜歡玻璃，相信玻璃具有某種靈性，他想建造Stadtkrones，也就是「城市冠冕」的意思，可以讓城市精神向上提升的世俗教堂。一九一四年，科隆博覽會的玻璃展覽館是陶特利用一片片玻璃板做成的長型圓頂建築，裡頭還有一座梯級噴水池——倫敦聖瑪莉艾克斯路上那座暱稱「小黃瓜」的摩天大樓，就是玻璃展覽館的放大版，不同的是裡面塞了很多辦公室。玻璃展覽館與新藝術風格的腳踏車，就和身為粗野主義[5]風格的熱烈擁護者掛在牆上的畫作一樣，都是美麗但不具功能性的藝術。

「那是布魯諾．陶特畫的，」莎皮若小姐說。「和史騰堡同年代的人。據我所知，稱得上是名反叛分子。你知道倫敦有哪棟知名建築深受其影響嗎？」

「這也很值錢嗎？」我問。

「當然。」她說，顯然對我不隨她的話題起舞而感到失望。「這裡大部分的藝術品都是原作，不然也是出自名家之手的次級臨摹品，保險公司估計光是這些藝術品的價值就高達兩百萬英鎊，所以才裝設了這麼昂貴的保全系統。」

闖空門後又再次升級了，我心想，但沒有一項藝術品被竊。「如果沒東西被偷，」我問，「你們是怎麼知道有人闖入的？」

「因為我們找到了一個洞。」她語帶勝利地說。

我從報告裡知道關於這個洞的所有事，但讓潛在目擊證人用你已經知道的訊息暖身開場是有好處的，這樣一來你就可以判斷他們的說謊功力有多差——不是想針對誰，你懂吧，單純只是身為一名好警察該做的事。

莎皮若小姐優雅地彎身拉開黑白條紋地毯，露出一塊四方形區域，原本的實木複合地板整齊地被挖掉，蓋上一片薄薄的硬木板。她伸出一根手指勾住木板一邊的拉環，將木板拉起，露出下方的保險箱。

5 又稱蠻橫主義或粗獷主義，現代主義的一支流派。流行於一九五〇年代，特色是不修邊幅的混凝土，在粗糙狂野的形式中尋求出路。

是客製化保險箱。有可能是在一九五〇年代委託集寶公司製作的，雖然古蹟信託還未能證實這個猜測。

「這也讓保險箱本身成了一項有趣的物品，」莎皮若小姐說。「我們正在考慮讓地毯和木板維持掀開的狀態，這樣大家就能看到它。」

川查沒在外殼留下任何使用工具的痕跡，所以要不是保險箱沒上鎖——這是有可能的——不然就是他用老方法撬開。

「妳覺得這是房屋原本設計的一部分嗎？」我問。保險箱很淺，可以放進混凝土地板中，且不會穿透下方的天花板，但深度足以放進《魔法實踐構成的基本原理》外加好幾本書，也許三、四本。

莎皮若小姐搖搖頭。「這是個好問題，真希望我知道答案。」

我蹲下來，把頭伸進保險箱中，裡頭有股乾淨的金屬味，夾雜著似乎是老舊紙張的氣味——我偵測不到任何**感應殘跡**。納丁格爾曾提醒過我，魔法書是不會留下任何痕跡的。「關於魔法的書，」他說，「本身不一定具有魔法。」雖然如此，我還是預期會感應到刀刃般的刺鼻味道，我已經開始把這股氣味和無臉男聯想在一起。

但什麼都沒有。就假設入侵別墅的是川查好了，那麼他一定是獨自進行這整件事，或者跟不用魔法的其他共犯合作。除了布倫萊的那坨烤肉之外，沒有其他線索能讓我們把《魔法實踐構成的基本原理》和無臉男兜在一起——這就是證據的麻煩之處，有就有，沒有就沒有。

報告裡提到保險公司發現屋頂上的門近期曾被強行打開過，我詢問莎皮若小姐關於鎖的事，問她能不能帶我去看看。

「我們不知道確切到底發生了什麼事。」她說，帶我走回螺旋梯，「老實說，保險公司只是想讓我們讚嘆他們的細心而已。」

「他們提高了你們的保費嗎？」

「你覺得呢？」她問。

二樓樓梯間掛著一張海報大小的空中花園大樓照片，拍攝時間是晚上，大樓底部五顏六色的強力照明燈將窗戶照得一片亮晃晃，我問這是不是史騰堡本人掛的。

「不是。」莎皮若小姐說，「但他將空中花園視為個人最佳傑作，所以我們覺得特別強調一下也不錯。照片是在一九六九年第一批房客遷入之前拍的。」

這倒解釋了為何照片中的空中花園看起來不像沉淪房產——之後就變得很像了。屋頂平坦的唯一好處是你可以在上頭走來走去——就結構來說，這是唯一的好處。或者，如果你是瘋狂的現代主義建築師，就可以擁有一座遠離髒兮兮天然泥土的頂樓花園，把你的植物種在整整齊齊、邊角銳利的塑膠容器裡，也不會有人偷走你放在花園裡的擺設。

螺旋梯通往有玻璃門的封閉樓梯間，根據保險公司的報告，這扇門有可能是從外頭被強行打開的。

「史騰堡總是把鑰匙留在鑰匙孔裡，」莎皮若小姐說，「我們也是。但是保險公司的評估人員試著把鑰匙拔出來的時候，發現卡住了。」

部分的鑰匙已經和鎖結合在一起了，不過他們判斷不出是人為因素造成還是純粹年久失修。

「你們換過鎖嗎？」我問。

「當然沒有，」她說，「只有試著翻新而已。」

應該值得一試，我心想，彎下身來假裝在檢查它。

我確確實實感受到了，雖然只是淡淡的**感應殘遺**——無臉男曾對這個鎖施過魔法，不過確切時間點是何時？又是為了什麼？我問莎皮若小姐能不能到外面去。

「請便。」她說，臉上掛著大大的笑容。

我一踏上頂樓花園就知道她為什麼笑了。風景超棒，頭頂的天空仍舊灰濛濛的，但西南方某處的雲層已經散開，露出懸在地平線上方的太陽，陽光照亮了我腳底的城市。

海格丘的海拔比倫敦泛洪區高出一百三十公尺，我的正下方是荷莉小屋，為了收容一次世界大戰後身分地位高的未婚女性所建，一幢幢度假小屋沿著南邊的山坡而築，再過去是倫敦北邊灰綠色的沼澤區，上頭交錯縱橫的鐵軌在看起來像一堆紅磚和鐵塊的國王十字車站和聖潘克拉斯車站交會。更遠的地方是霍爾本、倫敦市中心、聖保羅教堂和碎片大廈，在夕陽餘暉中看起來只是一抹金銀色的光芒。

欄杆旁擺放一張死白的搪瓷花園桌，還有幾張同樣死白的折疊椅，我能想像史騰堡先生坐在這裡喝著咖啡享受美景，覺得自己是倫敦之王。

「很可惜我們不能在這裡擺望遠鏡了。」莎皮若小姐說。

「望遠鏡？」

她給我看色彩鮮豔的導覽手冊上一張史騰堡的彩色照片，一個穿著寬鬆紅襯衫與淺褐色褲子的高瘦男子，如同我想像中的樣子坐在那兒，只是除了咖啡之外，還有一具立在三腳架上的銅管望遠鏡，高度剛好適合坐著觀看。

「我告訴評估人員，天氣好的時候我們會把望遠鏡留在外頭，他可以說是氣炸了，」莎皮若小姐說，「後來我們將望遠鏡拆下，借給自然科學博物館展覽。」

「他在看什麼？」我點了點導覽手冊上史騰堡的照片說。

「我們也同樣納悶。」她說，「你可以坐在這兒看一下……」

我往折疊椅上一坐，忘了早先一直在下雨，結果弄得一屁股溼答答。莎皮若小姐要我往左移一些，解釋說這是他們參考了好多張照片後所推測出來的方位。

「他之前都大略朝向東南邊，」她說，「南華克或者更遠處比金丘的方向。我們沒有任何他用望遠鏡觀星的紀錄。」

「妳能幫我一個超級大忙嗎？」我問。

「如果在我能力範圍內的話。」莎皮若小姐說。

「妳有史騰堡藏書的清單嗎？」我問，「他所有的書。」

「我們上個月剛好列出一張，」她說，「給保險公司的。」

「可以印一張給我嗎？」我說，「本來應該請妳寄電郵給我的，印出來的話我就不用先回局裡一趟了。」

「當然沒問題，」她說，「我倒是很好奇你要藏書清單做什麼？」

「我想跟國際刑警組織幾個清單交叉比對，」我撒謊道，「看看有沒有任何模式可循。」

我們走向階梯時，我假裝想起什麼，告訴莎皮若小姐我想快速查看一下屋頂四周。

「可能的侵入地點。」我說。

莎皮若小姐說可以在這裡等我，我告訴她我只要幾分鐘就好了，之後再去樓下辦公室找她。她似乎不太情願留我一個人，就在我咬牙切齒地想一把將她推下樓梯時，她終於同意先行離開。

我閃身回去，重新坐在溼漉漉的椅子上，眺望著倫敦，深吸一口氣。

施魔法時得先在腦中形成**形式**，有點像是腦海中的形狀，可是能夠影響四周的物質世界。你學習的每個**形式**會跟一個拉丁文字連結在一起，因為在艾薩克．牛頓爵士的年代，他就是用拉丁文這鬼東西記事的。你讓**形式**和文字在腦中合而為一，學的第一個是可以召喚出光的**現光**，第二個是可以移動物品的**驅動**，只要將**形式**一個接一個串起就能製造出一道咒語——每次說出這個詞時我都忍不住微笑。由一個**形式**組成的咒語屬於第一級咒語，兩個形式則是第二級，三個是第三級，以此類推。其實沒聽起來這麼簡單，因為還有那些空字和形變，外加恐怖的隱字——相信我，你現在不會想知道細節的。

一月時，納丁格爾教過我第一個四級咒語，艾薩克．牛頓本人創造的。他告訴我會這麼做是因為他已經被迫教我一個古老的護盾咒語，其中有兩個形式是一樣的。現在我在腦中複習了幾次內容，確定莎皮若小姐在安全範圍之外後才施咒。

我想以前施咒時邊吟唱拉丁文邊揮舞著手沒有問題，但身為注重形象的現代巫師，我喜歡低調一點。現在我們的做法是小聲唸咒，不過那樣讓我們看起來很像瘋子，因此萊斯莉會戴上藍牙耳機，假裝在講義大利文，但納丁格爾不贊成——這是世代差異。

牛頓用**氣形式**抓住眼前的空氣，將之集結成兩管有望遠功能的透鏡，這個偉人將之稱為**望遠咒**，這名稱足以告訴你牛頓的命名風格。除了固定的風險——也就是大腦可能變成染病的花椰菜之外——要是透鏡的形狀錯了，你只會看到一堆彩虹；如果你敢用它來看太陽，就會把自己弄到整個瞎掉。

這可能也解釋了為什麼牛頓後來發明反射望遠鏡來應付日常觀星所需。

倫敦在我的視野裡瞬間拉近好多，國王十字車站、林肯律師學院的綠色方形區塊、泰晤士河，以及河流那端經過精心設計、外觀卻平凡無奇的王權大樓，再過去出現在我視野正中央的，是粗野主義風格的空中花園大樓，有如一根陰沉的手指。

史騰堡有可能具備了巫師和建築師雙重身分嗎？他說空中花園大樓是他最偉大的作品……

雲層掩蓋住低垂的落日，倫敦市的顏色變成灰灰髒髒的。

「如果你家附近出了什麼怪事，該找誰呢……」我大聲說。

要是你在奇怪的狀況下被謀殺了，法律規定得由一名內政部指派的病理學家把你切開，在裡頭好好翻找一番，看看你是被什麼給害死的，驗屍地點也是由這名病理學家決定。因此，杜菲偵緝督察長自己笨笨地指派了瓦立醫生進行驗屍，那麼她就不能抱怨被他大老遠拖到馬船路上的西敏太平間。這對杜菲來說是個損失，對我和萊斯莉而言卻是個良機，因為伊安．韋斯特鑑識中心有最先進的設備，包括一間遠端觀驗室，這樣一來，長官大人在和屍體做第一線親密接觸時，下屬警官就可以邊喝咖啡邊從監視器螢幕上觀看驗屍過程。而且，除非下屬們笨到把對講機的開關打開，不然長官們是聽不到他們說話的。

「他天殺的為什麼做這種事？」我告訴萊斯莉我懷疑艾瑞克．史騰堡結合了魔法和建築時，她問道。

我告訴她，那個年代的建築師真的相信他們可以透過建築讓人們變得更好。

「讓哪方面變好？」

「更好的人，」我說，「更好的市民。」

「沒什麼效果，對吧？」萊斯莉問。她和我一樣，成長過程中都住過社會住宅。

監視器螢幕上，杜菲偵緝督察長身穿綠色圍裙、面罩和護目鏡，俯身看著喬治．川查的屍體，檢視瓦立醫生覺得重要的每個可怕細節。

「從裡面往外燒。」杜菲說，聽起來鼻音重得奇怪，萊斯莉覺得是因為她在鼻孔下方塗了薄荷膏的關係。她望向畫面外的某處，「這是怎麼辦到的？」

納丁格爾步入畫面中。

「搞清楚他到底發生了什麼事前我無法回答。」他聽起來好像也在極力避免用鼻孔呼吸，「但也有可能還是無法回答。」

「你覺得應該不是自然死亡？」杜菲問。

「呿。」萊斯莉說。

我們聽到瓦立醫生說他嚴重懷疑這不是自然因素造成。杜菲點點頭，同樣身為蘇格蘭人的瓦立醫生似乎比納丁格爾更能說服她，於是納丁格爾聰明地把發言權都交給瓦立醫生。

「注意門。」萊斯莉說，接著把面罩拿了下來。

她的脖子上有條新的縫線，那是他們在她喉嚨附近動手術的痕跡。縫線附近的皮膚看起來發炎了，她從背包裡拿出一小條藥膏，塗抹在脖子和下巴上。

她的臉還是令人驚駭不已，我已經訓練自己不要被嚇到，但還是很怕自己永遠無法習慣。

「喬治．川查從知名的瘋狂建築師艾瑞克．史騰堡那兒偷了一本魔法書，史騰堡最有名的作品是南華克的空中花園大樓，」我說，「而理查．路易斯恰好在空中花園那區的城鎮規畫部門工作。妳看過賈傑剪接過的重點影片了嗎？」

「他實在是吃飽太閒。」她說，把藥膏塗在臉上一個扭曲的粉紅色突起物上，那是她現在的鼻子。

「所以，我們的規畫師忽然沒來由地跳軌自殺，而且他剛好在小鱷魚名單上。」我說，「然後，喬治．川查又剛好被魔法給烤熟了。」

「你還不能斷言就是魔法。」萊斯莉說，戴回面罩。

「幫幫忙，」我說，「使用魔法、殘暴又痛苦的死法——一定是無臉男幹的。簡直是他的個人主題曲。」

「手法很張狂。」萊斯莉說，「他現在知道我們在追查他，不太可能這麼高調。」

「他為自己做了一頭虎人，」我說，「你覺得他能多低調？他可能沒妳想的那麼聰明。」

「有可能，」萊斯莉說，「或者他不覺得我們對他有威脅。」

「真是個錯誤，」我說，「對不對？」

萊斯莉重新看向螢幕，瓦立醫生正從喬治．川查的大腿取出一根焦黑的骨頭。

「從碳化的痕跡看得出來，」他說，「骨頭本身好像著火過一樣。」

「噢對啊，」萊斯莉回頭望著我，「他大錯特錯。」

7 皇家黃

關於如何在大型公眾事件執行勤務的說明手冊和老式電話簿一樣厚重，但納丁格爾叫我把書擺一邊去，他說有鑑於參加者的性質，執勤的警官越少越好。

「在召見時，你不需要擔心會發生擾亂和平的事件。」納丁格爾說。

「所以你不覺得會發生什麼麻煩事嘍？」

「你就把它想成一場足球賽吧。」他說，「我們只要擔心觀眾就好，不用擔心球員，場上發生的事跟我們無關。」從納丁格爾的發言可以看出，距離他上一次在足球賽執行勤務已經很久了。

他倒是讓我安排地區支援組在周圍待命，但這麼做的鉅額花費讓他心不甘情不願。

「有必要動用到整整三輛箱型車這麼多人嗎？」他問。

我解釋說地區支援組通常是整團一起出勤的，那就是三輛箱型車這麼多。不管如何，只有在事情出差錯的時候你才真的需要地區支援組，也就是說，你會想要他們人多勢眾地出現，否則不來也罷──**而且**你也不會想要坐在那邊枯等他們趕到。

地區支援組的車輛必須停在附近，到時候會有數量不明的卡車和露營車，我猜也會有移動式遊樂設施──希望離地區支援組越遠越好。在南岸停車牽扯到的行政程序非常複雜，關係到可茵街社區建設協會、大倫敦政府和南華克自治市的每個人。規畫這件事會是個該死的噩夢，我甚至不會把它推給我最討厭的人，因此，根據執行警務的優良傳統，我們把這個問題交給泰本河女神去處理。

她不是太開心，但她還能說什麼呢？泰本河女神自詡為她母親的主要代理人，必須證明自己的權威。

「交給我吧，彼得。」我打電話給她時，她說，「我很期待聽到你父親的樂團演出。」

「我們知道你不會介意的。」我母親在電話裡說。我打電話給她之後等了一個半小時，她和某個還有往來的獅子山親戚聊完天才回電給我，「那可是一大筆鈔票。」

我能說什麼呢？當然是一大把鈔票啊，泰晤士河的河神掏錢付的，沒人像他們一樣在治理水務時那麼會利用關係和人脈，他們很有可能只是想利用我父親來討好我而已。

「好吧，」我說，「不要讓艾比蓋爾知道你們要去哪裡。」

「你為什麼不想讓艾比蓋爾來？」我母親問，音調跟我記憶中她說**我還以為你不喜歡那件外套耶**以及**嗯我已經付了運費耶**的口氣一模一樣。「我以為她在你的警察俱樂部裡？」

我把**警告艾比蓋爾守規矩**加進待辦事項，一長串的待辦事項。

有個人我不用擔心——茉莉，她拒絕離開浮麗樓。

「妳何不隨我們一起去？」她忙著去除他西裝肩部的毛球時，納丁格爾問，「出去晃晃對身體有益。」

「妳在那裡很安全的，河神們達成眾神之諧的協議，世界上不會有人蠢到在眾神全部集結於泰晤士河畔時挑戰祂們的強大勢力。」

茉莉猶豫了一下，搖搖頭再次強調她不想去，然後一溜煙爬上後方樓梯消失了，我們出發往南岸之前她都沒再出現，所以早上我們得自己動手煮咖啡。

「她到底在怕什麼？」萊斯莉問。

「真希望我知道。」納丁格爾說。

一六六六年時，一起工安意外引發的大火燒毀了整座倫敦市，災後一團混亂，約翰．伊夫林、克里斯多弗．雷恩還有其他國王的人馬降臨在斷垣殘壁中。他們眼界高遠，計畫刪掉倫敦街上所有給驢子走的道路，以格網般交錯的康莊大道取代，就像莊園大宅裡的花園那樣別緻整齊。倫敦可望成為適合啟蒙時代的紳士、供應他們生活所需的商人以及照顧他們日常起居的僕役的城市，依據十七世紀的觀點，其他閒雜人等和不被需要的窮人最好閃邊去——或者死一死算了。

可惜事情並不如他們所願，因為居民們搶在灰燼冷卻之前搬回城市，標出了他們所有地的輪廓，倫敦成了繩子、寒酸小屋、臨時籬笆構築而成的幽影之城。雖然建築物都焚毀了，但生還的居民可不想白白放棄他們的權利，至少得獲得一大筆現金才願意放棄。儘管查理二世的奢華眾所皆知，真正拿得出的錢財卻是少之又少，而且跟荷蘭人的戰爭還沒打完，於是重建後的倫敦還是有驢子走的道路，雷恩只得滿足於他建的那幾座古怪教堂。

一九七〇年代，一群城市發展師也醞釀了相似的偉大計畫，想改造倫敦電影製作公司和牛津塔中間那段河岸。不像雷恩和他那些戴假髮的社會改革朋友們，這群城市發展師的計畫偉大之處僅在其金額龐大。就建築上看來，他們所能想到的最好點子就是在透風的水泥方塊中隨意塞入幾個玻璃盒，和二戰後強制推行的其他上百個建築計畫並無二致。只不過這次當地人可沒那麼好打發，沒惹毛過南倫敦的藍領社區前，別說你見識過什麼叫暴力。他們抵抗了好多年，組織抗議活動、很有手腕地運用媒體、還發明了草根味十足的押韻諺語。可茵街社區建設協會應運而生，他們的非官方箴言是「要蓋人們真的會想住的房子」。很具劃時代意義。

另一個嶄新的概念是，住在河岸邊的人們真的想要漫步河岸，所以他們在史丹佛街和泰晤士河步道中間蓋了座長方形公園，以當地的活躍分子伯尼．史賓之名來命名，泰晤士河的河神們就是決定在這座公園舉行他們的春季召見。

「為什麼還在這裡？」萊斯莉問。

納丁格爾在圖書館研究了一整個下午，還是無法回答。

我們從當地的守望相助隊徵召了幾名社區服務警察，我們在近中午抵達時，他們已經封閉了整條上地街。昨天還滂沱大雨，不過夜裡雨勢稍緩，這天的天空是微亮的珍珠白，幾乎可稱得上是美麗的天氣，如果毛毛雨沒一直往你的領子裡灌的話。我們本來考慮穿制服，但萊斯莉說她戴面罩的樣子會很像《超時空博士》影集裡的塑膠警察怪物，我克制著想說出怪物的正確名字糾正她的衝動。

位階最高的非塑膠警察納丁格爾前去指揮那些社區服務警察，我和萊斯莉則負責處理開始抵達上地街的攤商。公園旁邊是加百列碼頭，這裡是固定的零售市集，有咖啡館、披薩店以及幾間高檔餐廳，那些交給萊斯莉，我則確保每個攤位都正確設立在分配給他們的位置——在微微潮溼的記事板上一個一個打勾。

我剛踏上泰晤士河步道就看見一名白人光頭怪少，肩上扛著某種重型機器。我快步向前想攔截他，距離拉近後認出他原來是法警叔叔——幫泰晤士之母打雜的傢伙，他帶著一臺角磨機。

「唷呼你好嗎？」他說。法警叔叔是名健壯的中年男子，和石頭一樣結實，脖子上有蛛網刺青。根據謠言指出，他很久以前出現在泰晤士之母門前想討一筆久未清償的債款，但從此再也沒離開過。萊斯莉甚至還去查了失蹤人口，但不管他成為泰晤士之母手下之前的身分是什麼，她從沒查出過。

「很好，」我說，朝角磨機點點頭。「這是幹嘛用的？」

「通行啊，不然咧？」他說，「為了盛大的登陸儀式準備的。」

這時，一座木製碼頭被推向河面，令人想起泰晤士河南岸仍然林立著倉庫和工廠的時期。木製碼頭很堅固，就連我這個衣服尺寸穿十一號的體型站上去也不會搖晃。我跟著法警叔叔走到底端，現在正值退潮，我從柵欄上方望著河邊發亮的泥巴，去年我從河裡爬上岸的地方距離這裡不到五十公尺。我注意到底端加裝了防止兒童和遊客跳入水中的鐵柵欄，也注意到柵欄並沒有留給乘客上下船用的開口。

「嘿，」我對法警叔叔說，「你說通行是什麼意思？」

「別擔心，」他說，蹲下身拉角磨機的啟動拉繩——機器發出怒吼。「小小改造一下而已。」

近傍晚時，漲潮了，一陣霧氣隨著潮汐從東邊而來，攤位全都架好了，但篷布還沒掀開。攤位主人聚集在旁邊聊天，一起抽手捲菸——或者說是我決定暫時將之視為手捲菸的玩意兒，這就是大名鼎鼎的「執勤時自由裁量權」。法警叔叔在「改造」碼頭柵欄時，表演者抵達了，這座公園容納不下所有的遊樂設施，只是象徵性地擺了一座蒸氣驅動的旋轉木馬，還有那種引誘你掏錢的丟丟樂。這些攤位同樣安安靜靜的還沒開始營業，攤販們喝著紙杯裡的咖啡，一邊聊天傳訊。

我與萊斯莉在上地街將公園一分為二的路口和納丁格爾碰頭，我們在那兒搭建了一個攤位當作指揮處，甚至還有個藍白色告示牌，上頭印有倫敦警察廳的徽章和「共創更安全的倫敦」標語。我看到附近有些熟識的面孔在爵士樂帳篷裡架設樂器，我心想，如果天氣不錯的話，參加的人潮一定會很踴躍。鼓手抬頭看到我，招手要我過去，他是個矮小的典型蘇格蘭人，名叫詹姆士．洛克蘭。

「彼得，」他說，抓住我的手，「你父母親在倫敦電影協會的咖啡廳裡等。」

我和貝斯手麥克斯・哈伍德、吉他手丹尼爾・胡賽克握手，這三個人加上我父親就是「葛蘭特大人的非正規兵」團員。我父親夢想成為一名職業爵士樂手，目前堂堂邁入他的第四次嘗試。丹尼爾介紹了一位緊張兮兮的年輕白人男子給我認識，他穿著昂貴的外套，好像叫瓊恩之類的，白天在公關業服務。原本我在猜這是不是他們因為想招募銅管樂手而找來的新人，但詹姆士在丹尼爾背後用脣語說：「男朋友」，然後一切都說得通了。

「艾比蓋爾呢？」我問。

「在你後面。」艾比蓋爾說。

因為一連串惱人的錯誤，多半是我的過失，我被迫創了浮麗樓少年警官訓練分隊，成員只有一位艾比蓋爾・卡馬拉，目的是為了讓她遠離麻煩。納丁格爾對這整件事的態度比我想像中還要正面積極許多，這樣反倒讓人起疑心。有鑑於納丁格爾的態度，我將艾比蓋爾帶到我們的攤位去，讓納丁格爾去煩惱。

她是個瘦小的混血兒，有各式各樣狐疑的表情，現正對著納丁格爾露出其中一個。

「你要施展魔法了嗎？」她問。

「這個嘛，小姐，」他說，「取決於妳接下來幾個小時的表現。」

艾比蓋爾對他露出招牌表情，但只有一下下而已——足以告訴納丁格爾她並沒有被唬到。

「好吧。」她說。

透過霧氣望去，太陽是個搖搖晃的圓盤狀物體，落日餘暉親吻著滑鐵盧橋的拱形暗影。我注意到有為數不少的民眾，大多是觀光客和附近辦公室的上班族，在暗暗的攤位邊閒逛。這都在我們的計畫之中，但人數比我預估的少，萊斯莉注意到很多人都還待在加百列碼頭還有咖啡館和店鋪營業的地方。

日落後，霧氣越來越濃，我開始想表演者們到底什麼時候才要開燈呢。

「你覺得這正常嗎？」萊斯莉問納丁格爾。

「不太正常。」納丁格爾看看錶，「日落和漲潮時間都是六點半左右——我認為我們的主角應該要到了。」

於是我們差遣艾比蓋爾去買咖啡，坐下來開始等候。

在我們看見他們之前，就先聽見他們了，而早在我們聽見他們之前，就先感覺到他們了——一種期待感，像是生日當天醒來的感覺，培根三明治和早餐咖啡的味道，以及深深吸進每天第一根菸的暢快感——最後一項並非是我個人的，而是外在客觀的感覺。

然後黑暗中傳來聲響。船用柴油機的節流閥忽然啟動的巨大聲響，兩艘遊河艇圓滑的船頭從霧中出現，碼頭的長木板兩邊各停一艘。它們接觸到堤岸後，同時停了下來，船身的其他部分仍舊是隱身霧中的陰影。

接著泰晤士河的河神們現身了。

他們的力量夾雜著各種影像和味道，如波濤般洶湧而來。煤炭味和磚粉、豆蔻和薑、潮溼的稻草和溫暖的蛇麻草、酒吧裡的鋼琴、溼棉花和黑刺李琴酒、通寧水和玫瑰花瓣、汗水和血液。四周等待的觀眾們跪了下來，表演者的動作緩慢尊敬，觀光客則是全然的驚訝，就連艾比蓋爾都跪了下去，直到她發現納丁格爾、萊斯莉和我都還站著。我看見她露出一個會惹來老師和社工人員交頭接耳熱烈非議的凶惡表情，然後掙扎著站起身。她瞪著我，好像是我的錯一樣。

船用柴油機的聲音止息，一片安靜——連艾比蓋爾都沒說話。難怪表演者都跪在地上表達敬意，再招搖的傢伙都會在地上磕兩次頭以表讚嘆。

泰小姐率先從霧中現身，她旁邊跟著一名有著細長臉頰、凌亂棕髮的高瘦男子——奧斯歷，泰晤士老爹精明的心腹。

他們在碼頭長木板和堤岸交界處停下腳步，奧斯歷仰頭大喊了些什麼，聽起來像是威爾斯語，但也有可能是更加古老的語言。

「泰晤士河的女王和國王駕臨於汝等門前。」泰小姐用她威嚇小嘍囉最有威嚴的聲音大喊。

奧斯歷再次大叫，或者吟唱，他用的是塞爾特語，所以有點難分辨，他又講了一句話，泰小姐再次翻譯。

「泰晤士河的女王和國王駕臨汝等門前——上前迎接吧！」

我感覺到後頸一陣暖意，像是乍現的陽光，然後轉身看見一名還不滿九歲的女孩，她穿著鮮豔的古董黃色夾克——之後她驕傲地告訴我那是「皇家黃」，道道地地的中國絲緞──女孩的頭髮和金線銀線交織編成一道髮瀑，棕臉上綻開一抹柴郡貓似的笑容。

她帶著太陽的溫暖蹦蹦跳跳地沿著中間的小徑走向前。黃色的絲緞發出亮光，驅散了迷霧，她所到之處散發出鹽巴的味道還有火藥粉搗碎和帆布被扯破的聲音。

「那是誰？」萊斯莉小聲說。

「奈金兒地下河。」納丁格爾說。

我想著自己辛苦研讀**形式**和拉丁文和《布萊克史東的警察行動指南》的同時……外頭竟然有像這個小女孩一樣的力量，光是她的存在就能讓春天降臨。

但我的驚嘆在注意到她穿著低筒靴和黑色棉褲襪之後減少了一點。

她蹦跳著迎向奧斯歷和泰小姐，雙臂大張，深深鞠躬，然後直起身，像第一次在話劇中表演的小孩一樣扭扭捏捏地一直換腳站。

「我們歡迎泰晤士河的國王和女王。」她宣布，往兩個大人中間一站，握住他們的手將他們拉到岸上，就連原本決定擺張嚴肅撲克臉的泰小姐都忍不住微笑。

「彼得、萊斯莉，」納丁格爾口氣急迫地低聲說，「去巡邏周邊。帶艾比蓋爾一起。」

納丁格爾堅持要我們巡視舞臺區，可是我不想錯過正式的登陸儀式，河神們將行走於凡人之間。如果不留下來表示尊敬那實在是太無禮了，或許還可以歡呼一下，你知道的，或來個單膝下跪，只是表示我們願意……

「巡邏周邊，」納丁格爾用他最像指揮官的聲音下令，「你們三個，馬上去！」

「我想看表演啦。」我們拉走艾比蓋爾時，她生氣地說，但在她平時好戰的外表下隱藏了一絲恐懼。我快步走向牛津塔，因為納丁格爾顯然很擔心，而你不會想把任何會讓納丁格爾擔心的事物變成自己的問題。

走了十公尺遠之後，我們身後傳來一聲轟然巨響，很像足球賽的地主隊在最後的傷停時間得分，而球迷們知道比賽已經宣告結束了一樣，後面的霧氣中爆出一道光亮。這麼做應該不好，但我們全都轉過身去看。

很像搖滾音樂會結尾或者史蒂芬．史匹柏的電影開場——萬丈金光從樹木間和攤位間的縫隙傾瀉而出，我們感到一陣狂喜，群眾又爆出一陣歡呼，不能親眼在現場觀賞讓我們感到失望透頂。無法分辨什麼是現實、什麼是幻象，接著傳來一段足以讓我父親感動到痛哭流涕的小喇叭吹奏，我看到一道道白色閃光、聽見古董相機的鎂光燈劈啪聲，群眾又歡呼了最後一次，然後我看見燈光開始移動，隊伍離開河岸，往公園深處前進。

金光從攤位燈光裡逐漸褪去，直到變成一般鎢絲燈泡的亮度。我們左手邊傳來柴油引擎啟動的轟轟聲，一個女人大笑，煤氣爐點燃。如果仔細聽的話，可以聽見黑修士路車水馬龍的交通令人安心的尋常聲響。

萊斯莉大笑了一聲。

「我不會再稱讚其他人很會操弄情緒了，」她說，「剛剛那是世界級的。」

「哈，」艾比蓋爾說，「那才不算什麼，你該見見我哥。」

「每次我都以為自己了解和我交手的是什麼……」我說。

「那真是太不智了，」萊斯莉說，「來吧，我們還得完成巡邏工作。」

既然我們都走過來了，便多花一、兩分鐘確認一旁待命的整整三輛箱型車的地區支援組警力是否吃飽喝足了，他們帶著鎮暴裝備和電擊槍，準備好對抗任何東西。唯一一件比忍受一整群無聊易怒的地區支援警察更糟糕的事，是在事情出差錯、恰好需要他們時，發現他們都跑去覓食了。

史坦佛街是我們這次勤務範圍的南邊界線，因為封路的關係所以異常安靜，攤商們和表演者的卡車成為霧裡的朦朧影子，我們確認負責交通勤務的社區服務警察交班沒問題，確保負責指揮的警官心情愉悅。

「我有史以來最輕鬆的一次加班。」一名社區服務警察說。他看起來有點太過鎮靜，讓我隱隱覺得有些不安。

公園底端紅磚牆另一邊的霧氣明顯變濃許多，從入口那邊望去，我看見應該是旋轉木馬的一團色彩，聽見機械管風琴傳來的模糊樂聲。

我正要開口問萊斯莉我們該不該再回去，這時一個歐洲白人家庭走過我們身邊，他們全背著藍色運動背包，明顯是觀光客的模樣，在我們來得及阻止他們之前，他們便走進公園裡了。

「該死，」萊斯莉驚訝地說，「我們最好趕快回去，免得他們出了什麼怪事。」

「可能有點太遲了。」我說，但還是跟上腳步。

8 尿尿比賽

伯尼．史賓公園被上地街整整齊齊一分為二，表演者已經在上地街以南架起了旋轉木馬，因為霧太濃了，你得騎在馬上才能看清楚馬的表情，但閃爍的霓虹燈照亮了等待騎乘的孩子們的臉，我花了至少十分鐘監督他們的排隊狀況，免得有人返老還童跑來湊熱鬧。

我在旁邊的一個攤位買了太妃糖蘋果給艾比蓋爾，希望能黏住她的嘴巴一下子也好，然後我們在攤位間狹窄陰暗的空隙穿梭移動，朝爵士樂帳篷和倫敦警察廳攤位前進，納丁格爾還在那兒等著。

「剛剛那番大陣仗到底是怎麼回事？」萊斯莉問。

「那是自一八五七年以來舉辦的第一次泰晤士河聯合召見。」納丁格爾說，「恐怕他們有點被熱情沖昏頭了。」

我往公園北邊召見的所在位置看去，只見霧中一團陰影和光亮交錯，和公園南邊看起來沒什麼不同。但我能感覺到它正在呼喚我，一個糾纏著我的小小誘惑，像是想在漫長無趣的一天裡享受一下的壞習慣。我回頭望向萊斯莉，她發現我在看，對我眨眨眼。

「可以把我們兩個綁在一起，像登山客一樣。」她說。

行動計畫是我們其中一人和艾比蓋爾留守在警察廳攤位，另外兩個巡邏會場，如果遇見太過沸沸揚揚的事情，就先以神聖執法者的身分將之弭平。

我和萊斯莉決定先從爵士樂帳篷開始，身為爵士樂手的非正規兵團員很可能會有啤酒。我的理論是，由於酒精具有麻痺神經的功效，也許能減輕周遭魔力對我們的影響，就算無效，我們也可以直接喝醉。萊斯莉懷疑我的理論，但似乎不反對實際進行試驗。我們探頭進帳篷時，發現裡頭已經半滿了，到處都是賭徒以及我母親。

為了慶祝我父親登臺表演，她穿著最好的垮世代風格服裝：窄管牛仔褲、黑色翻領毛衣和銀飾——如今我親愛老爸的圈內又流行起這股風潮。但我注意到她沒戴貝雷帽，有些發生在六〇年代的事終究一去不復返了——雖然對我母親來說應該大多都發生在七〇年代。她一看見我就湊上前來，給我一個擁抱後和萊斯莉打招呼，問她最近好不好。

「好多了。」萊斯莉說。

母親對我露出狐疑的眼神，轉身向我確認。

「她好嗎？」她用克利沃語問。

「好一滴滴啦。」我告訴她。

母親點點頭，四處張望。「你女朋友有來嗎？」她問。

我花了一點時間才會意過來。女朋友？我和貝弗莉．布魯克還沒來得及發展出這麼深入的關係，她就成為人質交換計畫的一部分，移居到上游去了。我覺得這是阻止泰晤士河上下游開戰的好方法之一——我想應該可以這麼說。因為種種很充分的原因，貝弗莉成了人質的最佳人選，雖然萊斯莉認為我這麼說是因為我的潛意識想在一段無意義的戀情開始之前先防患未然。萊斯莉表示我的感情問題都足以讓她寫成一本書了，只是會很冗長、無趣，和市面上其他書籍沒什麼兩樣。

「她不是我女朋友。」我說，但母親不理我。

「係不係家庭的問題？」她問。

「某方面算是。」我說。

「那些人喔真係有夠怪奇。」她說，萊斯莉哼了一聲。

「我發現了。」我說。

「這鍋應該不係巫婆吧？」我母親問，她曾因為我的前任女友能夠青春永駐便出乎意料地動手攻擊她。「她受過很好的訓練。」

「爸還好吧？」我問。談論我父親一直是轉移我母親注意力的好方法。

「他還口以啦，他為了這天練習了很久。」

非正規兵團員也是這麼告訴我的。他進行了很多次現場爵士表演，有傳言指出他即將發行限定版的單曲黑膠唱片，精心設計用來吸引「正統」爵士樂迷的計畫——不管這年頭的「正統」爵士樂迷指的是哪些人。

她望向我父親，他衣著體面，卡其褲熨燙地整整齊齊，白襯衫外罩綠色V領喀什米爾毛衣，正在和其他團員討論技術問題，用一大堆手勢說明他希望獨奏在哪個時間點切入。我父親總說即興發揮是偉大爵士樂的特色，但偉大表演者的特色是確保團員以你想要的方式即興發揮。

「偶想私底下跟你談談。」我母親說。

「現在嗎？」

「不係現在。」

我揮手打發了萊斯莉，跟我母親走到帳篷外的薄霧中。

「你爸基道怎麼彈鋼琴，」她說，「但他比較會吹小號，小號才能讓他出名。」

雖然我母親盡了最大努力，然而海洛因毀了我父親的牙齒，也讓他「丟了嘴唇」，高級一點的說法是他失去了「吹奏之嘴」，除非你和切特．貝克一樣天才，否則大概也只能這樣了。

「如果他能吹小號，一定口以賣更多唱片。」我母親奉承諂媚的語調讓我覺得可能要被海削一筆了。

「妳想找多貴的？」我問，要是不阻止她，我母親會拐彎抹角半小時。

「我基道有鍋牙醫可以修好你爸的牙齒。」她說，「要花四千英鎊。」

「我沒那麼多錢。」我說。

「我以為你有存款。」我母親說。

我的確有，但被我花在一整個地窖的酒水上，以便討好某位泰晤士河神——她正在離我們不到十公尺處主持召見。母親朝我皺眉。

「你把錢花氣哪了？」她問。

「妳知道的，媽，」我說，「喝酒、女人、聽歌。」

她看起來想問我到底是哪些女人和哪些歌，雖然不管我長多大她都會打我，但我已經不住家裡了，所以也沒那麼容易被嚇到。

「我們會賣唱片來籌錢，但你也應該想辦法攢一點錢。」她說。

我差點就要問她是否試過群眾募資平臺，不過我深知我母親的為人，搞不好她真的試過。她總能讓我感覺瞬間小十歲，身為一名被老媽淫威壓制的成年男子，只好和平常一樣扭扭捏捏找了些藉口和承諾搪塞過去。

「我盡量想想辦法。」我說。我們回到帳篷，看見萊斯莉弄到了用直筒杯裝的啤酒，正用一根吸管快樂地喝著。她隨身攜帶吸管以備不時之需。

「妳從哪裡弄來的？」我問。

萊斯莉狡猾地看了我一眼。「我記得你教過我科學方法，」她說，「我們其中一人必須保持清醒，實驗才有效——當控制組，對不對？」

我莊嚴地點點頭。「妳說的沒錯，」我說，「我們需要一個控制組。」

「真的假的？」她問。

「不然的話，妳怎麼知道妳設定的變因是不是造成改變的真正原因呢？」我說。

萊斯莉從她身後一個擴音箱上拿出另一杯啤酒。「所以你不要？」

「不、不，」我說，「其實妳該把兩杯一起喝了，妳血液中的酒精濃度必須充分上升，這樣我們才能測知結果。」

萊斯莉瞪著我，她的面具是種恐怖的淡粉紅色，就算是以白人的標準來說也稱不上是膚色，而且把她的表情都遮住了。但我已經學會從她眼睛的形狀和抗敏塑膠面罩後的下巴移動方式來判斷她的情緒，有那麼一會兒她完全相信了我的話，然後她放鬆下來，把酒遞給我。

「很好笑。」她說。

「我也這麼覺得。」我說。

「喝你該死的酒啦。」

我照辦，然後和我父親小聊了一下，雖然他在開演之前別人說了什麼他都聽不進去，但仍然很高興見到我，他問我是否要留下來觀賞演出。

「我盡量。」我說。

喝完酒後，我們步出帳篷，外面變擁擠了，我猜是觀光客和好奇的當地人開始湧入。在倫敦西區和蘇活區巡邏一、兩年後就會開始習慣人潮，但霧氣悶住了聲音，四周靜得很不自然。安靜的群眾是警察的心頭隱憂，嘈雜的群眾表示他們正在找事情做，但安靜的群眾表示他們正在觀望和思考。這是很危險的情況，尤其當他們正盤算著：**我想知道要是把這半塊磚頭扔向那個特別帥氣的年輕警察會發生什麼事**。

「我們可能得處理那個狀況。」萊斯莉說，朝警察攤位點點頭。

攤位上的艾比蓋爾被一名身穿紅色獵人夾克、迷彩長褲和馬汀大夫鞋的纖瘦白人男子堵住，他氣勢凌人地以經典校園迪斯可的姿勢俯看著她，艾比蓋爾雙手交叉在胸前，撇開臉，臉上一副容忍和極力克制自己的表情。她比那男人早看見我們走過去，笑容變得很賊。

「欸你！」我說，「一邊涼快去。」

那男人迅速轉身，動作快到我反射性地往後退了一步。他個子很小，比艾比蓋爾高不到十公分，但至少比她老十歲。他的臉是倒三角形，頭髮是鐵鏽色，棕眼裡有一點一點的金色，微笑時露出潔白銳利的牙齒。

「噢，你嚇到我了，警察先生。」他用那種上流階層的人想讓人知道他們是上流階層的上流口音說話，「有什麼問題嗎？」

在敞開的夾克底下他穿著白色T恤，上頭以中世紀木刻版畫的線條呈現一個正被獵犬撕碎的人，圖案上方用現代字體寫著**他們幾乎感受不到痛苦**。我很懷疑他的名字會是《柳林中的風聲》書裡的獾先生之類。

「有，」我說，「你的問題是二〇〇三年制定的性騷擾法案。依照現在的情況看來，你可以被判處終身監禁，如果她父親沒先逮到你的話。」

「我向你保證，警察先生，」男人說，「我的意圖絕對光明正大。」

「有一輛坐滿員警的箱型車停在附近，他們正覺得無聊。」我說，「他們大多在道德界線模糊的現代偵查環境裡工作，說不定會很開心認識罪行這麼明確的老派戀童癖。」

「你讓我很受傷，警察先生。」男人說。不過我注意到他正從艾比蓋爾身旁退開，離開攤位。

「專業標準理事會可不會有意見。」我說。

「好吧，」那男人不確定地說。「很高興認識你們，艾比蓋爾，警察先生女士們。」他轉身逃離。

「有什麼好笑的？」我問萊斯莉，她正努力不要咯咯笑。

「彼得，」她說，「如果你想嚇唬人，別讓他們花五分鐘才能搞懂你到底在說什麼。」

艾比蓋爾雙手抱胸，惡狠狠地看著我。

「嘿！」她說，「我在跟人講話耶。」

「是這樣嗎？」萊斯莉說。

「妳五年後就可以跟那人說話了。」我說。

「如果到那時妳還想跟他說話。」萊斯莉補充。

艾比蓋爾原本要回嘴，但有人叫了萊斯莉的名字。她轉身面對聲音的來向，正巧那人從霧中衝出來一把抱住萊斯莉。我認出她——是貝弗莉·布魯克。

她將萊斯莉往後推開一些，打量著她——她的面具以及其他。

「我聽說妳能走動了，」她說，「可是沒聽說妳已經能夠自由行動。我很擔心妳，但我和一群村民及學生們一起困在上游走不開。」萊斯莉驚訝到說不出話，非常罕見的情況。

貝弗莉看向我。眼睛和我記憶中的一樣黑，是貓眼的形狀。她的扁鼻形狀優美，豐脣闊嘴，雖然時值冬季，她黝黑的皮膚還是光滑無瑕。

「嗨，彼得。」她說，又轉回面對萊斯莉。

彼得．葛蘭特身在南岸，我心想，**雙眼圓睜、蛋蛋著火**。

貝弗莉往前傾，嗅嗅萊斯莉的脖子，這動作顯然讓她不太舒服。

「原來是真的，」貝弗莉說。「妳變得和那邊那位從不傳訊先生一樣壞。」她怒目瞪著我，「九個月來沒有半封簡訊，也沒打電話，就連電子郵件也沒有。」我知道還是不要找藉口好，「因為你，有些住在河邊的人還等著領保險金，我說這話可不是開玩笑。」她又看向萊斯莉，「你們兩個最好去和媽與老爹表示一下敬意，免得他們開始認為你們把他們的幫忙視為理所當然。」

穿著皇家黃絲綢夾克的嬌小人影蹦跳著跑到我們三人中間，像顆小小陽光手榴彈。

「小貝小貝小貝。」女孩大喊，「妳必須跟我來——妳答應過我的。」

「等一下，小金，」貝弗莉說，「我還在說話。」

我猜小金是奈金兒的簡稱，另一條流經南華克的失落地下河。那女孩碰了釘子，轉身朝向我，露出燦爛的微笑。

「巫師耶，」她指著我們大笑，好像這是什麼搞笑的事。

一個低沉的聲音叫喚小金，我認得出那是誰。

「呃喔。」她說，對我扮鬼臉。

歐柏倫從霧中漫步而出走向我們。他是個臉型方正英俊的高大男子，身穿復古風軍用夾克，曾被染成紅色，現在褪成灰撲撲的棕色。下半身則穿黑色戰鬥褲和靴子，腰間的長劍在我看來應該是來自英軍的古董，而且不是舉行儀式用的那種。他一手隨意放在劍柄上，以免劍和外套纏在一起。歐柏倫對我和萊斯莉禮貌點頭。

「兩位探員，」他說，「我相信事情都如意料中進行。」

「可以這麼說。」我說，很想嘲諷地補上一句「真的假不了呢」，但還是忍住了。

「你要來看我喔，」歐柏倫把小金拉走時，她對我說。「一定要帶禮物。」

「那是她父親嗎？」萊斯莉問。

貝弗莉搖搖頭。「歐柏倫是艾法的人，他們都被迫要當小金的保姆。說到這個，我得走了，不過我們需要來場姐妹聚會，拜託傳簡訊給我，好嗎？」

我咳了咳，問貝弗莉待會兒能不能跟她單獨說說話。

她露出狡猾的笑容。「當然，」她說，「等會兒。」

萊斯莉揍了我的上臂一拳。

「我們去見她母親吧，」她說，「趁你的大腦還在運作的時候。」

許多人都很驚訝倫敦的河流都各有守護神。就連從小就被教育相信河神存在的人都不見得相信泰晤士河有神祇守護，順帶一提，那大概占了全世界三分之一人口。西非的尼日河一定有；南美洲的亞馬遜河，當然；美國的密西西比河，沒問題。但泰晤士河？

其實泰晤士河有兩位守護神，最年長的泰晤士老爹大概比其他人老個一、兩千年，他可能是某個叫做堤貝里烏斯・克勞狄・韋里嘉的羅馬裔英國人，一八五八年前的泰晤士河從源頭到出海口都是由他統治。直到倫敦市把泰晤士河當作一條大汙水溝，他氣得搬到上游去不問世事，直到一九五〇年代後期，一名奈及利亞來的實習護士因心碎而跳下倫敦橋，發現女神職缺。嗯，至少她說的故事版本是這樣。

泰晤士老爹覺得他占領此處在先，不管多有名無實，都應該受眾人肯定。泰晤士之母倒是認為他連英國嘉年華都不出面，更別提倫敦大轟炸了，他不能就這樣出現而且要求坐在首位。就是這種刺激的世代與種族衝突讓大城市裡的生活多采多姿。因為我們是警察，必須將寶貴的身軀擋在兩造之間協調，所以我和萊斯莉在處理他們的事情時都會特別禮貌尊敬。

我們朝他們就坐的地方前進，他們都穿上最光鮮亮麗的週日衣服。泰晤士之父身穿細條紋雙排釦黑西裝和有著螺旋花紋的背心，頭上那頂搭配的圓帽盡力把它糾結的白髮全都藏在底下。他為此場合刮過鬍子，讓薄唇、鷹鉤鼻和冰冷灰眼更加鮮明。

相較於顏色單調的泰晤士之父，旁邊的泰晤士之母穿著金銀黑三色上衣和非洲圍裙，她的臉蛋和女兒貝弗莉的一樣光滑黝黑，又稍微圓潤些，但兩人的眼尾都同樣上揚。她的頭髮精心編織成一個鳥籠，裡頭參雜著幾縷金線，幫她弄頭髮的朋友想必忙了好幾個小時，甚至好幾天。

我們遵照納丁格爾的指示，進出時盡量不打擾現場，如果有人問「**你們當警察多久**

啦？」，就回答「**可久了呢！**」。泰小姐站在她母親右側，給了我一個淺淺的微笑，雀躍得令人感到有點危險，讓我離去時覺得肩胛骨中間有個點癢癢的。

　然後我們又回到爵士樂帳篷準備看我父親的表演，發現納丁格爾正在跟一名男子討論泰德．希斯從傑拉度交響樂團到大樂團的演進之路，該男子自稱從諾丁漢專程開車來這裡看表演。我待到父親發現我正在觀賞為止，然後離開帳篷。不管如何，我們不能讓所有警力和維安人員都集中在同一處——誰知道我們在春天的夜晚隨著音樂搖擺時，會不會有人在外面作怪？艾比蓋爾正不悅地在「共創更安全的倫敦」標語下方，我走到她身邊時，聽見「葛蘭特大人的非正規兵」開始演奏我父親對經典爵士樂曲〈煙霧瀰漫〉的奇特改編。我告訴艾比蓋爾她可以去逛逛市集，只要別跟奇怪的人講話就好。

　「好吧。」她說。

　「也不要跟奇怪的東西講話。」我說。

　「隨便啦！」她說，然後就跑走了。

　「或者長得像人的奇怪東西也不行！」我對著她的背影喊。

　不管是奇怪的人或者奇怪的東西，似乎都不太想來警察攤位聊個天，倒是有幾名巴西來的學生問我們這場市集是為了誰募款。

　「是為了慶祝春分。」我說。

　他們看著被霧氣包圍的光禿樹木，打了個寒顫，接著就被爵士樂帳篷的樂聲吸引過去。他們經過從那頭走來的萊斯莉，好奇地盯著她的面具看，直到萊斯莉停下來問他們需要什麼幫助時，他們才意識到自己正盯著她瞧，接著搖搖頭快步離開。

萊斯莉手拿另一杯啤酒，走到攤位時遞給我。

「託歐柏倫的福，」她說，「他說今天結束之前你會需要這一杯的。」

「他說了為什麼嗎？」我問。

萊斯莉說沒有，但我還是喝了。我注意到這是正港的啤酒沒錯，不是裝在木桶裡充滿氣泡的淡啤酒——我猜可能是其中一個攤位賣的。

我聽到霧中某處傳來艾比蓋爾的笑聲——很好認，我考慮是否要去把她叫回來。

「妳好，美女。」我們身後的一個聲音說。

「嗨，查克。」萊斯莉說，「我以為你是不速之客。」

「曾經是。」查克說。他是個骨瘦如柴的白人男孩，一頭潮溼棕髮，清臞的臉龐上有張大嘴。他身穿一條非刻意刷舊的牛仔褲和灰色連帽T恤，手肘處都快磨穿了。他誇張地鞠躬。

「這可是春季召見。」他說，「凜冬已逝，季節更替。小羊玩耍、鳥兒築巢，堅忍的河岸居民得到了回報。現在是原諒和重新來過的時節。」

「是喔。」萊斯莉說，從外套撈出一張十英鎊紙鈔給查克，「那去幫我們買晚餐。」

查克一把抽走那張紙鈔。

「悉聽尊便。」他說完就跑開了。

「他真的一點也不自愛。」我說。

「隨他去。」萊斯莉說。

我們等候時，我提議去巡一圈。

「這樣你就可以趁機揪回艾比蓋爾。」她說。

我父親開始彈奏他最近的招牌曲〈斯巴達克愛情進行曲〉。其他團員的伴奏音量低到幾不可聞，父親盡他所能地模仿美國爵士樂鋼琴家比爾．艾文斯——只希望別連他得肝炎不治都模仿進去就好。父親的鋼琴聲跟著我進入霧中，在攤販的叫賣聲和旋轉木馬的樂聲中忽大忽小。他的音樂總讓我感到挫折——我剛開始享受時它就變了調，進入我無法追隨的境界。

我找到艾比蓋爾，她站在一個又細又高的攤位前，看起來像特大木偶戲棚，拱形舞臺邊緣裝飾著木雕貓頭鷹、新月和其他神祕符號。它們一定曾經非常華美，如今金色與藍色的油漆已經斑駁，遮住舞臺的黃色布簾也已經洗到變薄褪色。舞臺邊緣最高處懸掛的木牌寫著：「阿提米斯．凡斯：正宗符咒、惡咒、精靈魅咒和魔咒商人」下方有張小卡，用馬克筆寫著：「恕不退費！」

「借我五英鎊。」艾比蓋爾說。

我也很好奇，所以就掏錢了。

艾比蓋爾敲了敲攤位一側，結果整個攤子開始晃動，感覺不太妙。布簾唰一聲打開，後方出現一位有著鷹鉤鼻和銀白頭髮的年輕男子，他的頭髮往各個角度亂翹，活像一團龐克風棉花糖，縐巴巴的淡紫色襯衫外頭罩著栗紅色高領絲絨夾克。

他狐疑地望著我，然後以更狐疑的眼神望向艾比蓋爾——至少他搞對了順序。

「你們想幹嘛？」他問。

「我想買精靈魅咒。」她說。

「抱歉，」那男人說，「我們已經不賣那個了。」

「為什麼？」艾比蓋爾歪頭問道。

「因為歐洲人權公約將獵捕精靈視為非法行為，」他說。「沒有精靈就沒有魅咒。不過我告訴妳，只要妳不拿去魅惑精靈，我倒是可以做一個精靈魅咒賣妳，如果我還有辦法製作的話。」

「為什麼你沒辦法做？」

「因為得用真的精靈才行，」男人說，「不然就沒用了。」

「如果我不會拿去魅惑精靈，為什麼你不能做個沒有精靈的魅咒呢？」艾比蓋爾問，「一個假魅咒。」

「別荒謬了，年輕的小姐，」男人說，「只有騙徒才會販賣缺少最重要成分的精靈魅咒。就算只是有此想法也好，都是荒謬到狂妄的境界啊！」

「那賣我們一個魔咒如何？」我問。

「唉，」男人說，「如果我沒搞錯的話，你受過偉哉牛頓魔法的教育，而我可是從不出錯的。把我可悲的作品販賣給你這樣一位紳士，可是會讓自己出糗的。」

「那我呢？」艾比蓋爾問。

「妳未成年。」男人說。

「那惡咒呢？」艾比蓋爾問。

「可惜惡咒只是符咒的同義詞，所以我剛剛的回答也適用於此。」男人說，抬頭望向他的告示牌。「會把惡咒寫上去，單純只是想讓我們的廣告詞唸起來悅耳好聽而已，如此一來才能吸引芸芸眾生那疲乏困頓的注意力。」

「你到底有什麼能賣給我？」艾比蓋爾問。

「我可以賣一個符咒飾物給妳。」他說。

「可以幫我做一個讓地理老師退散的符咒飾物嗎？」

「可惜啊孩子，」男人說，「妳這氣勢嚇人的大哥應該也能解釋給妳聽。不是人擇符咒，而是符咒擇人，這都是那偉大而令人厭煩的天道運行的一環。」

「好吧，」艾比蓋爾說，「那我能拿什麼符咒飾物？」

「待我翻找一番。」男人說，往下探身，從我們的視線中消失。

我和艾比蓋爾交換了眼神，我正要提議離開，男人就咻地現身，手拿一枚小墜子在我們眼前晃來晃去。那是顆小小的黃色半寶石，鑲嵌在銀底座上，還繫著一條皮繩。艾比蓋爾懷疑地打量著。

「這符咒的功用是什麼？」她問。

男人思索片刻。

「這是妳的全面護身基礎符咒。」他說，手在空中畫著半圓，「讓妳遠離——」

「圓梨？」艾比蓋爾問。

「遠離怪誕事物。」他說，然後嚴肅地加上一句，「神祕又邪惡的東西。」

「那多少錢？」艾比蓋爾問。

「五英鎊。」

「成交。」她說，同時付了錢。她伸手要接過符咒飾物時，我一把先搶過來，將它握在手心裡專心感應，但什麼也感覺不到。石頭在我手裡冷冷的，毫無動靜。

艾比蓋爾質疑地看著我，把符咒飾物往脖子上掛。皮繩和她綁在後腦杓的那坨爆炸蓬髮纏在一起，她往下一拉，將符咒藏入毛衣裡。她拆開橡皮筋，熟練地把頭髮捲好，重新固定回去。

「妳最好回到我們的攤位去。」我說。

艾比蓋爾點頭，快步離開。

「記得妳欠我五英鎊！」我對著她的背影喊。

我回望那名男人，他對我包容地微微點頭。

我信步沿那排攤位走，在販賣傳統起司、啤酒和捕鼠器的攤位處右轉，離開那男人的視線範圍後停下腳步，數到六十秒，然後快速循著原路回到阿提米斯攤位所在處。

攤位還在，那男人也在，手肘拄在櫃檯上直勾勾地看著我。他對我揮手打招呼，但我沒有回應，然後我判定那多半不是什麼神祕的攤販，便繼續巡邏下去。

貝弗莉在加百列碼頭的入口處對面等我，背倚仿攝政時期露臺的花園圍牆，當地人偏愛這種建築風格著實讓人驚訝。她穿著黑色燈芯絨夾克和丹寧綁帶上衣，低腰窄版紅色牛仔褲上方露出一截肌膚，霧氣在她髮絲上和夾克雙肩處凝結成小水滴，不知道她在那兒站多久了。

「你想聊聊。」我走近時她說。

她聞起來像可可脂和雨水，像在沙發上接吻，旁邊靜音的電視播著十點鐘新聞，而崔西．查普曼在你父母親的收音機上唱著〈快車〉。也像是自行粉刷屋宅的星期日和暖陽烘過的汽車座位，還像在臥室中舉辦的大麻狂歡派對，家具全都堆放在角落，客廳裡的音箱在你胸腔裡撞擊出旋律，而某人的母親正在廚房裡主持召見，發送萊姆酒和可樂。我好想用手環住她的腰，用指尖感覺溫暖的皮膚，我想要的程度幾乎讓這件事成為已經發生的回憶，手臂不禁抽搐了一下。

我深吸一口氣。「我得問妳一件重要的事。」

「嗯？」

「妳在上游的時候……」我說。

「好遠。」她說，她的手把玩著我夾克的衣襟。「開車要花一個小時——從派丁頓搭火車要四十分鐘，每十五分鐘一班。」

「妳不在的時候，」我說，「艾許被鐵欄杆戳穿。」

「你該聽聽我們這邊的尖叫。」她說。

「是啊，但當我把他拖進河裡，他就被治癒了，」我說。「這是怎麼回事？」

貝弗莉咬著唇。我父親對〈你今晚的模樣〉的奇怪改編穿越霧氣，飄到我們耳裡。

「這就是你想問我的嗎？」貝弗莉問。

「我在想萊斯莉的臉，」我說，「是不是也能用同樣的方式處理。」

貝弗莉用看起來像是驚異的表情看我，說她不知道。

「對艾許生效了。」我說。

「那是因為泰晤士是他的河。」她說。

「我以為泰晤士河是妳媽的。」

「是啊，」貝弗莉說，「但也是他爸的。」

「怎麼可能兩人同時擁有。」我說。

「可以的，彼得。」她火冒三丈地說，「一樣東西可以同時擁有兩種定義，其實有三種也不為過。我們不像你們，我們的世界運行方式不一樣。我很遺憾萊斯莉的臉出了事，但要是你隨便把她扔進河裡，一定會害她得敗血症。」她往後退了一步。「而且你不應該在意她有沒有一張臉。」她說。

「她在意，」我說，「難道妳不在意嗎？」

「我幫不了你，彼得，」她說，「要是可以的話我會幫你——真的。」

我不在意受到周遭潛在魔法影響的那支備用手機，發出叮咚一聲簡訊通知。

「我得回去了，」我說，「要一起來嗎？」

貝弗莉瞪著我，好像我發瘋似的。

「不了，」她說，「我要去淹了羅瑟希德之類的地方。」

「待會見。」我說。

「好。」她說，然後轉身離去，並沒有回頭看我。

我知道你在想什麼。回憶追述已經發生的事有個優點，就是知道那只是場財產損失頂多一、兩百萬的小淹水罷了。再說，保險公司會承擔大部分災損。

回到爵士樂帳篷時，剛好來得及和我結束表演正準備返家的父母親說再見，艾比蓋爾順便搭他們的便車。

他們離開後，氣氛很明顯地轉變。不只是因為原本泰晤士河步道附近為了我父親表演而關掉的音響系統重新啟動，發出大型客機般的巨大轟鳴，再加上親子遊客也漸漸離開，攤位間的空隙忽然擠滿了年輕男女，喝著罐頭或塑膠杯裡的東西，公然輪流抽手捲菸。我跟萊斯莉熟知這群人，西區星期六夜晚的人群也差不多是這樣，該是時候溜回我的Asbo，換上現代警員必備的防刺衣和反光背心，當然也戴上了騎士配備：伸縮警棍、胡椒噴霧和簡易手銬。我打開空波呼叫所費不貲的第二梯地區支援組，確定他們都還清醒著待命出擊。

音響開始播放BBC 1xtra電臺的流行樂，足以安撫從河上游來的想跳舞的人群。萊斯莉很喜歡播放的音樂，我還過得去，但我們遇見納丁格爾幾次，看得出來他很痛苦。

我們輪流到公園河邊的臨時舞池玩，雖然悶熱的防刺背心並不是理想的熱舞裝備。

一會兒之後，我獨自在河邊看盈凸月沿著查令十字車站的屋頂移動。霧中隱約聽得見車水馬龍的聲音，晴朗的夜空看得見星星，我似乎聽見倫敦橋方向傳來憤怒的尖叫。低沉的聲音拉得很長很微弱，但滿溢瘋狂的喜悅，你知道我怎麼想嗎？這些應該都是我幻想出來的。

尿尿比賽發生在凌晨三、四點。不知何時，連這裡的超自然生物都開始精神萎靡了。歐柏倫抓住我的手把我拖往公園東邊時，我才知道有尿尿比賽這回事。

「這是一場競賽，」我問他發生了什麼事，他如此回答，「我們需要你挺身而出，代表出賽。」

「代表什麼？」我問。

「首都的光榮。」他說。

「讓泰小姐來。」我說，「她很行的。」

「不，這個她不行。」歐柏倫說。

我們挑了一個啦啦隊區站，康特斯溪女神奧林比亞和西邦爾河女神切爾西也在，她們可是轟動倫敦的「有頭銜的上流社會年輕人」大賽衛冕五年的冠軍。

「為倫敦而戰！」切爾西大叫。

「直直瞄準目標！」奧林比亞吶喊。

「我們天殺的是要做什麼？」我又問歐柏倫一次。

他告訴了我，我說他天殺的一定是在開玩笑。

然後我們排排站，我跟奧斯歷在中間，泰晤士之父在我們右邊，再過去是艾許和幾名追隨者。我左邊則是歐柏倫、法警叔叔和幾個我不認得的傢伙。

女人們——感謝上蒼，她們都睡覺去了——在我們身後三、四公尺處，省得我們害羞臉紅。

「好了，男孩們！武器出鞘吧！」奧斯歷大喊，接著是一陣拉拉鍊的聲音，還有幾個人與鈕釦奮戰的咒罵聲。「聽我命令，還沒喔！還沒喔！」奧斯歷回應著眾人們的哀嚎和噓聲。

「發射！」奧斯歷吼道，我們便發射了。

我不想透露最後得了第幾名，只能說實在尷尬透頂。顯然我不像其他參賽者那樣有機會多喝幾杯酒來提升名次。好在只是啤酒而已，否則我們前方升起的那面霧氣牆會比現在更臭。最後三名決勝者是奧斯歷、歐柏倫和泰晤士老爹本人，較年輕的那兩位在差不多時間彈盡援絕，眾人失望地喊叫哀嚎。

泰晤士老爹像一名在酒吧裡上廁所的紳士一樣，左右張望著確定我們全都在看，接著忽然收兵，冷靜地扣上釦子。

「嗯，不然你們覺得還會有其他結果嗎，男孩們？」他對著一片沉默說，「我可是掌管了一整條河水的源頭啊！」

我在Asbo的後座醒來，但身體感覺意外地有精神，事實上是好到不行。我爬出車外，踏進清晨溫暖的陽光中，瞬間起了疑心，打開手機查看日期——好在和我預期的一樣——我並沒有花上五十年時間在精靈派對裡狂歡。不過從事我這行，還是凡事小心方為上策。

精靈市集隨著太陽東升而消逝，留下河中漂浮的垃圾和草坪上泥濘的腳印，就好像一條骯髒的大河潰堤，衝上岸後在陸地上留下印記。環境亂七八糟，幸運的是我母親認識一名經營清潔公司的女人，精通搖滾表演的善後。那女人說要是你在格拉斯東當代表演藝術節打掃過，從此只有高等核廢料嚇得著你。

她的員工抵達，把車停在地區支援組剛淨空的地方。他們大多是來自索馬利亞、中非、阿爾巴尼亞和羅馬尼亞的年輕人，也有幾個來自波蘭、土耳其和庫爾德斯坦。他們穿著連身工作服和鋼頭靴，手拿鐽子、耙子以及各式破壞工具。

萊斯莉蜷縮在車子的前座睡得不省人事，看起來很快樂，所以我讓她繼續睡，自己跑去買咖啡和培根三明治。我回來時她醒了，從公園東側我們舉辦尿尿比賽的地方朝我揮手。

「該死的這裡發生了什麼事？」她問。

泰晤士老爹所站之處的前方百花盛開，納丁格爾走到我們身邊細數花名：野白芷、紅菽草、黃草木樨、蔥芥、紫色球狀的山蘿蔔和一叢叢高高的紅纈草。他看起來很開心，說他會回來摘一束花給茉莉。

「但我們得先把欄杆裝回去。」他說。

雖然有陽光，河上游吹來的風還是強勁冷冽，法警叔叔至少把切下來的鐵桿整整齊齊擺成一堆用塑膠繩綁好。我跟納丁格爾一人一邊提起一根舉向欄杆缺口，納丁格爾用手握住缺口處，說出一長串咒語，我猜可能是第五或第六級。我感覺到輕微震盪，像用錘子細細敲擊管鐘，握住鐵桿另一端的雙手也癢癢的，接著感覺到一陣溫暖。

「我很久沒用這個咒語了。」他說。

「這是韋藍之子的怪招之一嗎？」我問。雖然我們不是在鑄造巫師權杖，但方法相似。金屬越來越溫暖，真希望我有雙工人手套可以戴，這時納丁格爾鬆開手，我將桿子這端交給他，仔細觀察他第二次施咒。有**現光**，還有其他我不懂的**形式**和修飾語。

「這倒提醒了我，」納丁格爾說，「得繼續我們的鐵匠活了。」他放開手，欄杆上留下他發著橘光的指印，但很快就消失無蹤，接合處一點痕跡也沒有。

「我們有時間嗎？」我問，繼續銲接下一根欄杆。「還有川查和無臉男的案子要調查。」

「我已經安逸太久了，」他說，「找到那個無臉混帳對我沒好處。」欄杆在他身子底下發出白光之後又黯淡下來，「如果你和萊斯莉還沒準備好擔起任務的話。」

一陣風吹來讓我背脊發涼，我發現納丁格爾自覺他要是和無臉男碰上了並無勝算。

「練習對我有幫助。」他說。

我們修理完欄杆後和萊斯莉會合，她正在收拾我們的攤位。我注意到我們的攤位是最後一個被拆除的。

「發現什麼怪事嗎？」她說。

我四處張望。清潔人員快打掃完了，路旁擺放著一個個塞滿垃圾的塑膠袋，等著集中處理。公園裡有個男人在遛狗，還有幾個穿著帽T的年輕人好奇地打量我們，希望能拍到什麼有趣的舉動好放上Youtube。

「沒有。」我說。

萊斯莉拍拍我的肩，指著上方倫敦警察廳的徽章和安撫人心的標語。只不過在我們睡覺時有人把標語改掉了。那人技術很好，沒留下任何塗改痕跡，要是我不注意，會以為標語原本就寫著——倫敦警察廳**：共創更奇怪的倫敦**。

9 暗夜女巫

但倫敦並沒有變得更奇怪。接下來一、兩個星期正常得很——至少表面上如此。調查喬治．川查的行動代號是臭皮匠，由杜菲偵緝督察長的布倫萊凶案小組領軍。雖然納丁格爾特意參加每天早上的簡報，以防有任何魔法相關的線索出現，但我或萊斯莉顯然不需要出席。

「你們和貝爾格拉維亞警局的團隊有合作關係，」納丁格爾這麼解釋，「西敏警局調查不尋常案件的經驗豐富，布倫萊警局卻不然。如果事情出了錯，杜菲偵緝督察長希望有個職位夠高的人來承擔責任。」

話是這麼說，但自然會有一堆工作等著閒閒沒事幹的警察做，特別是身為學徒的警察，所以我跟萊斯莉繼續處理文書工作，追蹤可疑小鱷魚留下的蛛絲馬跡，一邊看書準備年底預計參加的偵查測驗。我本人是希望能在年底參加，萊斯莉不一定，她那幾乎遙遙無絕期的病假讓她很傷心。

波斯特馬丁博士寄信給我，感謝我從史騰堡的海格區別墅帶回的書單，說他條列出幾段和一九二〇年代相關的英語、德語和拉丁語內文。我盡責地將資料轉交給布倫萊凶案小組參考，並特別強調若有任何進展請務必通知我。

儘管很努力舉辦春季召見，那個週末還是下雪了。雖然倫敦市中心因為熱島效應而沒有降雪，卻也阻止不了每個星期日早上都會來參加「新進學徒訓練」的艾比蓋爾。萊斯莉堅持使用這個名稱。我每個星期都會替艾比蓋爾找新的事情做，好讓她不惹上麻煩。我們通常會追蹤她在筆記本中寫下的事項，核對鬼魂目擊紀錄，或者玩納丁格爾稱之為「珠寶遊戲」的活動。要是真找不到事情做，就教她拉丁語，通常以在中庭喝茶作結，特別是茉莉進行到了傑米．奧立佛食譜的蛋糕章節。

「歐柏倫是什麼生物？」那個星期日，艾比蓋爾問。

「我不知道。」我說，望向納丁格爾。

「應該是某種精靈吧。」他說，攪動他的茶。

「是喔，」艾比蓋爾說，「但精靈的意思是跟人類不太一樣而已，對不對？」

納丁格爾點頭。

「他是妖精的國王嗎？」她問。

「對妖精來說，王室是個很多變的概念。」納丁格爾說，「為什麼這麼問？」

「有個亞洲小孩走失了，歐柏倫和艾法吵了起來，兩個人都想要收養他，」她說，給我看她手機上那名亞洲小孩的照片。

是個俊秀的小男孩，棕色肌膚、黑捲髮、桃花心木色的眼睛。他是那種直到成年之前都會被誤認為是女孩的小男孩，而成年之後會打碎一顆又一顆的心。

「妳說艾法想收養他是什麼意思？」萊斯莉狐疑地問。

她從沒調包過這麼漂亮的小孩，我心想。我十二歲時在學校演過《仲夏夜之夢》——扮演左邊數來第三棵樹。我想演波頓，但哪個人不想演男主角呢？

「別擔心，」艾比蓋爾說，「我問出了他的名字，然後叫雷納嗅出他的父母。」

「雷諾是誰？」我問。

「是雷納，」艾比蓋爾說，「你知道的，就是那個……」

「不我不知道。」我說。

「你見過他，」她說，「就是——早些時候。」

「你說那條狐狸？」萊斯莉說，「想勾搭妳的那位？」

「等等，」我說，「聖誕節時跟妳說話的也是那條狐狸嗎？」

「除非他掉了很多毛，」艾比蓋爾說，「而且開始用兩條腿走路，噢對了，還有增肥大概五十公斤……你覺得有可能嗎？」

我不確定要怎麼回答。浮麗樓圖書館中有許多關於變形生物的記載，但都是在十九世紀前。納丁格爾教過我，面對早期的資料要格外小心。「有很多記載是正確的，」他那時說，「但錯誤的比正確的更多，很不幸的是我們無法判斷對錯。」

「不太可能。」納丁格爾告訴艾比蓋爾，「可是我得承認，最近我對『不可能』三個字失去了信心。」

雖說如此，我們手上調查的案件依舊似乎「不可能」有突破。納丁格爾參加完星期一早上的簡報，告訴我們情況並不樂觀。

「按照這種速度，」萊斯莉說，「以後不會有人想與我們合作。我們是結案率毒藥。」

來自結案率只適用於家政婦時代的納丁格爾決定教我們魔法鑄造。如同他在春季召見結束後的混亂中所預告的，所以我們扛著鍛造臺往教室前進，納丁格爾堅持我們稱之為鐵匠鋪，接著穿上厚重的皮革圍裙和護目鏡。

鍛造臺看起來像用幾片烏黑的鋼片隨意拼湊而成，配有排煙機，上頭安裝著看起來像除草機引擎的東西，與胯下同高處有一整架煤焦，用疑似改造過的瓦斯管線燃燒。

「韋藍之子主張，」納丁格爾說，打開瓦斯，「鐵匠是第一代貨真價實的魔法學徒。」他熟稔地彈彈手指，用**現光**點燃鍛造臺。

對來自北方的硬漢來說，牛頓年代之前的鍊金術師和天文學家不過是一群騙子和賭棍，「如其在內，如其在外」的觀念讓人勞動得死去活來。納丁格爾當然不會用「死去活來」這種措辭，不過意思就是技藝、盡心盡力和鐵鎚大力敲打金屬，才是通往大智慧的真正道路。

「而且，」納丁格爾說，「你可以透過**感應殘遺**來判斷鐵匠鋪從前的位置，這是真的。」

「那醫院呢？」萊斯莉問，「老醫院都會留下一堆**感應殘跡**。」

「但新建的醫院沒有，」納丁格爾說，「妳注意到了嗎？」

他指出這點後我才發現。

「突如其來的死亡會將力量注入當地，」他說。「如今死在醫院的人不像以前那麼多了。」他停頓，皺了皺眉頭。「也許現代科技抹去了**感應殘跡**。不管怎麼說，都和鐵匠鋪所在位置的**感應殘跡**不太一樣。」

「墓地附近並不多。」我說。

「魔法在死亡瞬間釋放，」納丁格爾說，「儘管靈魂和肉體間有所聯繫，據我所知魔法不會留在俗世軀殼上。」

「大屠殺的地點呢？」我問，「就像叫受害者自己挖個坑然後——」

「會蘊藏很多魔法，但也令人非常不適。」納丁格爾說。「如果你想睡得安穩，我建議你避開那類地方。但我想會感到不適總比麻木不仁要好。」

他從旁邊工作桌上的盒子裡拉出一根十公分長的鋼棒。

「這是原料，」他說，「一根彈簧鋼以及六根低碳鋼。」

得先用鋼絲絨把它們刷乾淨，要是不留心的話這過程會很痛苦。我們清理完後，鍛造臺已經充分升溫——納丁格爾說要達到攝氏一千一百度才能進行，目前的溫度剛過五百度。

「你們得學會判讀火焰的顏色。」他說。

他把七根鋼條用鐵線綁在一起，將一端放入鍛造臺白炙的中央位置。

「接下來的步驟你們要仔細觀察，」他說，往鍛造臺上方伸出手，低聲唸了咒語。

我感覺到有人在你周遭施放強大魔法時的那種古怪震動，鍛造臺的溫度竄升，是真切的熱力而非**感應殘跡**。我前臂的毛髮變得焦脆，萊斯莉和我眼明手快地往後退，納丁格爾也倏地縮回手，用鉗子夾住那束鋼條，在鍛造臺上轉動數次後才拿開放在鐵砧上。

「現在呢？」萊斯莉問。

「現在？」納丁格爾說，「現在我們要用鐵鎚敲打。」

隔天吃早餐時，萊斯莉提出用韋藍之子的怪方法和他們製造的權杖來引出無臉男的計畫。

「因為他一定會想知道是怎麼做的。」她說。

納丁格爾咀嚼完滿口的炒蛋後才回答。

「我知道大方向，」他說，「只是不知道具體來說該怎麼執行。」

「比方說？」萊斯莉問。

「我們要把誘餌放在哪裡？」

「我想可以從哥布林市集開始。」她說。

納丁格爾點點頭。

「我們必須固定參加市集，」我說，「必須讓圈子裡的人都習慣看到我們在場走動。」

「圈子？」納丁格爾問。

「呃，」我尋找恰當的用詞，但找不到其他適當用字。「魔法圈。我們得保持溝通管道的暢通。」這就是基本的「民許警治」，目前被稱之為「利害關係人參與」，我們在亨頓的警察學院至少上過一堂相關課程。萊斯莉打趣地悶哼一聲，看來我應該是唯一醒著的人。

她和納丁格爾互看一眼，他聳聳肩。

「或許我們可以朝那方向打撈。」納丁格爾說。我還來不及問「打撈」是什麼意思，他就開始詢問萊斯莉細節。

「我們進入市集，一副像是要蒐購檯面上販售的所有權杖。」她表示，解釋說我們表明興趣之後，便向外面暗示我們正在尋找製作新權杖的原料。她朝我歪歪頭。「我們要讓魔法圈的人將我們和權杖聯想在一起，這可能足以引無臉男出洞——雖然也許無法立即見效。」

納丁格爾啜飲咖啡，思索了一會兒。

「值得一試，」他說，「誰知道呢？我們可能會順道發現幾根真正的權杖。知道下一場市集是什麼時候嗎？」

「我們知道有個人知道。」我說。

「我猜應該是指查克·帕莫先生吧？」納丁格爾問。

「對啊，如果你想知道哥布林市集在哪裡的話……」萊斯莉說。

據我們所知，哥布林市集是倫敦超自然族群的流動聯誼場所兼非法酒吧兼跳蚤市場。事實上我曾去一般圖書室查找到關於哥布林市集的資料，以及「如同藏在狗毛裡的跳蚤般藏在聖巴多羅買盛典之中的市集」。最早的紀錄出現在一五三四年，表示說在艾薩克．牛頓的年代和浮麗樓創建之前就存在了。

納丁格爾說，總會有些上流社會邊緣的超自然人士在買賣馬匹的市集或傳統市場出沒，但他從沒和他們扯上任何關係。

「不是我部門負責的事。」他說。

也不是說浮麗樓有部門之分，你了解吧，浮麗樓創建的那個年代，一位紳士不管己身的經歷、人格或天分如何，都有許多方式可以服公職。若是在這當中可以順便賺得大筆錢財、地位和瓦立克郡的一棟大莊園，那就更好了。納丁格爾曾效力於外交和殖民事務辦公室，其他人則在內政部服務。我想在這群人之中有幾個做過科學研究，也有人研讀經典和蒐集民間傳說，不過大多數都把浮麗樓當作離開他們的教區、莊園，或者大學教職員進倫敦辦事時的俱樂部，納丁格爾稱呼這些人為「牆頭巫」。

至少有一、兩個人對哥布林市集產生興趣，也許還寫了幾本相關書籍能派上用場。說不定有一天我會在圖書館或者特威肯漢的某個樂施會挖到一本，誰都說不準。

據查克所言，下一場市集是後天，地點在倫敦北邊，葛萊夫頓路和肯提斯鎮之間的艾斯隆街——事實上，那一帶是我的老地盤。我的一個初戀女友從前就住在那附近，所以去過好幾次。

「你有和她怎麼樣嗎？」停好Asbo時萊斯莉問。天空下著標準的倫敦綿綿細雨，看起來會滴上一整天。

「我那時才十二歲耶！」我說。

「我敢說你很早熟，」萊斯莉說，「她比你大，對吧？」

「妳為何這麼說？」我問。不過萊斯莉她說對了，那女孩名叫凱瑟琳，在學校大我一屆。

「是被你的棕色大眼迷倒了嗎？」

我不知道該怎麼回答。十二歲時，害羞自閉可不是我的強項。

「我們都參加了游泳社。」我說。

地址是高架鐵路後方一棟奇怪的維多利亞風楔型建築。一樓是印刷店，根據萊斯莉的情報，附近應該要有哥布林市集的廣告。情報來源是查克·帕莫，他有一半人類的血統，另一半我們則不太清楚，說不定也是人。不管怎麼說，他都和納丁格爾所說「上流社會邊緣的超自然人士」有瓜葛。

說到這個……

「妳知道芙立河從這裡的地底下流過嗎？」我說。

萊斯莉哀嚎，「你覺得她在市集裡？」

「我想應該在。」我說。

「好吧，至少市集是在室內。」她說。

有張告示牌——一張割成箭頭形狀的可悲紙板，上頭有著手寫字「VENUS」，指向一扇側門。萊斯莉敲了敲。

「通關密語？」裡面某個人大喊。

「滑溜的坡道。」我喊回去。

「什麼？」那個人大叫。

「滑溜的坡道。」我叫得更大聲。

「哪種坡道？」那個人又喊。

「他媽的很滑溜的坡道。」萊斯莉吼道，「立刻把這該死的門打開，省得我們自己踹開。」

門打開了，後方是狹窄的走道和往上的階梯，一名大約十歲的白人男孩小心翼翼站在門邊往外窺探。他穿戴著黑白雙色毛線帽、無指手套和成人尺寸的綠色羊毛衣，像件寬鬆的雨衣掛在他身上。

「你們是艾薩克·牛頓的人，」他說，「來這裡幹嘛？」

「你為什麼沒去上學？」萊斯莉問。

「我在家自學。」他說。

「是喔，」萊斯莉說，「目前都學了些什麼？」

「不要跟髒東西講話。」他說。

我告訴他我們也不想要他跟我們說話。

「不是你想的那樣，」萊斯莉說，「我們只是想躲雨而已。」

「沒人擋你們啊！」男孩說。

我們踏進門，上樓梯之前，男孩拍拍萊斯莉的手臂。

「小姐，」他說，「妳不能——」

「我知道。」她說，然後摘下面罩。

「噢，」男孩往上盯著她看，「妳就是那個。」

「對我是。」她說，等我們順利上了樓，她才低聲說，「『那個』是什麼意思呀？」

我說我一點頭緒也沒有。

昏暗的階梯上方是一道沒有窗戶的長廊，亮著一盞約四十瓦的紅色中國風燈籠，卻讓長廊顯得更加陰暗。我們可以選擇再爬一層階梯或者推開一扇門，在我們決定往哪走之前，那扇門砰地一聲打開，我們撞見一名穿著粉紅色愛迪達運動服的年輕白人女子。我認出她是去年十二月我們造訪哥布林市集時的其中一名女侍。

「需要幫忙嗎？」她問。

「我們是來這裡買東西的。」萊斯莉說。

「是嗎？什麼東西？」

「來自遙遠的干妳屁事國度的東西。」萊斯莉說。

「廢金屬，」我說，「有一點那個的東西——妳知道的。」我搖搖手指。

萊斯莉誇張地瞪了我一眼。「你到處對人宣傳我們的事，夠了沒？」她問。

那女孩同情地看著我。「在樓上，」她說，「你們得去跟紳士們談。」

「謝了。」我說，想知道這些天殺的紳士們都在哪裡，會不會很像無聲之人或者白小姐？這年頭大家都不好好使用人稱代名詞。我曾聽到有人稱呼納丁格爾為「那個納丁格爾」，這才發現原來自己一直把納丁格爾[1]當作是他真正的姓氏。

我跟著萊斯莉爬上狹窄的階梯，她努力忍住不笑出來。

「來自遙遠的干妳屁事國度的東西？」我小聲說。

「我不想太張揚嘛。」她也小聲說。

「噢那可真是太不張揚了。」我說。

我們爬到三分之二時，樓梯頂端的門打開了，一個中年白人女子站出來，髒髒的金髮剪成正經的鮑伯頭，身穿昂貴而剪裁保守的深灰色裙裝，手拿酒紅色公事包，雙眼是淡淡的藍色。

辨識臉孔是警察的關鍵技能之一，雖然她比上次見面時看起來年輕快樂許多，我還是立刻認出她——凡倫卡．戴伯斯洛夫，有可能是化名，她是艾柏特．伍德維爾．詹托，也就是無臉男第一代，傑弗瑞．惠特卡夫特的居家看護。

同一時間她也認出我們——嗯，萊斯莉非常好認——然後不由自主地往後退了一步。萊斯莉不假思索，衝上最後幾級階梯，我跟在她後面。

對凡倫卡來說，最正常的反應是竄回門中逃走，但她卻用雙手舉起公事包，砸向萊斯莉的臉。趁萊斯莉往後縮，凡倫卡下樓直直撲向我們，萊斯莉被撞得往我身上倒，我別無選擇只好抓住她，扭動著想讓我們兩個避開凡倫卡，免得被當成墊背。她顯然計畫要踩著我們滑下樓，但我才不跟她玩。我在萊斯莉上方伏下身，讓凡倫卡滾過我的背，重重摔下樓梯。

我本來打算這麼做啦，但不幸的是階梯又陡又窄，我們三個一起翻滾下去。樓梯是個殺人凶手，我們原可能摔斷好幾根肋骨或腳，不過我們緊緊卡在一起，只能以慢動作往下滑。儘管如此，我的肩膀還是撞到樓梯突出來的地方，用力到上下排牙齒互相敲擊，某人的膝蓋猛戳我的背，我發誓滾落時我的頭還重重撞上了粗糙的石膏牆板。

我們跌到最下層地板時，萊斯莉生氣地大叫。如果你想打贏一場架，必須成為第一個站起身的人。所以我一推凡倫卡的背，站穩腳步，試著想揪住她的手臂。可是她在打別的鬼主意。她竄起身，利用我抓著她的手借力使力，讓我失去平衡撞上牆壁。如果不是萊斯莉在那刻抓住凡倫卡昂貴的外衣爬到她背上，我應該會撞得更大力。

「喂！」穿著粉紅運動服的女孩說，「別這樣！注意他媽的**住家安寧**好嗎！」我注意到她的重音放錯音節了，變成他媽的**住家按擰**，我心想。我本來想提出這點，但凡倫卡肘擊我的肚子，讓我無意繼續鑽研拉丁文的發音問題。

她踹來一腳，我躲開，否則膝蓋一定會被踢裂，但承受撞擊的大腿骨感覺也快斷了。我發現自從凡倫卡在樓梯上撞見我們後一個字都沒吭。她打架時的沉默凶狠令人害

1 Nightingale另有「夜鶯」之意。

怕。我忽然理解這個女人是在進行一場攸關生死的戰鬥，對抗試圖想殺死她的人。其實我們只是想制伏她而已，她卻是想對我們造成真正的傷害——要是不趕快制住她，一定會被碎屍萬段。

凡倫卡猛地旋身，逼得萊斯莉沿著走廊踉踉蹌蹌往後退，撞倒了粉紅運動服女孩，她摔倒時一邊咒罵著。接著凡倫卡轉身面對我，萊斯莉在安全距離外，我剛好能召喚**驅動－手力**的組合咒，我將此視為本人對專業執法領域的特殊貢獻。

凡倫卡在我唸完咒語前便迅速反應。她舉起手保護臉，咒語像一面隱形的鎮暴盾牌撞上她的身體，她搖搖晃晃往後退了幾步。她的快速反應替她爭取到施咒反擊的時間，幸好我及時發現，只是樓梯下方空間狹窄無處可躲，所以我佯裝要逃出門，實則快速跳上幾級階梯。

我感覺到冰冷金屬的嚙咬，聞到酒精和落水狗的味道，一股蠻力隨之而來，有如行駛在路肩橫衝直撞的聯結貨車。木頭碎掉，有人放聲尖叫，樓梯間爆出一陣粉白煙塵，門框和旁邊的牆壁一起被炸開一個一公尺寬的洞。我可以看見另一端有桌椅和驚恐的蒼白臉孔。

「夠了！」那名女孩尖叫，「這裡不歡迎你們三個！」

但只剩下我和萊斯莉兩個人，凡倫卡逃走了。

「小心點！」我大喊，萊斯莉小心翼翼往樓梯下方的出口處張望。「她會魔法。」

「廢話！」萊斯莉說，一溜煙追下樓。

我跟在她後面，張開雙手保持平衡，因為我一次跳下三級階梯。到一樓時，沒看見那個讓我們進門的男孩，希望他夠聰明，見苗頭不對就逃跑了。

萊斯莉人太好了，沒直接將門撞開。她踏出門前停頓了一下，確定凡倫卡沒埋伏在另一邊準備襲擊後才溜出去。她出門後往左轉，於是我往右。在葛萊夫頓路的對面，凡倫卡正拉開一輛銀色奧迪的駕駛座車門，她看到我們，發出一聲惱怒的嘶吼，朝我的方向一揮手。我往最近的車輛後方一撲，驚險躲過，咒語打在車輛側面，傳來玻璃碎裂的聲音。車子的警鈴響了，在響個不停的電子警鈴聲中，我聽見奧迪開走的聲音。我打開加裝在手機上的電源開關，冒險探頭從車頂偷看，恰巧看見奧迪的車牌。凡倫卡往葛萊夫頓路南邊加速逃逸。

我躲在後面的那輛車是一款紅色福斯休旅，被咒語打中的那側凹了一個大洞，覆蓋著像霜一樣的白色物質。我克制想觸摸的衝動，以免發生危險。回頭一看，發現萊斯莉安然無恙，正朝我走來。

手機發出叮鈴聲，表示終於開機完成可以使用了。我撥了倫敦警察廳的電話，報上我的職稱和名字，要求與EK，也就是康登區的長官通話。我等著電話接通，用萊斯莉遞給我的原子筆把凡倫卡的車號記在手臂上，長官接聽後，我請求緊急追蹤該車輛。

「如果發現其蹤跡，請勿在沒有獵鷹協助的情況下攔查。重複一次，必須取得獵鷹協助。」我說。獵鷹是我們新的呼叫代號。我說了兩次，因為這個代號並不常用，我可不想某個駕駛露營車的可憐笨蛋遇上凡倫卡這麼危險的人物。我提起納丁格爾的名號來增加可信度，督察長比一般警員容易擺平各種公務障礙。我望向萊斯莉，確定納丁格爾正在電話那頭等著，她對我點點頭，比手勢示意「十分鐘」。我確定警察廳會進行行動報告後，掛掉電話，走到 Asbo 拿空波。

「你知道嗎，要是你先去拿空波，就可以在當地頻道上廣播消息。」萊斯莉說。我把她的空波遞給她。「我只是說說而已。」

我發現自己的手在顫動，不是發抖，你懂吧，只是自然反應而已。萊斯莉瞥見我的手，促狹地望了我一眼。我們同時回頭看那輛紅色福斯休旅車，駕駛座的車門被撞凹了，好像迎面被一根大鋼梁砸到，油漆被削去之處露出一片片銀色金屬。

「你不會想站在這前面，對吧？」萊斯莉說。

平民百姓開始聚集，萊斯莉往前一站驅趕他們退後。人群中發出一、兩聲驚呼，還傳出半是尖叫的聲音。

現在該怎麼辦？我心想，四處張望看看是否有新的危機、屍體或什麼令人不悅的東西出現。我想知道看門的男孩去哪了，看見他又重新回到他的崗位。我的注意力回到那群人身上，看看他們到底在盯著什麼看，結果發現是萊斯莉。

她從哥布林市集出來時沒戴面罩。她看著我，從她的表情我看得出她也是現在才發現自己沒戴面罩。一、兩個白人少女舉起手機對準萊斯莉，還有個女孩震驚到只能用手摀住嘴巴，什麼話也說不出口。

「媽的，」萊斯莉輕聲說，「面罩一定掉在裡面了。」

「喂！」我轉身面向聚集的群眾。「都退開。你們都看過電視吧，應該知道我們必須淨空這塊區域。」

我身後的萊斯莉快步走回哥布林市集。

「退開！」我大叫，「這裡沒什麼好看的！」

10 野味醬

凡倫卡把奧迪丟棄在五分鐘車程之外的橋克農場路上，可能直直溜進了康登水閘市場，混入人群中。從康登水閘移動到別處的交通方式至少有五種，包括運河船隻。我們可以調閱監視器追查，但沒那麼多人力、預算和精神來過濾那麼多影片。而且萊斯莉也指出，凡倫卡可以好整以暇在市場裡買到新衣服、染頭髮、喝杯熱騰騰的拿鐵、再去刺個圖騰在身上之後才離開。

可是這都阻止不了納丁格爾吱的一聲在康登水閘外以警匪影集風格緊急煞車，大步踏進市場一一把門踹開，用他流利的拉丁文把當地人唬得一愣一愣。至少在我想像中他是這麼做啦，但實際上怎樣我不確定，因為我和萊斯莉正忙著封鎖哥布林市集周圍的犯罪現場，看能不能找到任何目擊證人。只是連同粉紅運動衣女孩和看門男孩在內的一大票人都消失了——只剩下查克．帕莫。

「他們都從緊急出口離開了。」查克說。

我是在屋頂上找到查克的，他坐在一張鋪著紅白格子桌巾的咖啡圓桌旁，上頭擺著兩人份的晚餐。桌子中央一只高高的玻璃花瓶中插著單朵黃玫瑰，他手肘邊另一張小桌上擺著結霜的黃銅冰桶，裡頭有支香檳。

屋頂是三角形的，零星散落著塑膠片和免費的《英國都市地鐵報》，廢棄的白色保麗龍杯四處滾動。哥布林市集的人應該都順利帶著他們的貨物離開了，我們應該沒造成多大的恐慌。

「你知道嗎，」查克說，「在你出現之前，我才是這一帶的脫韁野馬。現在人們都警告我跟**你**扯上關係有多危險。」

倫敦地面列車從我們身邊呼嘯而過。軌道距離屋頂邊緣不到一公尺，列車車窗高度差不多到我們的膝蓋。

我指著那瓶香檳。

「我們沒打擾到你吃晚餐吧？」

「沒啊，」查克說，用腳點了點一個旁邊印有F＆M[1]字樣的籐籃。「我只是在等你的同事，這是這樁生意的一部分。」

我下樓去，萊斯莉正在搜尋一樓的房間——被凡倫卡炸開一個洞的那間，裡面擺滿填充得過滿的家具、印花棉布和白石膏粉塵。我用空波聯繫納丁格爾，看他需不需要我們，他說不用。

「她早就閃遠了，」他說，「我會請人把她的車拖走，一個小時後跟你們會合。你們那邊有什麼進展嗎？」

我告訴他所有人都走光了，剩下查克一個人。

「至少從他口中問出事情並不難。」納丁格爾說，然後結束通話。

「那是彼得‧奧圖嗎？」萊斯莉指著牆上掛的一排照片問道。看起來像《阿拉伯的勞倫斯》裡的男演員。其他黑白照片也都是老電影裡的演員，大部分是我出生前那個時代的名人，所以我全覺得眼熟，卻叫不出名字。

「跟妳說一聲，」我說，「妳那個查克‧帕莫在樓上等著。」

「我的確答應過他。」萊斯莉說。

「留點吃的給我啊！」我對著上樓的萊斯莉喊，想知道F＆M籐籃裡除了「上等貨」之外還裝了些什麼。

納丁格爾抵達時，萊斯莉還在屋頂，我讓她繼續忙，自己去和福斯休旅車旁的納丁格爾碰面。他自在地蹲著查看車身凹陷的大洞，一邊摩挲著下巴。

「她施咒後，」我走到他身邊說，「這裡立刻被霜覆蓋，好像被凍住了一樣。」

「這個發現真是令人擔憂。」他說。

我拍拍被砸爛的金屬。「我也這麼想，」我說，「特別是在這時候。看得出是誰訓練她的嗎？」

「不是我們要找的那位面具男，這可以確定。」他朝車子點點頭，「這個咒語不是他教的。」

萊斯莉從房子走出，加入我們——重新戴上了面具。納丁格爾看見她之後站起身。

---

1 Fortnum and Mason，英國百貨公司，以下午茶聞名。

「帕莫先生提供了什麼有用的訊息嗎？」他問。

「沒有明說，」萊斯莉說。「他倒是告訴我只在最近的哥布林市集看過凡倫卡，她造訪市集的原因似乎和其他人一樣——買點東西、小酌一杯和聊些八卦。」

「她特別跟什麼人八卦過嗎？」

「他沒注意到。」她說。

「我想妳應該請他幫忙留意了吧？」納丁格爾說。

「當然，」她說，舉起一個貼著復古橘色標籤的大玻璃罐。「這是給你的。」

納丁格爾接過罐子，露出微笑。

「野味醬[2]。」他說，「太棒了——看看茉莉會怎麼料理。」

他將玻璃罐放進口袋，接著臉色一沉。

「她施咒的時候，你感覺到她的**標記**了嗎？」

「很奇怪，還真的感覺到了。」我說，「麵包、穀物和酵母的氣味。」

「飢餓的狗。」萊斯莉說。

「狗還是狼？」納丁格爾問。

萊斯莉聳聳肩。「老實說，我分不清楚。」

「Nochnye Kolduny，」納丁格爾說，「暗夜女巫。」

「那算是人嗎？還是什麼其他東西？」萊斯莉問，「和彼得遇到的白小姐一樣？」

「俄羅斯學徒的一種。」納丁格爾說，「戰爭時招募的，培訓她們的目的非常狹隘，幾乎都只專注在戰鬥上。我們聽過謠言說有一整隊女人都受過這樣的戰鬥訓練，所以有了暗夜女巫這個暱稱。」

「聽起來是個不錯的主意。」我說。

「我們在一九三九年時也嘗試過類似的事，」納丁格爾說，「不幸的是結果並不理想，所以整個計畫都棄置了。」

「為什麼？」萊斯莉問。

「你們從我這邊學到的有一半是在幫助你們不被自己所傷，」納丁格爾說。「訓練時要是忽略了這一點，很多學徒都會死去。我們覺得新式訓練的死傷率太高了——我懷疑俄羅斯人比我們更願意犧牲。戰爭時我們奮力一搏，但他們卻連命都拚上了。不獲勝毋寧死，這可不是空洞的口號而已。」

「等一下，」萊斯莉說，「那是七十年前的事了，她現在應該已經是個老女人。」

她停頓，瞇起眼看著納丁格爾。「或者俄羅斯還在進行軍事魔法計畫。」

「她可能不是官方單位訓練的。」我說，「我們可能必須告知俄羅斯人。」

「嗯，在那之前，」納丁格爾說，「我們得先決定要告訴哪一個俄羅斯人。最好和教授商量一下。」

「如果能把教授從他新的德文魔法書上拖走的話。」我說。

---

2 Game Relish，F&M的獨家調味醬，以蔓越莓、紅醋栗、檸檬和波特酒製成。

「然而，」納丁格爾說，「不管她的來歷如何，現在我們確定倫敦有兩名受過完整訓練的巫師逍遙法外。你們兩個出任務時要多加小心，老實說我不想讓你們兩人單獨行動，也不准未報備行蹤就行動——把這當作命令吧。」

「我們應該開始隨身攜帶遠距離電擊武器，」萊斯莉說，「這樣最可能搶得先機——在他們察覺到我們存在之前就先電擊他們。我倒想看看誰能在五萬伏特的電流流竄全身時專心在**形式**上。」

「冷不防地電一下嗎？」我說，「我喜歡。」

萊斯莉瞪著我，我這才發現她是認真的。

納丁格爾點點頭，「我得先和警察廳總監確認，然後我會要你們兩個示範給我看，確定你們能打中目標。」

「現在呢？」我問。

「現在，看看能不能在凡倫卡逮到機會躲起來之前，給她一記迎頭痛擊。」

就算是專業的罪犯也不是當間諜的料。他們會很小心，但並沒有專業間諜必備的知識和技能。以凡倫卡為例，我們查到她的奧迪登記在一位六十二歲的女人瓦薇拉．塔蒙尼那名下——萊斯莉看到時不屑地笑了一聲——但照片和今早那個與我們短暫相會卻想殺死我們的女人相符。車牌資料裡有個位於溫布頓的地址，納丁格爾和萊斯莉持搜索令去敲門時，並沒有看見任何凡倫卡或者瓦薇拉．塔蒙尼那曾經在那居住多年的跡象。然後他們開始逐戶探訪鄰居，因為你從不知道自己會有什麼新發現。

與此同時，我忙於蒐集各式情資，包括過濾一堆整合情報平臺上的回覆，檢查瓦薇拉·塔蒙尼那的車輛是否曾在其他案件中出現過。這將我引到了簡稱DAFT的南華克毒品與槍枝管制小組，他們連續三年蟬聯最爛簡稱冠軍[3]，在象堡附近調查毒品交易時曾見過這輛車，我與他們確認是否有繼續追蹤下去，發現調查進行沒多久就終止了。

「頭號嫌疑犯死了。」一名古道熱腸的探員說。

「死因可疑嗎？」

「毫無懸念，」探員說，「心臟病發死亡。」

那名嫌犯二十六歲，患有先天性心臟病，但很可能從沒被檢查出來，直到有天早上他一頭栽進早餐麥片中。

「沒人比他更罪有應得了。」探員說。

嫌犯名叫理查·杜斯伯里，十五歲之後便在象堡附近的毒品交易中涉有重嫌，警方懷疑在他倒臥他母親廚房的餐桌上前，掌管大部分的買賣至少已經五年。

「猜猜他母親的廚房在哪啊？」我問。

「空中花園。」萊斯莉說。

我正在中庭裡向納丁格爾和萊斯莉簡報，大夥邊喝著咖啡。這裡仍是浮麗樓最溫暖的地方，前幾天春季召見結束後才剛下過雪，以這個季節來說，天氣異常寒冷。

---

3 DAFT（Drugs and Firearm Team）有蠢笨、痴呆之意。

「正是。」我說。

萊斯莉沒戴面罩，我看見她臉上斑駁的皮膚因為寒冷而泛白到近乎發青，瓦立醫生警告過她，嘴巴和臉頰周圍受損的皮膚會因血液循環不良而更容易罹患凍瘡以及組織壞死——實際上跟聽起來一樣恐怖。

「如果把這件事和那建築師以及不幸的城鎮規畫師聯想在一起，似乎每條線索都指向象堡。」納丁格爾說。

「不過只是間接證據。」萊斯莉說。

茉莉步履輕盈地走來，把托盤上摺疊好的毛巾遞給萊斯莉。毛巾是天藍色的，柔軟蓬鬆，還用蒸氣溫過。萊斯莉謝過茉莉，用手背試試溫度，然後覆蓋住她的臉，發出一聲滿足的嘆息。

茉莉望向納丁格爾，歪著頭。

「沒其他事了，」他說，「謝謝妳。」

茉莉又一語不發地幽幽回到來時處。

「天哪，感覺真棒。」萊斯莉說，話語在厚重的毛巾下方模糊不清。

「雖然是間接證據，但足以讓我相信應該進一步調查。」納丁格爾說，回到象堡的話題上。

「我們可以去跟當地的守望相助隊談談。」我說。

萊斯莉在毛巾下方咕噥了些什麼。

「妳說什麼？」我問。

她暫時拿開毛巾。「那是東沃華茲小組負責的，他們工作地點在沃華茲監獄外。」

「彼得明天可以跑一趟。」納丁格爾說，「萊斯莉，妳可以待在這裡比較溫暖，一邊查查我們的俄羅斯朋友是不是在哪裡冒出頭來了。而我呢，會看看我在外交辦公室是否還有活著的朋友能幫上忙。」

後面樓梯傳來一陣騷動，托比衝進中庭，朝我們蹦跳而來，爪子敲著大理石地板。牠跑到我們的桌子附近，開始嗅聞每張座椅，然後停在萊斯莉旁邊，吠叫了兩聲，然後蹲坐著期待地往上看。她給牠一塊餅乾，但托比不理會，甩頭用鼻子指著萊斯莉用過的那條毛巾。

「你想要這個嗎？」萊斯莉問，拿著毛巾在牠面前晃動。

托比吠了一聲，咬住毛巾，搖著短短的小尾巴蹦跳地走了。我們全都看著牠離去。

「你覺得是不是茉莉訓練牠……」我問。

「我不確定該不該鼓勵他們結盟行事。」納丁格爾說。

「我們得讓瓦立醫生看看理查．杜斯伯里的驗屍報告，」我說，忽然想起我得去DAFT一趟。「好確定死因不是心臟病之外造成。」

「對無臉男來說，用心臟病致人於死是不是稍嫌低調？」萊斯莉說。

「使用兩種不同的攻擊是有好處的。」納丁格爾說，「如果你以燒死敵人聞名，那麼當你毒死人的時候，就不太會被懷疑。」

「如果這件事是瓦薇拉・席多羅夫那・塔蒙尼那做的，」我緩慢說道，「那可能她的強項是讓人心臟病發身亡。要讓人心臟病發有多難？」

「用魔法嗎？」納丁格爾問。

「對。」

「不會太難，」他說，「但很複雜又費力，而且我想必須和目標待在同一間房間才能下手。毒死他們或者魅惑他們毒死自己就簡單多了。」

「為什麼會很複雜？」萊斯莉忽然往前傾，盯著納丁格爾問道。

「人體會抵抗魔法，」他說，「特別是你想大幅改變體能狀況時。」

萊斯莉不自覺舉起一隻手摸臉。

「用魔法讓人的心臟停止跳動的咒語是第五或第六級，端看作法為何。就算施咒了，結果也比讓受害者的骨頭著火更具不定性。」

我想到喬治・川查被烤熟的屍體，很希望納丁格爾能舉別的例子。

「關於原因，阿布德有一套理論，」納丁格爾說，「下次見到他時，你們可以問他。」

萊斯莉把手放下，慢慢點頭。

「好，我會問。」她說。

「理查・杜斯伯里，」戴福克巡佐說，「真是千載難逢的一樁事——感謝老天。」

威廉・戴福克巡佐年紀五十出頭，說著一口純正倫敦口音，正好搭配他的純正法國新教名字。他三十年前實習時就在南華克這一帶巡邏了，在「社區警政」這詞還沒發明前，他就已經是這方面的先鋒。

「他還小的時候小名理奇，」戴福克說，我們在他的小組位於沃華茲監獄的辦公室見面。「當他爬到中階管理職後，就成了杜斯伯里先生——沒有『江湖稱號』，我們早該猜到的。」

「他有暴力傾向嗎？」我問。

「不太算有，」戴福克說，「就是死腦筋。他是個大樓男孩，你知道吧。」意思是土生土長於空中花園的中央大樓，而不是鄰近社區。當地謠言指出，生在那棟樓的人從不甘於平凡或中階管理職——就算在毒品交易這一行也不例外。空中花園大樓曾出過一名足球員、兩名搖滾巨星、一名喜劇演員、一名大法官，還有一人曾進入「英國達人秀」節目準決賽，也孕育了南倫敦最冷血能幹的毒梟。

「他翹辮子之後，從羅瑟希德到溫布頓都發出一聲放鬆的嘆息。」戴福克說，「他過世後發生的事一如預期，組織土崩瓦解、地盤之爭——典型的鬧事。不過你們應該對毒品相關事件沒興趣，對吧？」

我告訴他我們有理由相信空中花園大樓裡有可能危害治安的祕密活動。

「像是什麼？」戴福克問。他是名辦案經驗豐富的警察，不可能被這種籠統的說法唬弄過去，所以我誠實以告。

「我們該死的一點頭緒也沒有。」我說，「我們手頭上一件謀殺案和闖空門案件與空中花園的建築師有關，還有一件南華克城鎮規畫師自殺案，死者的工作多多少少牽涉到這棟大樓，現在又多了條和身為當地居民及大藥頭的理查．杜斯伯里相關的線索。我們希望你能提供派得上用場的資訊。」

「哪類資訊？」

「任何奇怪的事情。」我說。

「空中花園一直很奇怪，」他說，「他們關閉了附近的社區之後，變得更加奇怪。」

「我聽說了，」我說，「他們到底要不要拆除大樓？」

「我已經放棄臆測議會想怎麼處理空中花園，」戴福克說，「我知道他們想把它夷為平地後交給建商，希望有些新建樹——他們已經開始展示所有的計畫，我們甚至已經預先評估了影響，但情況急轉直下。」

「你在空中花園有什麼人脈嗎？」我問。

「我常常去那裡，」他說，「在社區裡有些耳目，常常向我打小報告，例如有小孩偷東西或者誰在電梯裡尿尿。」他停頓，瞇起眼睛，「要是你想知道大樓裡發生了什麼事，對你們這類人來說，最好的方法就是親自搬進大樓。」

「我不確定可不可行，」我說，「聽說公寓不是那麼好弄到手。」

「我能進去其中一戶。」戴福克說，「為了ＤＡＦＴ而買的公寓，可以藉此派人去監控——他們答應與我分享情資——只是理查．杜斯伯里掛了，DAFT也隨之失去興趣。只要你說一聲，我就能在二十四小時之內把你弄進去。」他停頓下來看著我，眼神銳利。

「如果你有興趣的話。」

對付大型官僚制度有兩種方法。嗯，技術上說來有三種，但最後一種只有英國警察總長聯會等級的警官和特定名校的校友能用。第一種方法是你先打電話，解釋說你是警察，迅速並提綱挈領地描述你的案件，然後與負責的長官約定會面。或者，要是你趕時間的話，就亮出證件給警衛看，快步通過接待櫃檯，看看那些趾高氣昂的混蛋願意領你去見多高階的官員。

以我為例，我必須穿越南華克市政廳鋪著大理石的三角形中庭，通過名叫葛瑞絲的櫃檯人員——結果發現我和葛瑞絲雖然沒有親戚關係，但是都有家人住在獅子山共和國首都自由城的同一區域，接著我在任何人來得及問我「嘿你在這裡幹嘛」之前進入電梯，接著走進已故的理查．路易斯之前的辦公室，現在的使用者名叫露薏絲．塔拉克。她是名興高采烈到不可思議的年輕女子，有著義大利人的樣貌和米德蘭口音。她很樂意盡其所能幫助警方——知道有那麼多人願意幫助警察，你一定感到很意外。

她對空中花園的改建案很了解，也知道理查曾經想把該棟大樓從古蹟名單中剔除。

「他說一開始就不該把空中花園列入名單，」她說，有人曾經把它列為二級古蹟，防止它在八〇年代末期被改建。露薏絲總覺得理查雖然沒說出口，但應該知道是誰，因此議會必須花好幾百萬翻新和維修大樓，他們每分每毛都花得咬牙切齒。

「他們引進了管理系統什麼的，」露薏絲用驚恐的音調說，「但大樓裡還是傳出一些故事。」

「真的嗎？」我問。

「我聽說有些德魯伊新教非法占住其中一戶，在那膜拜樹木。」她說。

德魯伊，我心想，我真是自討苦吃。

「但他從沒成功把空中花園從古蹟名單中排除，是嗎？」

「對此他不太開心，」她說，「最後他好像對什麼事都不開心。警察第一次來訪時我就告訴他們了，」她指的是英國鐵路警察的調查，賈傑的人。「但我沒想到他會……你知道的……」

也許萊斯莉老是聲稱我三不五時欠缺某些警察辦案技巧，不過當有證人拿著線索在我眼前招搖時，我還是能成功察覺的。

「他看起來壓力很大嗎？」我問。

「這個嘛，每個人都有壓力，不是嗎？」露薏絲說，「因為資遺之類的事。」

我說我指的是外部壓力——也許來自不擇手段的建商這類的。

「別傻了，」她說，「他們不會找上我們的，執行長或議員才是他們的目標。」她露出苦瓜臉，「賄賂從不會進我們口袋。可是你知道嗎，經你這麼一說我才發現……嗯沒什麼啦，聽起來很蠢。」

「什麼很蠢？」

「大概一年前，我們以為空中花園要從古蹟名單中剔除，或者說除名，管他們怎麼說的。」露薏絲說，「他喜孜孜地來上班，滿臉笑意。當然，我問了他在高興什麼，他說他很快就能永遠離開這糟糕的城市了。當他們又宣布空中花園還在名單上後，他看上去快哭出來了。我是這麼覺得啦，也有可能是花粉過敏讓他想流眼淚。他不是個會表露情緒的人，他說在空中花園拆除之前那個人是不會讓他走的。」

「他說過那個人是誰嗎？」

「可能不只一個人，」露薏絲說，「可能是一群人。」

「了解。」我說。

「我本來想問他的，但他不太與人交際，」露薏絲說，「我甚至連他結婚了都不知道。我聽說是透過婚姻仲介——泰國新娘之類的。」

好吧，雖然她很想幫上忙，但除了再一次將調查方向指往空中花園外，沒什麼特別的幫助。我在每晚七點半、又名為晚餐的簡報時間中向浮麗樓回報，納丁格爾按照他那難解程度媲美馬雅曆的個人行程表，規定那頓晚餐需著正式服裝參加，於是我和萊斯莉盡可能打扮得符合要求，納丁格爾自己則穿著海軍藍精緻晚禮服和血紅色斜條紋領帶。

在這種場合，茉莉總是身穿她那件愛德華時期的僕人裝，安靜地穿梭在飯廳裡。她忽然端著下一道菜從納丁格爾手肘邊冒出，就連他都感到不太自在。

很不幸，下一道菜是菠菜起司義大利小餛飩，佐香草和瑞可塔、帕馬森起司，顯示她已讀到《原味主廚》義大利麵的章節。料理不含會讓傳統人士興奮異常的碎肉，由此判斷她詮釋現代食譜的功力應該越來越深厚了。萊斯莉和納丁格爾考慮要偷放一本奈潔拉的食譜，但我得說我開始想念羊油布丁了。

「我想戴福克巡佐的提議有些好處，」納丁格爾說，「就算只在那裡待個幾天，我們也能較輕易進入大樓各處。」

我停下正將一口菠菜餛飩送進嘴裡的動作。

「你說我們嗎，先生？」我問。

「如果這棟大樓是一切的核心，」納丁格爾說，「無臉男肯定也會同樣感興趣。現在我們知道他與一名受過訓練的暗夜女巫合作，要是我們三人不一起行動、互相協助，那真是太不智了。」

我將這句話解讀為——**我必須近距離跟著你們倆，在你們害死自己之前出手相助**。

我跟萊斯莉互看一眼。

「你們不相信我能融入那棟大樓？」他問。

「茉莉越來越會料理帕瑪森起司了。」萊斯莉禮貌地回應。

「嗯，也許你說的對。」納丁格爾邊說邊盤算著。「不過，接下來我打算將自己安排在鄰近的位置，隨時準備好支援你們。」

萊斯莉往下看了托比一眼。牠認定晚餐沒有香腸後，就蜷起身子睡著了。

「我們要帶狗去嗎？」她問。

「當然。」我說，「牠可以當作我們在奇怪的時間出沒的藉口，以及扮演魔法偵測器。」

「你要如何得知我們需要支援？」她問。

「我想你們之後就會發現，我完全有能力操作無線電。」納丁格爾說，「要是事與願違，我相信彼得懂得炸掉什麼東西來示警。」

11 可以住的機器

我們像是發動拂曉突襲般一早就搬進了大樓。理論上來說，如果我們在住戶醒來時已經入住此地，他們就會如同獾接受自然學家在牠們洞穴裡放置夜視相機那樣接受我們的存在。另一個原因是，我們從我的一位親戚那裡借了一輛箱型車，一大清早就必須還給他了。由於我們的東西不夠多，無須租用搬運卡車來引人懷疑，但是也沒少到可以自己搬運，否則看起來像擅自占住的人，或者更糟的是，看起來像臥底警察。

並非說我們真的是臥底警察，臥底行動必須遵從資深警官嚴謹的指導規範與行動上的監督。事實上，我們所執行的是一種極其巧妙的社區式警務，巧妙到如果我們夠幸運，社區可以繼續運作，居民將完全不會察覺他們正在被警察保護。為了保險起見，萊斯莉戴上另一個面罩。染成橄欖棕色的那個，不是外科手術用的粉紅色面罩。萊斯莉聲稱她堅持只在非執勤時間才會戴這一個。她讓托比坐在她的大腿上。

開車從公路抵達空中花園大樓時，是無法看清它美麗的全貌的。史騰堡用五座細長的建物圍住中央的高塔，每座都有九層樓高。這是一種很常見的設計，一名建築評論家曾抱怨，**遮蓋了史騰堡設計理念的生命力**。這幾棟以傳統而潦草的方式蓋起的建築，的確掩蓋了此處大多數居民的生氣，這也包括了擁有社區房地產權的大部分人口。從象堡區這側到達的話，你從鐵道拱橋下出來時，會先短暫瞥見高塔，之後才轉進社區。順著往下開，會經過密閉的車庫區域路段，再進入一條比地面低六公尺的狹窄地下道。車道寬度只夠一輛 VW Beetle 和一輛 Mini 會車，走道也只比人行道的路緣寬一點點而已。行人的動線理論上該被引導到上方的通道才是。一九八一年發生暴動時，居民建造了一道防禦柵欄擋住地下道，並手持汽油彈和石頭等待，可是警方卻拒絕到場——我不怪他們做這個決定。當時的空中花園對頭腦發熱的記者而言，早已是個活生生的危險地帶般存在，但戴福克巡佐說此處的光榮日子早已過去，現在這裡就像在奇平諾頓民政教區一樣安全。當然本地的職業罪犯也越來越少了。

通道的盡頭是個鋪著柏油碎石的低陷場地，圍繞著高塔底部，它的外圍則是一排排車庫門。真正的車庫設在周圍整理美化過的土地上，對現代的車輛來說有些稍嫌太小。在這些車庫門的上方是另一道一點五公尺寬的混凝土覆面，在我能看到的範圍之外，全都加上了鐵絲網柵欄。儘管我其實是站在一個寬闊的洞穴底部，卻只看得見一團團草叢和遙遠樹林的頂部。我願意花大錢打賭，在原先的計畫中是沒有這個柵欄的，我想知道有多少孩子從公園跳下來傷到自己之後，議會才提出加上柵欄的意見。

我們請法蘭克．柯福瑞替我們駕駛箱型車，在他卸下倫敦市消防局的裝備後，看起來就挺像白車男[1]。當我和萊斯莉卸下我們的物品時，他選擇留在駕駛座上閱讀《太陽報》，的確非常投入這個角色。

就像他的偶像柯比意和許多同時代的建築師，史騰堡對於一樓的公寓有著奇怪的恐懼感。在空中花園，較低的地面樓層完全僅供裝卸貨之用，在建物藍圖上通常被稱為「工廠」。

而架高通道相交處的「地面樓層」則是作為行人出入口、社區公共區域和儲藏之用。因此，無論議會把你的奶奶停放到哪個區塊、不管距離有多麼遠，當電梯停止運作時，她仍然會需要活動一下筋骨。

在我們把沙發床從箱型車的後座搬下來、正在喘口氣的時候，我抬頭瞥見一名身穿海軍藍帽T的白人男孩從最近的通道往下盯著我們。我清楚這種未達刑事責任年紀的麻煩小子，此時我的第一直覺是依一般原則逮捕他的父母，不過最終我只是愉快地對他揮了揮手。他對我露出困惑的懷疑表情，然後轉頭離開。

「當地人知道我們來了。」我說。

中庭的門是以厚重金屬和嵌了鋼絲網的強化玻璃製成。我們用一個較重的箱子把門撐開，再將沙發床抬往電梯。

「你那邊還好嗎，法蘭克？」萊斯莉吃力地舉起她那端，一邊大喊。

回頭看向箱型車，法蘭克愉悅地對她豎起大拇指。

中庭有一塊混凝土地板，看起來像不久前在表面重新抹上灰泥的煤渣磚牆。樓梯的

---

1 White Van Man，英國人對於小型箱型車駕駛的刻板印象，通常指擔心飯碗不保和盲目排外的勞工階層白人男子。

通道在左側，右側是通往「工廠」的門，而我們前方則是一扇令人安心的常見抗塗鴉漣漪紋電梯門。我按下呼叫按鈕，嵌入電梯門上方牆壁裡的紅色正方形塑膠面板依然是暗的。

「我們不是應該把剩下的東西都搬來這裡嗎？」萊斯莉問。

「我想先檢查電梯的狀況。」我說。

我把耳朵貼在冰冷的金屬門上聆聽著——上方傳來一陣令人欣慰的嗡嗡聲與鏗鏘聲。我往後站，門打開了。

電梯裡沒有尿液也沒有塗鴉，這是個好徵兆，不過空間很小，表示建築師相信無產階級沒有受到中產階級那種裝模作樣的影響，例如需要構造堅固的家具。我和萊斯莉不得不以一種尷尬的角度把沙發床對角搬進電梯裡。我們留其他東西給法蘭克看管，上樓去看我們的新家。

高樓中的公寓有兩款基本規格：兩房或四房。四房的公寓占了兩層樓，以內部樓梯連通；兩房的公寓則層層相疊，以通往頂樓的外部樓梯連接。因此電梯每隔一層樓才停一次，史騰堡狡猾地將排屋住宅的某些缺點以及高樓建築的全部缺點結合在一起。

我們抵達二十一樓，設法將沙發床搬出電梯，稍微磨擦到扶手和輕微損傷了電梯門而已。

出於某些原因，史騰堡設計了一道貫穿大樓的六邊形中央豎井，在最初的那幾年，你可以俯身一路往下望到地下室樓層。由於它不具備採光功能，而且還比建築物所需的阻尼器空間寬上十倍，即使是在六〇年代後期，這也稱得上是一樁奇怪的建築狂想。住戶很快就把它當成廢棄物處理區和緊急小便斗來使用，在兩起自殺案及一起駭人聽聞的凶殺案後，議會為此安裝了沉重的鐵絲網將豎井給封起來。

當然了，我們的公寓遠在豎井的另一頭。當我們拖著越來越沉重的沙發走過通道時，我注意到我們這層樓半數的公寓都以鋼製安全門掩實了家門。在眼睛的高度上整齊印有郡園的字樣，底下還附加對占住者的法律警告：違法者得處六個月監禁或罰鍰五千英鎊。

「或兩者皆是。」萊斯莉滿意地說。

我們新公寓的大門是樸實的現代設計，沒有那些傳統霧面玻璃鑲板可供採光，或是讓你別具居心的鄰居有機會判斷這地方是否有人住——以防你有一大堆不想要的東西閒置在裡頭。

屋內牆面大多漆成帶點蘋果綠的白色，乾淨得像是最近才粉刷——雖然我們把沙發塞進來的時候，在玄關腰部高度的牆上留下了一點擦痕。我們在我假設是客廳的位置放倒沙發，坐下來恢復體力。

我得說史騰堡真是十分貫徹他的設計原則。走廊狹窄，房間長到不行，天花板低矮。這裡還有一扇落地滑門通往巨大的陽臺——大小有如小型城市花園。你可以在陽臺增設一間臥室，剩餘的空間還能用來餵鴿子、晾洗衣物以及堆放所有你嫌麻煩搬下樓的雜物。

「好了。」萊斯莉說。「我們最好在法蘭克開車去找炸物吃之前回到樓下去。」

所幸法蘭克還留在原地，正被一個喋喋不休的難搞白人女子困在駕駛座上。她穿著一件馬莎百貨買的寬鬆上衣和花俏廉價休閒褲，是那種從青春期後半就開始學著怎麼扮演魯莽老太婆的肥胖白人女子。從她的外型看來，應該可以成為排名前百分之二的魯莽老太婆。

她說她名叫貝茲。

「你們剛搬進來嗎？」她問，似乎很高興聽到這個消息。她向我們介紹我稍早見到的帽T小子，是她的兒子沙夏，又要沙夏去叫她的長子凱文來——他對搬運重物這事較在行。

「妳的臉怎麼了？」那女人問。「如果妳不介意我問的話？嗯，妳當然會介意。但我這個人就是愛打聽。是潑酸攻擊嗎？我只聽說過在布倫萊那一帶會這樣做，不過那是一件榮譽的事。你知道的，就是像名譽殺人[2]那樣，只是用潑酸的方式。你們是穆斯林嗎？你們看起來不像穆斯林。但穆斯林看起來應該是什麼樣子？」

「油炸鍋。」萊斯莉迅速地說。「是油炸鍋意外。」

那女人不友善地看了我一眼，我往後退了一步。

「不是他幹的吧？」她問。「只有那種事我們這裡沒辦法容忍。」

萊斯莉向貝茲保證，這是一場工傷事故而非家庭暴力。很高興看到凱文出現了，這樣我就可以退下去做突然被指定為「男人工作」的事了。

凱文是個頂著黃棕色頭髮的大個子男人，在搖擺的脂肪下藏著一層層肌肉。他輕鬆抬起萊斯莉那一端的床鋪，沙夏則幫忙搬一個較小的箱子。

「你們是做什麼的？」凱文問。

「找到什麼工作就做什麼。」我說。

凱文經驗豐富地點點頭。他是把東西塞進電梯的老手，因此我們只需要搬兩趟就搞定了。這是一種敦親睦鄰的表示，若不是用來證明社區精神仍然存在，就是讓凱文弄明白我們是否有任何值得偷的東西。或者兩種都有可能。

為了回報他們的幫助，一等我們的公寓大門安全地關上，萊斯莉就立刻連線整合情報平臺調查他們全家的底細。當她做這件事的時候，我為托比戴上項圈，出門去商店。

從地面樓層通過的三條架高通道中，有兩條分別通往老肯特路和赫格特街，與對未來的老派描寫中會出現的單軌列車一樣，直接穿過了前方的建物。這兩條通道的盡頭都被南華克議會給封鎖了，限制通行並防止蓄意破壞。最後剩下的那條通道是建在接駁道路的支柱上，從大象路轉角處的兩棟建物之間探出頭來。我對那條地下道感到很好奇。不過當我走出高樓時，我環顧四周，發現完全沒看見任何車行道路或號誌。我判斷要是史騰堡得到了足夠的預算，他就會徹底將這整條路地下化。我走到遠處盡頭的坡道，轉

2 honour killing，指女性被家族、部族或社群男性成員以維護家族名聲、清理門戶等理由殺害。這類事件往往發生在封建制度盛行的地區。

過頭便看見那些建物像巨大的花園牆壁一樣，圍繞著一個綠意蓬勃的盆地，那裡種植著一些我所見過最大的法國梧桐樹，其中幾棵有三十公尺高，高到足以懸在通道之上，將它們自己保護得非常好，依舊春意盎然。聳立在這中心的就是空中花園大樓布滿灰塵的棕色鈍齒狀尖頂。

「我操！」我對托比說，「我們住在艾辛格[3]裡。」

我一離開大樓就開始下雨。住在空中花園的好處之一就是買東西很方便。回程的路上我解開了托比的牽繩，不過牠遲遲沒急著四處探索，反而緊貼在我的腳邊，似乎很感激走到了電梯。

當我一邊拿著購物袋、一邊尋找鑰匙時，注意到一個緊張的白人女子從我們右側的公寓看著我。她嬌小纖瘦，一頭又長又直的棕髮，穿著一件褪色的紅色運動衫和同樣褪色的牛仔褲，在她瘦下來之前這件褲子可能更緊。我在她臉上辨認出混合著希望與不安的表情，意識到她是住戶裡的流亡公主。

每個社區都會有一群像這樣的人。中產階級或中上階層女孩，她們設法擺脫了先天優勢，由於有了小孩或某種癮頭或兩者皆是而最後淪落到住進公共住宅。很容易發現她們的存在，她們身邊總是有一股困惑的空氣，似乎無法理解為何宇宙已經停止眷顧自己。她們在這裡得不到太多同情——我很確定我不必解釋原因。

「妳好。」我說。

「嗨。」她說。「你剛搬進來嗎？」

她沿著走道朝我靠近，接下來卻遲疑了。她沒穿鞋，像芭蕾舞者一樣踮起腳。

「今天早上剛搬來。」我說。「有任何給新住戶的忠告嗎？」

「不算有。」她說，又走近了些。

我放下購物袋，伸出手，「我叫彼得．葛蘭特。」我告訴她全名，希望她也如此回答。她鬆鬆地握了我的手一下。

「艾瑪．沃爾。」她說——如果你有他們的全名，要透過系統去查某人的資料就方便多了。

她靠近後我聞到了香菸的味道，並看見她像毒蟲般微微抽搐，但如果要我猜的話，我會說她正在戒毒中。不是說我真的可以分辨得出來——我應該要知道的。

「妳住在這裡多久了？」我問。

「你為什麼這樣問？」

「只是想找個在地的嚮導。」我說。

艾瑪又咬著嘴唇，過了好一會兒才發出一聲假笑。

「當然好。」她說，「那麼你可以——」

我永遠不知道我可能可以怎麼做，因為大門打開了，萊斯莉探出頭來。

---

3 Isengard，《魔戒》裡中土世界的大型要塞，有一座尖塔。

「妳好。」她愉快地說。「東西都買回來了嗎？」

我嘆了口氣，拎起購物袋，對艾瑪說聲改天見。

「好啊。」艾瑪說，逃回了她的公寓。

「她是誰？」當我在廚房取出袋中雜貨時，萊斯莉問。根據廚房的裝潢風格和折損程度，我可以將此處的施工時間縮至這個世紀初。我打開壁掛式櫥櫃，頂部的邊緣已凹陷褪色，門板也搖搖欲墜。櫃子的樣式也許會變，但底下的材料一直都是合成刨花板。

我給了她艾瑪的全名和公寓門牌號碼，好讓她晚點可以調查一下。這也提醒我詢問在貝茲和她家人身上有何發現。

「妨害公共秩序。」她說。「恐嚇、施暴、嚴重傷害他人身體、醉酒及行為不檢。」

「凱文嗎？」

「貝茲。」她說。「或者該說是伊莉莎白・譚克里吉・塔特爾。除了上週的恐嚇行為之外，大多數罪行都是在過去二十年之間陸續犯下的。」

「我得問問戴福克巡佐。」我說。

「話說回來，兒子凱文倒是沒有任何前科，雖然他的名字出現在三十六件不同的調查中，主要是闖空門和收受贓物。你為什麼買這麼多維多麥早餐穀片？」

「買一送一。」我說。

信箱的蓋子發出噹啷聲，我們都從廚房門探出頭去看是怎麼回事。信箱又噹啷了一聲，無法判斷是有人想試著塞東西進去，還是把它拿來當門鈴敲。

我靜悄悄地走向門邊，確定萊斯莉已在客廳走道找到一個在視線範圍外的安全位置，便轉開保險鎖的拉柄，把門打開。

一個男人站在我們的信箱前方，恰好被我抓到他正在往內偷看，或者正在把傳單塞進來。

「你好。」我說。「有什麼事嗎？」

那個男人保持向前彎的姿勢，轉過頭來，以眼角餘光看我。

「真是碰巧。」他說，伸出一隻手，「如果你不介意的話？」

我握住他的手，皮膚軟軟皺皺的，不過握力強勁。他深吸一口氣，藉著與我握手的力道費力地挺直背脊。他是個中等身高的白人男子，有張坦率又老實的臉，如果他去賣二手車，或許能大賺一筆。他的頭髮都花白了，不過又密又長，整個攏到後方紮成一條馬尾。

「噢，工人的背。」他說，晃了晃我們握著的手。「傑克・菲利普斯，本地的活動家、愛管閒事者，以及晚期資本主義的肉中刺。」

「彼得・葛蘭特，」我說，「剛搬進來，懶惰蟲和無名小卒。」

傑克・菲利普斯將一張傳單塞進我手中。「嗯，我正在發送每個月一次的空中花園大樓住戶大會邀請。歡迎大家出席。」

「我會去的。」我說。

這讓傑克愣了一下。

「真的嗎？」他問。

「對啊——為什麼不呢？」

「噢，」他說，「沒問題。順帶一提，我是主席。」

你當然是，我心想。

在傑克走向樓梯間之前，我們又互道了幾次再見。然後我關上門。

「無名小卒？」萊斯莉問。

「我第一時間只想到這個。」我說。

我們回到廚房，發現托比還坐在那裡，熱切地盯著購物袋內看。我拿出一個罐頭給牠看。

「瞧，」我說，「肉塊。」

托比吠了起來。

「我們的確有帶開罐器，對吧？」萊斯莉問。

這個嘛，運動對我和托比來說或許是件好事。而且，就像我說的，那些商店走沒幾步就到了。

每個在公共住宅長大、而且父母用心到會為自己舉辦生日派對的人，就會知道社區交誼廳這種地方。無論那些懷抱理想主義的年輕建築師認為工人階級可能需要多留一間房的理由是什麼——我猜是拿來當工人集會所。事實上，交誼廳會用來舉辦租戶與居民協會會議、讓五十歲以上居民健身，還有生日派對。一般來說，交誼廳是個寬敞的、天花板低矮的房間，位置在一樓，幸運的話還會附設烹飪區域和廁所。它們通常像就業服務中心一樣無趣但友善，然而我在我父母親那棟公共住宅的交誼廳有過一些美好回憶。特別是我十三歲生日那天，我成功親了比我大一歲且異常熱情的莎曼莎・皮爾。要是我母親沒有帶著天神般的憤怒降臨，打斷了這件事，誰知道接下來會往哪發展呢？就在她攻擊我最近一任女朋友之後不久，我母親刻意告訴我，莎曼莎現在是一名合格的牙科護士，已婚還有兩個小孩，住在帕爾默斯格林的一棟排屋。我不太確定她期望我知道這些訊息要做什麼。

空中花園大樓的住戶大會如同你所想像般一樣令人興奮，儘管出席率比我預期要高得多。至少有二、三十個人坐在一體成型的塑膠椅上，圍成一個鬆散的大圈圈。貝茲和凱文也在這裡，令我有些吃驚；傑克・菲利普斯擔任主席，這倒是不意外。他也是名稱職的主席，迅速運作整個議程。他向大家介紹我們是新住戶，大家歡迎我們，還好奇地盯著我們看——尤其是萊斯莉。一名激動的索馬利亞男子說，南華克公共住宅服務處已經確實承諾電梯維修承包商將會在下週來檢查故障的電梯，底下聆聽的住戶們發出抱怨和噓聲。

「記住，一定要把所有問題都記錄下來，」傑克說，「當他們試圖推託時，你就可以給他們一些明確的依據。」

有幾個人點點頭——這顯然是很常見的建議。還有一些關於垃圾收集的報告，不過沒有關於大樓本身保存與否的重要議題。我和萊斯莉專注地聽著，記下每個名字、每張臉孔，之後要把他們找來再教育會比較容易。在規畫這次行動的階段時，或者更準確地說，在浮麗樓晚餐後所討論的內容，我們曾想過無臉男或許派了手下在空中花園臥底的可能性。

「我和萊斯莉又不是一點都不引人注意。」我曾說。

對於我再次出錯的文法，納丁格爾一如以往皺起眉頭，我認為我已經讓他開始失去耐性了。

「我們又沒什麼好躲的，」萊斯莉那時候說，「如果他們已經發現我們並有所行動，那麼就更有機會揪出他們。如果他們不慌不忙，還是得改變正在進行中的計畫，這也會讓他們更容易被發現。在這段期間，我們可以探查一下他們到底在做什麼。他們也拿我們沒辦法。」

我不禁想到骨頭著火、從內部煮熟的喬治・川查。

「假如他們追殺我們呢？」我問。

「那麼法蘭克和我會對付他們。」納丁格爾這麼說。

要是無臉男**的確**有內應，我想他們一定會參加住戶大會，以防止居民不小心擾亂他們計畫的威脅。但他們不會想表現得太明顯，因此我把注意力集中在會議期間保持清醒卻沒有發言的那些人身上。

我在心中標記了幾個可疑人物，不過位於名單之首的是一名蒼白的年輕男子，頂著一頭邋遢髮型，看起來像個業餘的哥特族。還有另外一個中年白人男子，留棕色短髮，穿著一件有皮革滾邊的毛呢夾克，看起來就像會集郵或用火柴棒蓋大教堂的樣子。我認為這個業餘哥特族出席會議一定有不可告人的動機，而那個集郵男一定只是坐著不發表意見。

議程上的最後一個項目是一項決議，看住戶大會是否能引起一些媒體的興趣，因為議會其實付了許多錢給郡園來看管無人居住的公寓，而不是花錢重新裝潢租給新房客。

這個議題全體一致通過，會議隨之結束。

由於公寓裡只有一樣舒適的家具，我們兩個最後都窩在沙發上喝特釀啤酒和看電視。嗯，說是電視，其實只是把我們的筆記型電腦靠在廚房的椅子上，播放BBC iPlayer的網路節目。由於我們是偷連某人忘了設定密碼的網路，訊號很微弱，所以除了頻繁的延遲斷訊外，運作得還不賴。

「可能我是從小鎮來的，」萊斯莉說，「不過以市中心而言，這狀況似乎是不是有點太和諧了？」

像我就認識我那棟公共住宅裡的大部分人。話雖如此，不過那裡要比空中花園小得多了。

「這不是一棟普通的公共住宅，」我說，「任何想搬離開的人，議會可能都會幫忙提供移居的住所。這些人要不是喜歡住在這裡，就是太頑固到難以改變。」

「我聽說在美國，住戶還會帶蛋糕出席大會。」萊斯莉說。

「我賭在紐約他們不會這樣做。」我說。

一陣陣的雨敲打在窗框上。

「假如傑克知道我們正在記住大家的名字，你認為他會說什麼？」

「他會愛死這件事的，」我說，「這麼多年來，祕密警察終於對這裡感興趣了。」

托比似乎很快就適應了我們待在這裡不回家這件事，牠跳進我們中間的空隙，舒服地趴在那裡。

「那麼，我們明天要做什麼？」萊斯莉問。

「明天，」我說，搔搔托比的頭，「我們要到處聞個仔細。」

12 空中的花園

明亮的陽光穿過玻璃落地門傾瀉而入，讓我早早就醒來了。我為自己泡了一杯即溶咖啡，走出去到陽臺上喝。我們住的樓層夠高，可以俯瞰下方的街區，還能看見一抹從倫敦東南區一路延伸的灰綠色到遠至克羅伊登以外的綠色地帶。陽臺真的寬敞到荒謬的地步，女兒牆也不需要砌得如此厚重，頂部還有神祕的溝狀凹槽——最後我判斷那是內建的窗格。我所在的高度足以呼吸到倫敦最新鮮的空氣，遠處的交通噪音減弱為隆隆的低鳴，附近某處還有隻鳥正在唱歌。

雖然有陽光，穿著內衣褲站在寒風中還是太冷了，所以我回到室內，在浴室裡後來加裝的狹小淋浴間進進出出奮戰了好一陣子。我把頭探進萊斯莉的房中，問她是否想和我一起去查看花園，不過她朝我的頭扔了一顆枕頭。

我告訴托比散步的時間到了，可是牠早已經在大門口等著我。

景觀美化是現代建築極為重大的罪惡之處。它既不是你家的花園，也不是一座公園——它只是一片雜亂又難看的草地，有著灌木叢和臨時挖來的樹木。它的存在純粹是為了阻止原始開發者的計畫，不讓建築看起來像一片淒涼的混凝土荒野。對空中花園來說也是如此，奇怪的是，這裡很難找到路進入。

我和托比先走到了較低的地面樓層，也就是前一天我們打開箱型車卸貨的地方，接著沿大樓底部繞了一整圈之後，才意識到這裡沒有連接到那裡的路。整個圓周都排列著車庫頂端的柵欄，甚至連一道可以爬上綠地的階梯也沒有。有半數的車庫被更多郡園閃亮的鋼門所封——南華克議會不願意將上鎖的車庫重新分配給住戶，一直是住戶大會主要申訴的議題。

我記得開車時穿過的地下道，在到達地面樓層之前，我認為得先走過那一整段路才能回到沃華茲路。與其辛苦跋涉一大段路，我和托比寧可漫步走上通往地面樓層的第一段樓梯，查看架高的通道。沿著一條通往赫格特路的通道三分之一處，那裡有一道向下通往綠地的斜坡。由於被一棵巨大的梧桐樹給遮住，我差點就錯過了。你幾乎必須蹲下來從一根樹幹底下走過去。

當我們往下走時，托比小心翼翼地跟在我腳邊。有一條碎石小徑蜿蜒穿過山丘和隨意出現的斜坡，景觀設計師很喜歡在他們的設計裡亂加入這些東西。小徑維護得很糟糕，碎石到處散落，都耗損得差不多了。有好幾次我還得跨越已經四處亂長、阻礙道路的巨大樹根。現在，太陽早已升高到大樓的最頂端，光線中參雜著綠意，照耀在有著銀色樹皮和枝葉茂密的次生生長高瘦樹木上，我相信納丁格爾一定能幫我辨認這是什麼樹種——而且還講解詳盡——如果他在這裡的話。

但那些有著白色、粉色像棉花糖一樣的樹，即使是我也認得出那是櫻花樹。當然了，除非它們是桃花。

那些大概是櫻花樹的植物就排在顯然曾經是兒童遊樂場區域的某一側，不過議會已經移除了所有遊樂設施，想必是為了阻止小孩跑進來玩耍。

托比吠了起來，我停下來看看牠正盯著什麼瞧。

一個白人女孩正在廢棄遊樂場的另一端看著我們。她穿著一件老式的瑪麗・官[1]黃綠色洋裝，金髮剪成精靈系鮑伯頭，戴著一頂破舊的草帽。她的臉和四肢都修長纖細，似乎和她的身體不成比例。她正站在一棵比較小的梧桐樹樹蔭下，我不確定我走過來時她是不是一直都站在那裡，只是我沒看見她而已。

我聽見附近一棵樹後方傳來小孩咯咯笑的聲音，那女孩給了我一個微笑，彷彿太陽從雲朵後方出現般燦爛。接著她轉身跳著離開，動作快到我的視線幾乎跟不上。過了一會兒，一個嬌小如小惡魔般的棕髮女孩從她躲藏的樹後方衝了出來，朝較年長的女孩奔跑過去。這個人我認得——是小金，上次在春季召見看過她穿一襲皇家黃服裝。她掌管的奈金兒河事實上就是從這個社區下方流過。

托比追上去，不斷狂吠，粗短的尾巴搖個不停，隨即消失在樹蔭之間。我按照自己的速度跟上去，讓托比的叫聲帶著我往大致正確的方向前進。我走了十公尺左右之後，小金就從一棵樹後面跳出來大喊：「嘩！」

我假裝嚇得跳起來，效果很不錯——我有一大群可以一起玩的年幼表弟妹，所以知

1 Mary Quant，一九五〇到六〇年代青少女服飾革命運動先驅，以迷你裙聞名，挑戰傳統審美觀。

道該如何與小孩玩遊戲。

「在你後面！」小金大喊。

我戲劇化地轉身，但後面什麼也沒有。

「我後面什麼都沒有啊。」我說，這引來更多笑聲。

我轉身面對小金，這次還真的嚇到跳起來——嗯，更準確地說是往後退了一步。

穿著綠色洋裝的女孩就站在我正前方，她的臉距離我只有幾公分，眼睛很大，淡褐色的虹膜周圍有著金色斑點。靠得這麼近，她聞起來像粗糙的枝椏和碎裂的樹葉。我也可以看出她是一名二十多歲的成年女性，我被她的言行舉止欺騙了，以為她年紀更小。

「嘩！」當我開始往後退時，她又叫又笑的。

「老人！」小金喊。

我轉過身看，又再轉回去時，穿綠色洋裝的女人已經離開了。小金也是。

托比狂奔到我身邊，把鼻子塞進我前方的草地裡到處嗅聞。顯然什麼都沒找到，牠抬頭看著我，沮喪地對我吠了一聲。

我要牠安靜——我可以看得到有人走來。是傑克·菲利普斯，經驗豐富的活躍家。

「我看你已經發現了空中花園真正的祕密。」他說，有好一陣子我以為他可能是另一個超自然生物還是什麼的，但他接下來只說這裡的樹是全倫敦長得最好的。

「這是議會無法讓空中花園從古蹟名單中剔除的真正原因。」他說。

在他身後，我看見兩張頑皮的臉靠在樹幹邊窺視邊偷偷地暗笑。

「不過沒有人會來這裡。」我說。「如果人們仍住在這個街區，這裡就不會變成像現在這樣。」

「你這麼想？」

「我知道的。」我說。「這裡白天是狗狗的大便中心，晚上則成了毒品販子的樂園。」

他瞇起眼睛看著我。「你在幫議會工作嗎？」

「要是有機會就好了。」我說。

「還是媒體？還是郡園？」他問。

「郡園是誰？」我問，因為要轉移對方的猜疑最簡單的方式，就是把焦點導向你的提問者**他們**最愛談論的主題。果不其然，傑克·菲利普斯開始了一段冗長的謾罵，可是我唐突地打斷他，沒做筆記的話我無法好好地記下來——而且那樣做會顯得很可疑。

「你瞧，」我說，「我得先去遛完狗，不過我有興趣聽更多。」

「別只是敷衍我。」他說。

「不，我是認真的。」我說。「我這個人從不怯戰。再說我才剛搬來這裡，不能他媽的再搬一次家。」

我可能表現得有點太感興趣了，但是像傑克·菲利普斯這樣的人居於劣勢太久了，他不會放棄任何可能得到的援助。

「我會告訴你的。你和你的另一半為何不來我那裡喝杯茶？」他說，並告訴我他家門牌幾號。

我說我會去的，然後我們分道揚鑣——托比已不見狗影。

我發現了托比的蹤跡，進一步沿著消失在林間、充滿燦爛陽光和閃亮塵土飛揚的小徑前進。

一張深紅與綠色相間的羊毛毯已經鋪展在草地上，歐柏倫、艾法和貝弗莉則以法國印象派認可的方式，伸展四肢懶散地躺在上頭。然而令人失望的是，貝弗莉身上還穿著所有衣服。

托比正坐在毯子邊緣，盡力扮演一隻看起來十分飢餓的小狗，此時艾法拿著馬莎百貨的一口香腸捲逗弄牠。她一看到我，就笑著把香腸捲丟給托比，讓牠跳起來在半空中接住。

歐柏倫大方地指著毯子上的一個空位，於是我加入他們。

艾法給了我一杯白酒。她的指甲至少有兩公分長，擦上了黑色、金色和紅色的複雜彩繪設計。我接過酒，對我來說在白天喝酒有點太早了，但這不是我在喝酒前之所以猶豫的理由。

「把這當作免費贈與的禮物吧。」艾法說。「喝了無須履行義務。」

我喝了。如果這是上好的葡萄酒，給我喝就完全是浪費了。

「是什麼風把你吹到河的南岸？」貝弗莉問。她穿著一件亮藍色毛衣，領口處鬆垮垮的，露出肩膀赤裸的棕色曲線。「為了公務還是享樂呢？」

「只是工作而已。」我說。

「有什麼我們可以幫上忙的地方嗎？」歐柏倫問。

我的眼角瞥見一抹黃綠色。不過當我轉過頭時，我所看到只是小金笑著追逐已經消失的年輕女子。

「你們可以告訴我那是誰。」我說。

「你可以喊她小天。」艾法說，這讓貝弗莉被酒嗆到。

「不是嗎？」我問貝弗莉。

「暱稱小天。」她說。「也許吧。」

「那她是什麼？」我問。「不要給我什麼簡化過的東西，還有你不理解的貼標籤那套的危險東西。我已經從納丁格爾和瓦立醫生那裡聽過夠多了。」

「我想你可以稱她為森林精靈。」艾法說，然後看向歐柏倫尋求確認。「對吧？」

「Drys，事實上是橡樹的意思。」歐柏倫說，這又讓貝弗莉的眼睛轉了轉。「說是樹之女神會更準確些，雖然我懷疑古人在命名時曾經想起過英桐這種樹。」

「你在大學沒學過這個嗎？」我問艾法，她擁有藝術史學位。

「我跳過了前拉斐爾派，」她說，「全都是一些水中的處女。這太像我的家庭生活了。」

「我可以跟她說話嗎？」我問。

艾法皺眉。「我想我得先問你為什麼。」

於是我告訴他們，近來在大樓附近有一些可疑的活動，我們只是在進行調查。如果萊斯莉發現我透露消息，一定會很生氣。她認為，無論我們想表現得多客氣有禮，警方都不應該向任何未經公開調查的人透露任何案情。即使是提及，我們也應依他媽的普通原則那樣說謊，萊斯莉的辦案風格是「你承受不了真相的」那一派。

身為一名老練又現代的警官——有鑑於目前從事的專業領域——我則傾向積極推動警察／魔法圈的利害關係人參與，以方便情報蒐集。此外，我知道最好別玩弄艾法。

艾法點點頭，叫了小金的名字，她呼喚的口氣讓我內疚地瑟縮了一下。歐柏倫注意到我的反應，舉杯朝我致意。

小金從樹林間衝過來，整個人撲到我背上，小小的手臂有半截勒住我，她的臉頰貼著我的臉——我可以感覺到她咧嘴而笑。可能是樹之女神的小天，儘管完全是成年女子的體型，還是跳到了歐柏倫的背上。他被這麼一撞，甚至連吭一聲都沒有——這個愛現的傢伙。小天越過他的頭，俯身從野餐籃裡拿了一瓶高地之泉礦泉水，但她打不開蓋子。艾法從她手裡接過水瓶，扭開瓶口後再還回去。

「這位是彼得，他想問妳幾個問題，」她說，「如果妳不願意，不回答也沒關係。」

「妳好，小天。」我說。

「好歐。」小天說，把玩著高地之泉的瓶子，從一隻手換到另一隻手。

「妳一直住在這裡嗎？」

「我有棵樹。」她驕傲地說。

「那樣真好，」我說，「妳和妳的樹生活在一起嗎？」

小天用奇怪的眼神看我，接著低下頭在歐柏倫耳邊低聲說了些什麼。

「不，他住在河另一邊的一棟大房子裡。」他說。

「這是全世界最漂亮的樹。」小天說，回答我的問題。

「我相信它是。」我說，小天對我露出燦爛的微笑，「我想知道的是，妳有沒有注意到大樓附近發生什麼奇怪的事。」

「大樓也很漂亮。」小天說，「它充滿了光，還會發出音樂。」

「哪種音樂？」

小天思考著，她的臉皺成一團。

「快樂的音樂，」她說，往上頭指，「在最上面。」

空中花園曾經因為是地下電臺「約束ＦＭ」的所在地而知名，我在青少年時收聽過，雖然訊號時強時弱的。至少有兩名約束的ＤＪ成功打進主流市場，一個現在在BBC 1xtra主持兩小時的黃金時段。但我並不認為小天會收聽ＦＭ的廣播節目。我試圖要她說清楚她聽見的是哪種音樂，不過她所描述的可能只是來自一場遠處舉辦的派對，或者風吹過大樓的奇怪角度所發出的聲音。

小天從歐柏倫肩上跳下來，模樣誇張地平躺著。我失去這名證人了，雖然我沒受過這類訓練，可我知道訊問孩童或心智年齡較低的證人會花上好幾天。因為一旦他們停止和你說話，就不會再有轉寰的餘地。我問她是否曾看到大樓底部發生過什麼事情。

「卡車。」她說。

「妳看到卡車？」

「很多卡車。」她說，嘆了口氣。

「妳什麼時候看到卡車的？」

「很多天前。」她說。

「是幾天前？」我問。

「很冷的時候。」她說，這有可能是過去四個月來的任何一天。「我現在要去玩了。」小天動作流暢地跳起身，在我來得及開口前就跑掉了。小金叫了一聲，膝蓋往我肩胛骨中間一頂，跳起來去追小天。

「有幫上什麼忙嗎？」貝弗莉問。

「我不知道。」我說，站了起來，「我可能得再和她談談。」

「我們其中一個，」艾法指指她自己跟歐柏倫，「必須在場。」

「真的嗎？為什麼？」

「沒有負責的大人在場，她不應該接受問話。」艾法說。

「這些梧桐樹是在七〇年代種下的，」我說，「她的年紀比我還大。」

「而且在春天的時候，她沒有能力接受審問。」艾法說。

「或許我應該通報社福機構。」我說。

「別瞎說了，」艾法說，「你認為她有出生證明嗎？」

「魚與熊掌不可兼得，艾法，」我說，「妳不能同時接受法律保障，又在想便宜行事時假裝它不存在。」

「理論上來說，我們可以，」艾法說，「人權不是取決於其個人行為的。」

你不會想拿這個論點來跟警察吵的，我本來可以舉出公民義務的傳統論述來反駁——事實上，我們在停屍間裡有一具從裡到外都被烤熟的屍體；而且你們想談談不要讓我的頭被一個神經病俄羅斯女巫打破的權利嗎？還有在春季召見那天，我沒有看到你們的人幫忙清理善後——在我出聲之前，歐柏倫說話了。

「你應該遵守法律的精神，」他說，「以這件事來說，她在心智上還是個小孩，是什麼樣的無賴才會利用她的天真來達到他的目的，不管理由如何冠冕堂皇。」

我真的不知道怎麼反駁，雖然我相當確定萊斯莉一定可以，於是我盡可能維持尊嚴地站起身，貝弗莉跟著我起來，說我可以陪她走回她的車子。我們往沃華茲路前進時，小金和小天輪流在我們身後躡手躡腳的，發出滑稽的放屁聲。

「小天一直都這麼幼稚嗎？」我問。

「沒有，」她說，「只有春天才這樣。夏天她會去俱樂部玩，秋天會去上夜間課程。」

「那冬天呢？」

「在冬天，她會蜷成一團，抱著一本書作夢，等待寒冷離開。」

「她在哪裡做這些事？」

「有一些不禮貌的問題你不該問，」她說，「還有一些問題你不應該問，除非你真的想知道答案。」

我們走到她的車旁邊，原來是另一輛Mini Roadster雙門敞蓬車，有點像在柯芬園燒燬的那一輛，只是這輛有轟轟作響的二點零公升柴油引擎，並漆成了消防車的紅色。

「妳和Mini這個廠牌有什麼關係嗎？」我問。

「泰晤士河谷，」她在上車時說，「不是只有你們知道的小屋和大學。這裡還是有一些殘存的工業區的。」然後她把髮束往肩後一撥，開車揚長而去。

確定她離開視線範圍後，我打給萊斯莉。

「我想我們該去看看地下室了，」我說，「帶上妳的袋子。」

萊斯莉在下頭地面樓層的電梯間跟我和托比會合，我花了一點時間告訴她樹之女神小天的事，她似乎覺得貝弗莉的出現很耐人尋味。

「她剛好就在那裡，對吧？」她說，「完全是巧合。」

我們眼前有兩扇灰色金屬門可以選擇，入口的兩側各一扇。

「哪一邊？」萊斯莉問，她把黑色的尼龍背袋往我腳邊一扔。

「都可以。」我說，「這裡是環狀設計，我們應該可以繞一圈回來。」

萊斯莉隨意選擇了一扇門，並使用戴福克巡佐給我們的萬能鑰匙打開。她很快就找到電燈開關，踏進了門後，於是我抓起袋子跟上去。托比猶豫了一下，也跟在我後頭。

屋子裡頭聞起來有空心磚和潮溼的水泥味。一排金屬置物櫃排列在外側及內側的牆上。遠處盡頭的門標上「有電危險」的黃色三角形。我猜潮溼的水泥味是來自看起來像最近施工過的地板，由貫穿整個房間的淺色帶狀部分可知。我打開袋子，和萊斯莉花了好幾分鐘著裝。

「有感覺到什麼嗎？」萊斯莉問。我穿上臥底用的米色防彈背心，沒有口袋，理論上來說穿在你的外套底下十分合身。

「什麼也沒有。」我說。

「我也沒感覺到。」她說。「你覺得這樣正常嗎？」

「現在判斷言之過早了。」我說。

我們在外套底下穿好防彈背心後，接著把主要聯繫用的手機關機，打開兩支手持式空波。雖然空波其實比我們的手機還要貴，不過這是警察預算提供的，所以是消耗品。我們把空波掛在戰術腰帶上，上頭還掛著伸縮警棍、手銬和胡椒噴霧——可惜還是沒有電擊槍。

「他們大概是在等我們其中一個人被凍死之後才會給。」萊斯莉說，她對配備電擊槍的態度是，那些有心臟病、癲癇和厭惡被電擊的人原本就不應該意圖危害治安。

現在我們萬事具備，就只差一個動態追蹤器了——會發出不吉利嗶嗶聲那種。因此，我們只能用托比代替了。有鑑於那個觸電的警告標誌，萊斯莉用萬能鑰匙把隔壁那扇門打開時，我把托比抱起來。

「這次我希望能順利又安全地淨空這個地方。」我說，然後我們踏了進去。

要察覺到**感應殘跡**、或是與任何神祕感知有關的魔法以及懂魔法的人的訣竅是：把它們和你腦中所有的回憶、白日夢和隨機出錯的神經元分開，這些神經元就是你大腦的背景噪音。首先你會發現與目前情況毫不相關的事物——例如當你想到了一隻吠叫的狗，此時你卻正在檢查一名頭顱被敲飛的男人。你的導師會藉由確認你的判斷是否正確好強化你的感知。只要你越常練習，就會表現得越好。不久之後你就會問這個問題——這就是導致精神分裂症的原因嗎？

嗯，假如你是我的話，就會問這個問題。這樣的事似乎從未發生在納丁格爾身上。我向瓦立醫生提出這個問題時，他說可以進行一項測試，讓我服用抗精神病藥物，看看**感應殘跡**是否會消除。我拒絕了，但我不確定我是比較擔心藥物可能會有用，還是擔心藥物可能毫無作用。

我已經可以預料到幾乎在倫敦各地都會有一種背景等級的**感應殘跡**。它在鄉村地區會明顯減低，但你仍可以找到一些殘留非常強烈的熱點，納丁格爾稱之為**遺際**——近期留下的魔法殘跡。因為你發現大量**感應殘跡**的這些地方，通常也會發現浮麗樓應該處理的奇怪鬼東西。

所以我和萊斯莉已習慣在做任何事之前，都會檢查每一個新的現場。要是我們與倫敦警察廳的關係更密切一點，這個程序就會被稱為初步**感應殘跡**評估，簡稱ＩＶＡ，發音為「i-VAH艾瓦」——**只要我完成了我的IVA評估，就會曉得《魔戒》裡的甘道夫是個惡棍**。

據我所知，**感應殘跡**會隨著時間過去而逐漸累積。所以像空中花園這樣的現代建築，通常都表現出較低的背景值。

下一個房間是大樓的發電室和變電所，從排列在一面牆上乾淨又小巧的灰色箱子判斷，這是近期才現代化的。照明十分良好，更好的是看到了許多警告標誌——特別是畫出一具身體躺在地上，胸前還有一道抽象的閃電。

「致命危險。」萊斯莉讀道。

「繼續走。」我說。

我認出我們進入的下一扇門是大樓北方的火警逃生口，而且和建築裡其他的每處設計都不相同。逃離的居民可以整齊地被引導至階梯的底層，通過一扇雙開防火門離開。

「那是什麼味道？」萊斯莉問。

「陳年尿騷味。」我說，「還有漂白水。」幾乎從第一天開始，人們就把樓梯間當成撒尿的便利地點，每兩、三年議會就得派人用高壓水柱將尿味洗刷掉。

「是動物。」萊斯莉說。

「我覺得狗會在戶外解決，」我說，「再加上門是很牢固地關上的。」

「他們已經裝了警報系統。」萊斯莉說，指著大門頂部的一組感應器。

「這個地方被列在議會的難搞清單上。」我說。「對於這種反覆濫用的應對之策就是永久關閉警報。這扇門應該用磚塊抵住撐開，那麼地板上就會四處散落許多針筒和保險套。」

「這裡是很神祕沒錯，」萊斯莉說，然後對正在打呵欠的托比點點頭，「但沒有什麼魔法。換下一間吧。」

我們在隔壁的房間裡發現了一道往下的樓梯。據我所知，我們一直在較低的地面樓層圓環周邊搜索，現在正對著大廳的主要入口處。空心磚牆是赤裸裸的，不過此處的地面也有著施工過的痕跡——一條新鋪設的水泥從內牆一路延伸到外牆。這是新建的防潮層嗎？我很懷疑。

一道寬闊的階梯向下通往一扇熟悉的閃亮大門和上頭的郡園標誌，除了門本身的鎖之外，還加裝了兩個看起來很沉重的掛鎖。三個鎖全都無法用萬能鑰匙打開。

「這違反了衛生和安全管理法，」我說，「我們和消防隊用的是一樣的鑰匙。」

「你認為這扇門後面會是什麼？」萊斯莉問。

「只可能是中央豎井的底部，」我說，「我想知道他媽的史騰堡建造這棟大樓時，在想些什麼。」

「我們可以把鎖燒斷。」萊斯莉說。

「很低調的手法，我喜歡。」

「嗯，你說的對。」萊斯莉說。「我們可以叫法蘭克去請郡園提供鑰匙。」

身為一名官方的火警調查員，法蘭克．柯福瑞可以要求進入此地。在拉卡諾公寓造成六人死亡的火災發生後，南華克議會因此被叮得滿頭包，自此他們和他們的承包商都不敢再和消防局作對。我真希望自己能想到這一點。

「我們把這層樓剩下的地方也搜尋完吧。」萊斯莉說，這也是我們此行的任務。我們穿過南側緊急出口，和北側一樣乾淨到令人起疑的地步，還經過了進水口及另一間充滿置物櫃的房間。現在除了地板上普通的新砌水泥之外，幾乎沒有什麼令人感興趣的東西。托比沒發出太大的吠叫聲，萊斯莉說，如果真的有什麼的話，這裡的魔法殘量甚至連背景值都不到。

我們完成了ＩＶＡ，把裝備放回袋子裡，走進了電梯間。

「嗯，還真是收穫豐富。」我們搭電梯往上時，萊斯莉說。

「我不認為這個地方是蓋給人住的。」我說。

「你對每一棟現代建築都這麼說，」萊斯莉說，「你想要大家都住在金字塔裡。」

「事實上，」我說，「妳知道陽臺是埃及人發明的嗎？」

「真的嗎？」

「夏天的時候，他們的確是睡在屋頂上。」

「那一定很愜意。」萊斯莉說。

「我覺得史騰堡是把這個地方當成一場魔法實驗在建造。」我說。

電梯門打開，我們走了出去。

「你為什麼這樣想？」

「你認為有樹之女神居住在其中的建築能有幾棟？」我問。

「我不知道，彼得。」萊斯莉嘆了口氣說。「或許他們都會這樣做。的確，我們所到的每個地方似乎都會碰見這些超自然的討厭鬼。」她突然在我們的門外停下腳步，指著門的邊框——我們同意說要塞進門縫的小紙條不見了。我拉開袋子拿出警棍，把萊斯莉的警棍遞給她。當我們彈了下打開時，警棍發出了令人欣慰的小小鏗一聲。

萊斯莉盡可能安靜地轉動鑰匙，然後點頭從三開始倒數。數到零時，她猛力推開門衝進去，我跟在她身後一公尺之處，避免出現如果前方的警員被某樣東西絆倒——我是說滑板之類的，後頭的警員跟著摔成一堆狗吃屎的尷尬場面。在萊斯莉坐在你背上、大罵你腦袋有洞時，實在很難表現出執法者的莊嚴和權威。

萊斯莉進入廚房，大叫：「在這裡！」我快步跟上她。

「我投降。」查克說話時滿嘴都是穀片。他正坐在我們小廚房的餐桌邊，面前放著一包維多麥、一條打開的麵包，和一瓶幾乎已經空了的一公升裝牛奶，還有蓋子打開的覆盆子果醬和蜂蜜——兩罐都插著一把抹刀。

「你是怎麼進來的？」

「我對鎖很有一套，」他說，「這是家族絕學。」

「應該是很愛偷東西的那個家族。」萊斯莉說。

「他還有另一個家族？」我問。

「嘿，別把我家人扯進來。」查克說，從包裝袋裡撈出最後兩包維多麥，然後伸手去拿牛奶。

「你來這裡有什麼理由嗎？還是你只是沒東西吃而已？」我問。

萊斯莉把水壺放到爐子上燒水，在查克把牛奶喝光之前一把搶走瓶子。

「西區那邊有間萊斯莉想去看看的酒吧，」查克說，「今天下午我可以把自己和她一起弄進去。」

我看著萊斯莉，她聳聳肩。

「我們都還沒機會可以拋出給無臉男的誘餌。」她說。

「這間酒吧有什麼特別之處嗎？」我問。

「裡頭滿滿都是妖精。」查克說。

「我必須跟妳一起去。」我說。

「你還是不要去比較好，」查克說，一邊把蜂蜜淋在穀片上，「你和泰晤士河的女孩們有點走太近了，如果你懂我的意思的話。這會讓紳士們有些緊張。」

「而且，如果我們兩個一起去，我們看起來就像是警察。如果我和查克一起進去，看起來會比較自然一點。」萊斯莉說。

「就只是另一個臣服我傳奇魅力的受害者而已。」查克說。

「如果我們的暗夜女巫剛好在裡面喝一杯黑萊姆酒呢？」我問。「那妳打算怎麼辦？」

「相信我，老兄，不是那種地方，好嗎？」

「不是嗎？」

「他們不會讓你們老大進門的，就算他很受人尊敬也一樣。」查克說，「那裡嚴格規定只能讓妖精攜帶一個伴參加，巫師禁入。」

「萊斯莉除外嗎？」

「就當萊斯莉是個考驗規則的例外好了，她不是嗎？」查克說，這讓我無法反駁。

「妳會對納丁格爾說清楚嗎？」我問她。

「廢話。」萊斯莉說，遞給我一杯即溶麥片。

「這樣的話，我要去赴菲利普斯先生的邀約，我敢賭他一定有持續留意進出這裡的人。」我說，「妳外出時可以再買一些維多麥回來，」我查看了廚房，「還有麵包和乳酪——你連狗食也吃了？」

「當然沒有，」查克說，「我餵了狗。」

我檢查托比的碗，看到牠已經埋頭在吃一小堆狗飼料了。

「雖然我有順手拿了一點牠的餅乾來吃。」查克說。

13 不明贓物

在柏林，過去威瑪共和政府的確決議建造一座大型勞工階級公共住宅。他們把這份工作交給了布魯諾·陶特和其他人，陶特把自己的住宅建造成巨大的馬蹄鐵形狀。萊斯莉和查克一離開，我就用不穩的無線網路上Google Earth搜尋。正如我所記得的，陶特的**馬蹄鐵屋**圍繞著中央有座池塘的公園而建。史騰堡十分欣賞陶特，喜愛到把他的作品掛上書房牆壁。依照我對建築師的了解，他們是不會把競爭對手的作品貼在自己牆上的，除非是真的很喜歡這些作品。或者在建築師身分之外，他們還有其他專業上的連結——他們可能曾經共事過嗎？同為德國版浮麗樓、也就是**威瑪高等洞見學院**的成員？史騰堡有可能是陶特的學徒嗎？當納粹掌權之時，陶特已經逃往伊斯坦堡，史騰堡則逃到倫敦。納丁格爾曾告訴我，德國的流亡巫師要不是滿腔熱情地加入戰鬥，就是被運到加拿大去了。陶特是否為了逃避戰爭而隱藏了自己的能力？有鑑於後來的傷亡率，我實在無法責怪他。

會不會空中花園是仿照馬蹄鐵屋而建，只是它的中心是一座高塔而不是池塘？除了毫無效率地容納大量倫敦居民之外，這座建築還有其他目的嗎？

如果沒有，我真的不認為無臉男會對這裡感興趣。

無線網路的連接斷掉了，我盡可能搜尋，但沒有人願意提供免費的無線網路給象堡的好人使用。這附近有很多網咖，可是今天晚上我不想過沒有電視的生活。或者至少那是我正打算去做的事。

貝茲・譚克里吉住在比我們高四層樓的一間四房公寓裡。當我按響門鈴時，開門的是沙夏，他盯著我整整十五秒，才問我想做什麼。

「你母親在嗎？」我問。

在他轉身背對我走過去之前，似乎花了一段很長的時間來分析這個簡單的問題。

「媽！」他走開時大喊，「有人找妳。」

他踩上屋內的樓梯時，他的母親從廚房門探出頭，給了我一個大大的笑容。

「彼得，請進。」她說，匆匆忙忙把我請進了客廳，然後又回到廚房，弄了點茶和餅乾。我坐在那種我母親會喜歡的大型真皮沙發上，查看了一下房間，我估計餐具櫃應該是真正的古董橡木，但貼著飾板的碗櫥卻是新的波蘭進口家具——雖然是從同一棵樹切割下來的真正木材所做成的高檔貨。最上面一排盤子是皇家婚禮紀念盤，從安妮長公主開始，到威廉王子和凱特王妃結束。以下的架子則全是登基紀念盤，從一九七七年的銀禧紀念開始。隨著盤子越來越多，老伊莉莎白二世看起來益發消化不良。

安裝在沙發對面的牆上是一臺七十五吋三星液晶螢幕，恰恰證明我來對地方了。

那裡至少有五、六張凱文的照片，數量是沙夏的兩倍——雖然大多數來自他比較年輕的時期，看起來也不那麼憂鬱。還有更久之前的照片，是一名長相體面的白人男子，臉型方正、棕褐色頭髮，包括兩張他穿著寬襟無尾禮服、頭戴高禮帽和美得令人驚艷的貝茲的結婚照。我猜想是譚克里吉先生。

貝茲回到客廳，發現我在看照片，但沒告訴我關於她先生的事，而是把茶盤放在咖啡桌上，問我是否需要加糖。她從蓋著明顯是手織的保溫罩底下，把大肚茶壺的水倒進兩個不成對卻很乾淨的馬克杯裡。她從一個邊緣裝飾著綠色復活節蛋的紅碗裡拿了兩顆糖丟入杯中，把杯子遞給我。

「我才剛搬來這裡——」我開口說。

「噢，你之前住哪裡？」

「肯提斯鎮。」

「那是在康登，對吧？」貝茲問。

我說是的，貝茲似乎很滿意這個答案。她把馬克杯湊近脣邊，大聲啜了一口，還打量了我一眼。

「所以我們能幫你什麼忙呢？」她問。

「這區我不熟，只想知道你能不能推薦一些可靠的二手商店。」我說。

「你想找什麼？」貝茲問。

「目前只想找一臺電視。」

貝茲對我露出愉悅的微笑。

「這個嘛，你剛好來對地方了。」

「你們瘋了才會現在搬進來。」凱文在搭電梯往下時說。

「是嗎？」

「噢，對啊。」他說，因為議會想讓每個人都搬出去，距離他們開始斷水斷電、或是「忘記」派人來收垃圾，只是時間上的問題而已。我問他，那為什麼他還待在這裡。

「我不能丟下沙夏和母親吧，我可以嗎？」他說，「天知道他們會怎麼樣。」

我想更有可能的是，他親愛的老媽會對別人怎麼樣，而不是反過來。不過我閉上嘴巴沒說，太過直接的話通常是冒犯人的話。

「那你弟弟呢？他想搬出去嗎？」

「他住在房間自己的小世界裡，不是嗎？他幾乎沒出過房門。」凱文說，「不過他不會繼續待在這裡太久。」

我斷定沙夏大約十四歲，頂多十五歲——於是我問沙夏打算去哪裡。

「牛津大學，」凱文說，語調明顯很自豪，「或是劍橋，像這一類的地方。」

「哇塞，」我說，「電腦工程相關嗎？」

凱文發出了一點笑聲。

「電腦工程？」他說，「我希望如此。那會很實用，可惜不是。我買了臺最新型的電腦給他，但他只是拿它來寫家庭作業。沙夏他讀的是純數學，今年要考 A level。」

天啊，他真的很自豪——我沒有責怪之意。換作是我的話，我也會這樣。

我們從車庫那一層出來，凱文帶我走到他分配到兩間車庫的其中一間，他都拿來存放車子以外的其他東西。

「等他們把我們趕出去之後，我就要在桑頓希斯蓋一棟不錯的半獨立房屋，」他說，「遠離這個屎坑。」他打開車庫上的掛鎖，拉開門，裡頭是成堆的箱子。「有看到什麼你喜歡的嗎？」

大部分的箱子都是小型家電，但我還是發現一臺造型簡潔、內建數位接收器的平面電視。凱文讓我現在先付一半款項，這週末再付另一半——大約比零售價便宜了百分之五十，不含稅。我沒有問他這些東西是從哪來的，因為他只會告訴我這是個謎。

當凱文再次把車庫鎖起來時，我注意到有在過去幾個月重新鋪過柏油的痕跡。那看起來像是從大樓底部沿著車庫挖了一道狹長的壕溝，然後再重新填起來。事實上還不只一條。雖然我還不能斷言，不過我很確定這和之前在室內看到的新做水泥痕跡吻合。

「那是做什麼的？」我問凱文。

「不知道，」凱文說，「我覺得應該跟電力有關。」

我家沒有喝下午茶的習慣。放學後，我通常依照母親的安排而不是我自己的意願吃東西，雖然我父親——假如他是清醒的話——會變出起司吐司讓我裹腹。在浮麗樓，所有名叫湯瑪斯·納丁格爾的成員都享有下午茶隨叫隨到的服務——這代表我和萊斯莉得自己準備。所以我不是很確定下午茶時間到底是何時。於是我在下午五點零七分敲了傑克・菲利普斯的大門。

「請進、請進。」傑克打開門時說，「萊斯莉沒和你一起來嗎？」

「她去找工作了。」我說。

「看到像你們這樣的年輕人被丟到垃圾堆上，」傑克說，「真的讓我很難受。」

傑克住在一間兩房公寓裡，跟我和萊斯莉那一間的格局相同，可是我一進門就明顯看出他已經住在這裡幾十年了，而南華克議會要處理他的唯一方法，就是把他扛出去。

狹窄的走廊掛著裱框的照片，另一端是一大幅電影《亂世佳人》的假海報，改由雷根總統和柴契爾夫人主演，雷根將柴契爾公主抱，一朵蕈狀雲在兩人身後爆炸。**她答應追隨他到天涯海角，他允諾立刻安排。**

「我們可以來點茶，還是你想喝啤酒？」傑克問。

我選啤酒，他給了我楊斯經典倫敦啤酒。我們在廚房裡乾杯，走到客廳裡喝。跟我見過的其他人不一樣，傑克在他的公寓裡鋪著厚重的粗毛地毯。我受過我母親訓練的專業眼力看得出地毯已經磨損了，卻乾淨得一塵不染——這個男人一定時常清洗地毯。真是稀有動物。其中兩面牆壁從地板到天花板都有著鋼鐵邊角的松木書架，雖然書架已經塞滿書籍，還有更多書堆疊在旁邊的古董折疊桌和一張綠色皮革扶手椅旁的邊桌上，那張椅子樣貌莊嚴，就算是擺在浮麗樓也不突兀。還有一面牆掛著一大幅畢卡索的《格爾尼卡》複製畫——你可能納悶我是怎麼知道的，是因為九年級時學校曾要求我們做過關於西班牙內戰的主題報告。

「今天天氣大好，」他說，「我們何不去花園晃晃？」

於是我們推開玻璃拉門、拿著啤酒到他的花園裡。我注意到的第一件事，是角落竟然長著一棵棕櫚樹，真是太瞎了。樹幹至少有三公尺高，沿著陽臺邊緣彎曲，透過枝葉能看見象堡和對面史垂塔大樓騙人的發電風車，牆壁最上方的溝槽種植著粉紅和鮮黃的花朵，還有一片忍冬花如花幕瀑布般垂落，碰到覆蓋著陽臺地板的草坪——怎麼可能會有草坪？

我蹲下身把手指伸進草叢間，摸到底下的泥土。

「歡迎光臨，這才是真正的空中花園，」傑克說，「老艾瑞克·史騰堡的真實設計。」

兩張紅、藍、白條紋的休閒椅靠著玻璃拉門擺放，我們拉開椅子，跨了幾次之後，終於成功坐下。

「每座陽臺原本都有一英呎深的空間，專門用來鋪表土。」傑克說，「陽臺防漏水，而且設計成可以慢慢排水——你看，」他指著我們上一層樓的陽臺底部，「看到排水管道了吧。」他指的是水泥中的三條突起物，從主要廢水排出管呈扇狀往外散出，沿著大樓往下，很接近兩公尺寬的梁柱。

「我相信能種出草坪，」我說，「但樹木也可以嗎？」我舉起啤酒瓶指著三公尺高的棕櫚樹，以及另一邊角落看起來像裝飾用果樹的植物。

「陽臺邊邊有兩英呎深，所以可以種樹。」傑克解釋，「史騰堡知道花園裡的其他植物需要樹木擋風。」

「但我們家的陽臺都鋪滿水泥。」我說。

「噢，對啊，他們發神經，」他說。「『他們』指的是大倫敦市議會，從前治理倫敦的單位，一九八〇年代被廢掉了。「一些早期住戶會抱怨，議會就直接鋪上水泥。」

「但沒動到你的陽臺？」

「有，」他說，「是我自己一點一滴把水泥挖掉的，整整花了我快六年，然後還得確定排水系統有用，更別提還要把土搬進來了。」

「天哪，」我說，「難怪你不想讓他們拆除這裡。」

「對，而且很浪費，」他說，「看到那幾棟樓了嗎？議會說他們會提供住房協會的服務給承租人。放他媽的狗屁。他們只有六個月時間能找別的社會住宅居住，不然就會喪失資格──所以他們只能將就。」

「可是那幾棟樓很破爛耶。」我說。

「和倫敦其他也是政府興建的住宅一樣好了，」他說，「又不是說他們打算拆掉，換蓋鄉間小別墅，對吧？人們都有美化過去的毛病。」

「我在這兒住超過四十年了，但還一五一十記得從前是什麼樣子。」傑克說，然後開始鉅細靡遺地敘述，包括戶外馬桶、溼氣、很擁擠、被炸毀的廢墟，以及住在轉租的排屋裡和一大群人共用浴室有多糟糕。

在廚房裡洗澡？我可以想見我母親這麼說，**真奢侈！以前在獅子山我們都夢想可以**

在廚房裡洗澡。不過她在我想像中她並不是用約克郡腔說話。

對傑克來說，問題出在住戶，而非設計。

「從前人們因為擁有公寓而自豪，」他說，「很感激現代生活提供的便利性。」他指的是勞工階級胼手胝足一整天後還自己刷樓梯，他們了解教育有多重要。

「那時候，你走進圖書館會看見一堆剛值完早班的工人，」他說，「裡頭鴉雀無聲。」他們孜孜矻矻增進知識，離開圖書館時偶爾還會買一份《工人日報》。

「我以前也會在圖書館外頭賣報，」傑克說，「那些工人安於分配給他們的社會住宅，那時候被視為一種特權，」他把啤酒喝完，「不是說人們無權住在像樣的房子裡，你懂吧？但那時候的工人很滿足他們所擁有的。」

他們擁有的是空中樓閣以及室內供水系統。居住於車水馬龍的噪音與烏煙瘴氣之上，在建築師身為藝術家的想像裡，推著娃娃車的年輕白人媽媽在乾淨到不可思議的水泥走道上向朋友們揮手，她頭頂上的天空碧藍如洗。

「要是我們的政治體制夠完善，」傑克說，「要是能落實地方民主，社區就不會被弄得七零八落，不用隔靴搔癢，每件事都得透過承包商和**仲介**。」他啐出最後兩個字，「以前有人可以信賴，現在只有一堆中心，告訴你人力市場上好像沒有你能做的工作，再也沒人願意承擔責任。」

「像郡園那樣的承包商嗎？」我說。通常我會避免問得這麼直接，以免啟人疑竇，但我不覺得傑克會。他是那種無視對方，逕自對著不存在的第三者說話的人——那個不存在的第三者很可能對政治比較投入，也對他的話題比較感興趣。

「資產階級的奴才，」他說。「雖然得讚美這些奴才一下，他們提供各式各樣五花八門的產品和服務，用意是要讓勞工階級乖乖聽話。」

因為他們不只把公寓牢牢鎖好不讓人非法占居，同時也是負責催繳積欠房租與稅金的討債機構。「雖然你得在公司註冊處待一段時間後才能看得出端倪，」他說，「一堆關係錯綜複雜的空殼公司，得花上好幾百年才能搞清楚。」

「很可疑。」我說。

「其實不足為奇，」傑克說，「都是逃漏稅歡樂派對的一員。」

郡園和擔任幕後黑手的公司鐵了心要推動開發計畫。「離市中心這麼近的地方，企業用地都非常昂貴，他們並無利可圖。」於是他們把腦筋動到亟需現金的地方議會，想從他們那邊拐到便宜的土地。

「有贓物可以撿便宜的時候，誰還會想買原價品呢？」傑克說，「議會的土地基本上非常便宜，因為他們想增加房屋數目，但苦於沒有資金，這些**開發商**只要答應之後會提供所謂負擔得起的房子，錢就成功入袋了。」

「他們知道空中花園還在古蹟名單上時，一定氣炸了。」我說。

「其實是因為樹的關係。」傑克說。守衛中產階級利益的英國遺產委員會認為，珍稀樹木比平民老百姓重要多了。

「不過就是棕櫚樹而已。」我說。

顯然不是，我們又多喝了一瓶酒，邊談論當地樹木的多樣性，然後我才找到藉口閃人。真想知道樹木多樣性是否和那名樹之女神的存在互為因果。

我回到房間後，打給布倫萊凶案小組，請他們查查最近從身體內部烤熟的喬治・川查和郡園是否有任何關聯。機率很低，但調查重要案件的準則就是要把每種可能性全都考慮進去。一開始你可能不覺得這件事會有結果，但在之後的調查過程中，也許會有某個探員碰巧查到什麼有趣的關聯。

我遠端連線上科技基地檢查是否有給我的訊息，發現有三則。兩則來自我母親，與我父親的牙齒有關；一則來自波斯特馬丁教授，他徹底瀏覽過古蹟信託提供的史騰堡書單，覺得其中一本有點意思。

「叫做Wege der industriellen Nutzung von Magie，」我回電給波斯特馬丁時他答道，「我已經請人把書送到浮麗樓了。」

「書名怎麼翻譯？」

「《魔法的工業用途》。」波斯特馬丁說。

「你讀過了嗎？」

「以前從沒聽過這本書，」波斯特馬丁說，「但我們真的是挖到寶了，據說這裡剛好有一本。」他說的這裡指的是博德利圖書館一疊鮮為人知的館藏，「我這兩天應該會開始讀，然後就能告訴你大綱。雖然我覺得能從書名大致推斷出內容與魔法的工業用途有關。」

「真是精闢的推論啊！」我說。

「不過是我瘋狂的學術研究能力的一部分罷了。」波斯特馬丁說。

「可不是嘛。」我說。

入夜後萊斯莉還沒回來，我決定利用時間練習魔法。考量到在公寓裡施法會對周遭電器造成破壞，可能會危及大眾福祉，因此下樓到我現在心目中的「天空的花園」，這樣就可以練習魔法、遛狗，外加觀察樹之女神，一石三鳥。

聽過傑克・菲利普斯對花園裡植物多樣性的長篇大論後，我很確定自己認出了樹形較矮的茂密花楸樹，其中幾株較幼小的看起來像是從種子發芽而成，還有幾株枝幹泛紫與花苞長毛的小酸蘋果也很好認出。我還開心地發現之前猜是銀樺的植物真的是銀樺沒錯，納丁格爾一定會以我為榮。

我選擇在拆解得支離破碎的兒童遊樂區練習，確認自己背對著櫻花樹而站，才能邊留意高塔是否有所動靜，還可以避免不小心打碎盛開中的花朵。

我剛開始當學徒時，練習是件艱困的事，雖然我的能力與技巧已有所長進，一次又一次複習**形式**並將之臻至完美絕非輕鬆差事。

而且施展魔法的時候還無法擺出酷炫的武功招式，雖然我跟瓦立醫生猜想**形式**代表我們傳遞電化學訊號的神經系統與魔法……呃……力場、子空間流形？或是香蕉口味奶昔？兩者互動後產生物質世界裡可以觀見的效果，如果我們的猜測沒錯，那麼也一定能透過手勢、姿勢與動作來達成相同效果。施放魔法時搭配動作再自然不過了，就連納丁格爾都有慣用的小伎倆——使用**驅動**時會輕彈一下手、召喚**氣咒**時警告似地搖動手指，還有使用我第一個學會的咒語**現光**時張開手的動作。

令我沮喪的是，擁有三千年悠久歷史的中國，住在山中寺院裡的僧侶竟然沒有半個發明魔法武功之類的，也就是對應**形式**的肢體動作，或至少能夠解釋為何那些傳奇劍客喜歡睡在竹子頂端的謎樣偏好。

托比仰躺在草叢中，我則一一練習**現光**、**氣咒**和**水咒**，開始練習第二級咒語**驅動**、**移動咒**、**手力**以及我個人最愛的**擲離**時，托比被吵醒了，跳起來開始在遊樂場裡到處追逐我變出的小水球，似乎特別享受水球在牠牙齒下爆開的感覺。

如我所料，小天出現了，開始追著托比和水球奔跑。我變出幾個低階的擬光跟在他們後面——除了好玩也是個練習的好機會。我停下來喘口氣時，她衝過來抓住我的手。

「跟我走。」她說。

「去哪？」我問。

她雙手抵著後腰，嘟嘴說：「跟我走就是，好嗎？」

「好吧。」我說。她蹦蹦跳跳，我跟在後面，抵達遊樂場邊緣時，她猛地轉身，沿著場地邊緣走。我們繞了一圈回到原點，她轉頭生氣地看著我。

「你要跳舞才行呀！」她說。

現代生活很令人難過的一點是，你遲早會因為某些蠢事登上 YouTube。我父親說，出名的訣竅就是盡你所能地耍白痴。

夕陽往大樓之間黑暗的空隙沉沒，昏黃暮色籠罩整座花園。小天沿著遊樂場邊緣跳舞，我跟托比尾隨在後。我試著模仿她轉身和伸展的動作時，托比在我腳邊吠叫，忽然之間，我感覺到了——那種存有狀態的改變，我現在已經熟悉的感覺，就像萬物初創之時靜默之中的一個休止符。

然後她跳起來，往旁邊旋轉，像風中的樹葉一樣在空中打轉，也像吊鋼絲的章子怡，在幾公尺外降落觸地、旋轉著、繼續跳舞。我跟上她，亦步亦趨，她的每個動作我都有樣學樣，她再度跳躍時我也跟著跳起。

有那麼一秒鐘的時間，我感覺到自己乘著風，感到一陣脫離地球束縛的狂喜。這是自由的滋味。

然後我的嘴巴重重撞擊地面。

我面朝下躺在那裡好一會兒，嚐到混合著泥土和青草的血味。兩公尺遠的地方，小天縮成一坨，歇斯底里大笑，腳跟用力跺著草地，只有在需要吸氣和指著我時笑聲才停下來。

我吐出嘴裡的草，坐起身。我咬到嘴唇了，傷勢不嚴重但還是流了點血。

「有這麼好笑嗎？」我說，但顯然小天覺得超好笑。托比如同優勝者繞場般沿著遊樂場邊緣走，偶爾發出吠叫聲。

四周建物的陰影已經籠罩住整座花園，除了我們坐的地方有一線陽光。我往上看見骯髒的棕色水泥已經被夕陽染成紅棕色，窗戶則反射著金燦燦的橘光。現在我知道該注意哪個地方，很快便找到傑克·菲利普斯那滿是棕櫚樹、忍冬花瀑和常春藤的陽臺。

我往高塔更上方看去，不過從這個角度無法清楚瞧見屋頂。

我呼喚小天，她終於不笑了，腹部朝地扭來扭去滾到我身邊。我注意到她裙子上都是草漬，但是毫不突兀地融入原本的布料。

「小天？」我問。

「你想幹嘛？」

「高塔頂端有音樂嗎？」

小天拱起背往上看，因為專注而整張臉皺在一起。

「有。」她說，臉放鬆下來。

我讓呼吸平穩些，等托比閉嘴不叫，然後凝神傾聽。聽見沃華茲路的車水馬龍，但在都市尋常的節奏與聲響後頭，我似乎隱約聽見了高塔中段處傳來交談聲，但不是音樂——至少我沒聽到。

「是從高塔最上面傳來的嗎？還是再往下一層？」我問。

小天思考了一下。

「最上面，」她大叫，指向天空，「上面、上面、上面！」

「妳想跟我一道去瞧個究竟嗎？」我邊站起來邊問。

小天打了個寒顫。「不要，很冷——該睡覺了。」她說。我看見我們身後的陽光已完全消逝，陰影爬竄到高樓底部。小天也站起身，對我揮揮手。

「掰掰。」她說，走進夜色裡離開。

我帶托比回到公寓，牠快樂地將鼻子埋進一碗餅乾中猛吃，而我納悶著——高樓最頂端會發生什麼事呢？

萬用鑰匙還在我的口袋。我多添一件毛衣，搭電梯到最頂樓，然後拿鑰匙打開門，踏上通往屋頂的階梯。往上爬時，我寄了封簡訊給萊斯莉和納丁格爾，告知他們我的目的地。要是你的同事不知道你要去哪，那麼出事時可救不了你。

天啊，步上屋頂時我心想，這幾天我真是飽覽都市景觀。夕陽正沉入西倫敦的縐褶裡，要不是天色已暗，而且又沒帶手電筒，我可能會繼續找出這片景致裡的地標。我赫然發現的第一件事是中央那奇怪的六角形結構體，看起來像是被截去一半的眺望臺，再加上一根三公尺、四公尺高的寬混凝土圓柱。

那不是水塔也不是抽水站，空中花園有四個傳統水箱各自鑲在四棟大樓頂端的十字槽上。也不可能是電梯的機械設備，那六角形結構體處於空心的中央天井正上方。我只想得到它可能是這棟建築的調諧質量阻尼器。

除了社會住宅本身的限制之外，高聳的建築物還有另一個問題——會被風吹得搖搖晃晃。要是搖擺的幅度增大，可能會超過其結構所能承受的限度，若不幸倒塌，政府興建的住宅裡很多人都會變成水泥三明治裡黏糊糊的夾心，就連最服膺理想主義的建築師都會盡力降低可能的傷亡人數，基本的應變方式就是加裝阻尼器。

阻尼器是用來平衡的重錘，要是建築物向右晃，它就會向左擺，反之亦然，以此減輕震盪的幅度，好避免住戶心生「呃怎麼看不到地平線了呢」這種尷尬問題。

我說阻尼器很重，可沒在開玩笑。以空中花園這種高度的建築來說，阻尼器必須重達一、兩噸。

在謎樣混凝土圓柱波浪狀的表面上嵌著一扇門，門的金屬表面很老舊，邊角腐蝕生鏽——一定不是郡園後來加裝的。神奇的是，有技巧地左右輕搖了一下萬用鑰匙後，門就打開了，表示這扇門屬於原來建築物的一部分。

裡頭黑漆漆的，雖然我稱不上是魔法大師，至少是這門祕密藝術的學徒，所以我對黑暗嗤之以鼻。

召喚擬光是我第一個學會的咒語，截至目前已經練習了超過一年，所以現在我很有自信。我可以在傾盆大雨中召喚出擬光，或者邊看報紙邊召喚，而且每次光球的體積與亮度都整齊劃一。

所以，當我打開手掌，召喚出一團足足有足球那麼大、而且顏色鮮豔如黃色派對氣球的擬光時，你應該可以想像我有多驚訝。我消去魔法，重新召喚一次，這次還加了**驅動**，如此才能四處移動擬光。納丁格爾說，咒語的複雜度越高就越穩定，所以我希望加上第二個形式後能讓擬光鎮靜一點。

還是亮到不行，說不定會出現眩光。當擬光緩緩上升時，我忽然頓悟為什麼史騰堡牆上會掛布魯諾．陶特的素描了。混凝土圓柱裡頭是陶特的玻璃展覽館的縮小版，很像是交錯的玻璃板造成的巨大橡實，在燦爛擬光的照耀下，玻璃板反射出綠色、紫色、靛色的光芒，我試著想像要是外面沒有混凝土圓柱罩住會發生什麼事。從大樓底下是看不到沒錯，但如果從遠處觀望、或者從內部將之點亮……

甚至還有個中央基座。如果這裡是燈塔，燈就會擺在那上面。基座有一公尺寬，高度及腰，覆蓋著厚厚一層灰。我伸出手抹擦，結果被靜電電到，嚇了我一跳。我可以發誓，基座的表面是塑膠。我用外套的袖子把基座上方擦乾淨，的確是光滑的黑色塑膠，上頭蝕刻著交疊的圓圈和交叉的線條，我從沒看過這種東西。

我發現這**真的**是燈塔，確切來說應該是Stadtkrone，城市冠冕。所謂城市的「精神」長久以來頂多只是一種隱喻的概念，說難聽點則是一些形而上的屁話。

這就是艾瑞克．史騰堡從海格區丘陵自家屋頂的花園用望遠鏡眺望的東西嗎？他的目光橫跨過整座城市，等著要看——到底是什麼呢？是魔法燈塔嗎？還是大都會的神祕能量？

我往上瞥了異常明亮的擬光一眼，它在我頭上一公尺處輕輕地上下浮動著。

魔法、**感應殘跡**……供給我們所作所為的能量。

還是他是在尋找一陣爆發的魔力，就好像精煉廠燃燒塔頂端的火炬？

所以，空中花園是什麼？魔法精煉廠？鑽探機？還是一座魔礦？而魔法又是從哪裡汲取而來？地底？居民？還是天空的花園？

發現這件事之後，我辨認出空氣中那油膩而靜電充沛的力量。如果托比在這兒，牠一定狂叫到吠叫指數爆表。

Wege der industriellen Nutzung von Magie，我心想，**魔法的工業用途**——原來如此！

現在，我知道無臉男感興趣的是什麼了。

14 有東西不見了

事情有進展了。等你方便時請盡快與我見面。納丁格爾。

「他還沒掌握傳簡訊的訣竅嗎？」萊斯莉說。

隔天我醒來時，她在廚房裡泡咖啡，我問她昨晚都去做了哪些事。

「結果我們去了牧羊人市集，」她說，「一間藏在小巷子裡的酒吧。」

「妳想知道為什麼它會藏在小巷子裡嗎？」

萊斯莉給了我一杯咖啡。「如果我說不想知道，你就真的不會告訴我嗎？」

「當然，但妳一定會覺得心癢難搔，直到再也忍不住。」我說。

「那是**你**才會這樣，」她說，「我比較專注在生活的實際面。」

「像精靈嗎？」

「你到底想不想知道發生了什麼事？」

我嚐嚐咖啡，好難喝。萊斯莉泡的即溶咖啡一直很難喝。

「咖啡謝啦。」我說。

她在沙發床另一邊坐下。

「那只是間普通的酒吧，」她說，「看起來有點傳統，酒保是澳洲人，沒電視也不播音樂，但是有舞臺區。他們可能喜歡現場演奏，不過你感覺得出來，像在春季召見一樣——有點蹊蹺。」

她說那兒有個男人俊美到可以將只有女人的純姐妹趴瞬間劃下句點，還有個女人只用一條條毛皮裹身。

「你不了解可以在人們面前摘下面具是什麼感覺，」她說，「而且他們不會介意。」她一定從我的表情看出了些什麼，因為她猶豫地補上一句，「我是指你和納丁格爾之外的人。這些人不介意，事實上他們根本沒注意到——你知道嗎？包括貝弗莉。所以不管她看中你哪一點，絕對不會是你的長相。你幸運逃過一劫——對吧？」

「真幽默。」我說。

「查克把我介紹給一些看起來不太可靠的男人，等回到浮麗樓我會把他們的名字寫下來。」她朝大略是倫敦市中心的方向揮揮手。「我跟他們說了些故事，他們說會幫我們留意我們需要的東西。」

「他們問過妳要這些東西做什麼嗎？」我說。

「一開始的人沒有，但有個女人湊上來說她忍不住想偷聽之類的。『你們到底要那些**東西**幹嘛呀？』她是這麼說的，『你們一**定**得告訴我到底在計畫些什麼？』」

萊斯莉拒絕告訴她細節，卻釋出夠多暗示，足以讓那女人猜出我們正在打造自己的權杖。

「妳有查到她什麼事嗎？」

「都寫在我的筆記本裡，」萊斯莉說。「她說她是藝術家，做蠟染的，會在康登水閘市場兜售。」

我們尋找的那位暗夜女巫，就是在那兒消失無蹤的。是巧合嗎？

「我們都爛醉如泥後，我跟查克和……」她皺皺眉，「一些朋友，在橫貫鐵路一處工地上的組合屋裡不省人事。」

「妳是怎麼找到那裡的？」

「噢查克現在跟橫貫鐵路可熟了，」她說。「他變成橫貫鐵路工程和無聲之人之間半官方的協調者。」原來，要是少了無聲之人對挖地道的精湛知識，橫貫鐵路工程的進度一定會延宕。「他一定好好賺了一筆。」

「但還是買不起自己的房子。」

「我不覺得他可以，彼得，」萊斯莉說。「我覺得他還是缺少了某些東西，意思是他定不下來。你如果給他一棟豪宅，附帶僕人和游泳池，他還是無法待在那裡超過兩天。」她不耐地揉揉雙眼之間的皮膚，「要不然他就不是查克了。你知道嗎，我覺得他們都是一個樣，阿達阿達的。」

這時候我們收到了納丁格爾的簡訊。

他和我們約在一間位於象堡國家鐵路車站內的哥倫比亞咖啡廳見面，橘色的牆壁上掛滿柳條籃子，架子上堆滿貼紅標的神祕瓶子，整整一半的食物櫃都是獻給犯鄉愁的異鄉遊子——吉普賽烤麵包片和威化餅乾。有雙語菜單，我點了 arepa con carne adada，菜單上翻譯成粟米麵包夾烤牛肉；萊斯莉點火腿蛋捲，她認為要搞砸火腿蛋捲簡直是不可能的任務。

納丁格爾說咖啡很好喝，所以我叫了雙份速沖咖啡，再來杯較濃的卡布奇諾。

我跟萊斯莉在納丁格爾那桌坐下，他放下免費的《快報》。

「羅伯．威爾的案子，瓦立醫生有了新突破，但著實令人不安。」他說，「他在被威爾棄屍的女人身上找到了嵌合體細胞。」

「媽的，」萊斯莉說，「所以無臉男也跟威爾的案件有關。」

「是哪兩種動物混成的嵌合體？」我問。因為我曾經跟無臉男創造出的其中一隻嵌合體肉搏過，我真的很想知道這次會是什麼。

「阿布德知道你一定會問，但細胞樣本數不夠他判斷。」納丁格爾說。雖然死者臉部直接遭受槍擊，瓦立醫生還是成功取得中彈瞬間被推進眼窩處的表皮細胞，他花了很長一段時間才跑出ＤＮＡ序列。

「老無臉男應該不會犯這種錯吧，」萊斯莉說，「他一直很謹慎，會湮滅所有跡證。」

「他不過是個罪犯而已，萊斯莉，」納丁格爾說。「他受過的訓練讓他極具威脅性沒錯，但並非無懈可擊。他也不是福爾摩斯的死對頭莫里亞提教授，不可能料想到每一件事。他在蘇活區遇上彼得時犯下錯誤，讓自己差點被逮到。」

咖啡來了。速沖咖啡美味極了，簡直是座香噴噴的通電圍牆。

「羅伯・威爾顯然是重要關係人。」納丁格爾說。

「不該交由薩塞克斯犯罪小組偵辦嗎？」我說。

「他們可不會感激我們，」萊斯莉說。「他們已經找到屍體了，而且也有足夠證據讓羅伯・威爾吃牢飯，對他們來說這結果就夠了，不會想把事情搞大。」

「我今天早上會打給薩塞克斯那邊，還有布倫萊，」納丁格爾說，「因為你們兩位的時時提醒，讓我深信情資對現代警察來說就像貨幣一樣重要。」

「對啊，」我說，「不過我們沒想過你真的有在專心聽我們說話。」

我的粟米麵包和一大塊烤牛肉一起上桌。我覺得粟米麵包有點乾，但納丁格爾說粟米麵包本來就很乾。我在上面抹了一堆辣肉醬好讓麵包溼軟一點，從女服務生讚賞的表情看來，這似乎是很道地的吃法。

「你真的吃得出肉味嗎？」萊斯莉問，她正把蛋捲切成一個個小方塊，好穿過面罩上的洞塞進口中。

「肉和辣椒的味道都有。」我說。

「有件事我想不透，」納丁格爾說，「為什麼史騰堡蓋了一座城市冠冕，卻又大費周章用水泥封起來呢？」

「我想出來了，」我說，下樓前我先檢查過那混凝土圓筒。「空中花園的建築材料不是水泥就是空心磚，」以水泥為例，凝固後表面的波浪狀與不規則的邊角有效強調了設計上樸實的基本原則，要是小孩在走廊上玩耍會遭狠狠擦傷。「但是那個水泥圓柱的表面是一條條垂直的波紋，中央還有塊矩型接縫。」

納丁格爾和萊斯莉茫然看著我。

「它足以承受風吹雨打，」我說，「但我想這個設計的用意是，要讓圓筒在內部壓力過載時像顆巧克力橘子一樣爆開。」

我跟萊斯莉得向納丁格爾解釋什麼是泰瑞牌巧克力橘子。

「有點像施法者打開手召喚出擬光一樣。」納丁格爾說。

「沒錯。」我說，和我想的一模一樣。

「然後呢？」萊斯莉問，「史騰堡期待接下來會發生什麼事？」

「受到理性之光的啟發後，」納丁格爾說，「南華克的男男女女將手牽手迎向明日烏托邦。」

「我覺得他待在家太久，腦袋燒壞了。」萊斯莉說。

納丁格爾啜飲咖啡，皺起眉頭。

「針對這項發現，」他說，「彼得先回浮麗樓看看那本德文書是否能幫助我們了解史騰堡的企圖。」

「我的德文程度幾乎是……」我原本想繼續說下去，但納丁格爾舉起手。

「你們兩個的發現讓我更加確定，無臉男的確對這個地點深感興趣，」他說，「如果他本人或者我們的俄羅斯朋友有機會在這裡出現，我可不能錯失良機。若是能除掉他們其中一人，威脅立刻銳減一半。」

「所以你要讓萊斯莉在外頭晃來晃當誘餌嘍？」

「我相信萊斯莉比你更懂得保護自己，」納丁格爾說。「不管如何，無臉男都掂過你的斤兩了，相較之下萊斯莉對他來說是個未知數，我賭他會小心為上。」

我不確定聽了納丁格爾的解釋該不該安心一點，但不管如何，起衝突時我可比不上曾經「哇！我不小心用火球炸掉你的虎式坦克了！」的湯瑪斯．納丁格爾，於是吃完早餐後，我跳上I68路公車回到羅素廣場。

我從前門進入浮麗樓。如我所料，中庭的小桌上有個快遞送來的包裹，在一疊垃圾信件上搖搖欲墜。我四處張望找茉莉，我們回到家時她通常會現身迎接，好確定我們明白她和我們生活在同一個屋簷下可是受苦受難。我覺得中庭異常安靜，很有趣，我一開始搬進這個地方時也是一片死寂。

我踏進廚房想掠奪食物，但茉莉也不在那兒。我自己做了起司醃黃瓜三明治，將包裹夾在腋下，穿過後門走向馬廄。我沿著螺旋梯爬到二樓，發現房間門已經打開了，所以我走進去發現茉莉正在我的科技基地裡，拿著雞毛撢子清灰塵清到一半時，並不是很驚訝。

她停下動作，轉頭看我。

「抱歉，」我說，「我不知道妳在這裡。」

她用責備的眼神看著我，雞毛撢子啪一聲消失在她右手袖子裡。我禮貌地往旁邊一站，讓她旋風似地經過我身邊。她離開房間後我把門帶上。

雖然電源總開關沒開，我摸摸電腦的主機，溫溫的。我打開電源，出現「您的電腦不正常關機」的藍色畫面。這還用說嗎，我想知道茱莉剛剛在做什麼，應該不是在玩接龍吧。等待電腦重新開機時，我打開包裹，撕開兩層防撞泡泡紙和一張紙巾，還有一張彬彬有禮的紙條知會我如有任何破損皆由我負責。

很輕易就能看出這本書為何會被忽略。它比市面上販售的平裝本書籍還小，紅色精裝書封很無趣，內文用紙很高級，經年累月只微微泛黃，墨水品質很好，閱讀起來很舒服，要是我懂德文，應該能看得很開心。

這本書對調查的珍貴貢獻是第一頁角落用鉛筆寫著艾瑞克．史騰堡的縮寫E. S.，他也標示出他感興趣的段落，幸好波斯特馬丁自己已有一本，因為他看待在書上做筆記的人的態度，好比我父親看待那些把指紋留在黑膠唱片上的人。看在波斯特馬丁的份上，我戴了塑膠手套——這麼說來，我父親應該也希望拿取黑膠唱片的人都要先戴手套。

其中一頁夾著一張當書籤用的小卡，從氣味判斷應該是菸盒的蓋子，有一段重重地用鉛筆畫了兩條線。

So sei nun meine These, daß sich Magie, die einen begrenzten Raum ausfüllt, wie eine übersättigte Lösung verhält und daß jeder Eingriff, ob natürlichen oder artifiziellen Ursprungs, zum spontanen Auskristallisieren des magischen Effekts führen kann.

我用Google翻譯的結果為：所以現在我的論述魔法充滿有限空間，像是過飽和溶液一樣，任何干擾，不管自然或人工，皆造成自發性Auskristalliseren的魔法效果。

我在字典裡和線上查找 Auskristallisieren 的意思，都沒有結果，但我敢賭這個意思一定是「結晶」。這個段落之後幾行，又出現了另一個劃線的段落：

Daher sollte es durchaus möglich sein, das magische Potential in industriellem Maßstabe auskristallisieren zu lassen und zur späteren Verwendung aufzubewahren.

翻譯是：因此，極可能工業化大量將魔法潛能結晶化，儲存供以後使用。

我將有劃線或者特別註記的段落記下來，將詳情寄給波斯特馬丁。

所以空中花園真的是座魔法鑽井，可是還有個問題未解：魔法的來源到底是什麼？

我繼續看書——不管如何，在達到工業規模之前總得先搞清楚是怎麼運作的吧？

我找到一段也許派得上用場的資料，關於各種**感應殘遺**——從空白處的筆記判斷，史騰堡也是這麼理解的。**感應殘遺**分成四種：Todesvestigium、Magievestigium、Naturvestigium 和 Vestigium menschlicher Aktivität，前三個字用不著 Google 翻譯我就看得懂，死亡、魔法和自然，第四個我查到的結果是**人為活動**。史騰堡在死亡旁邊用鉛筆寫著 nicht sinnvoll，「沒有用」，在自然旁邊寫著 unwahrscheinlich，「不太可能」，所以廢棄醫院或絞刑臺也許不行。史騰堡顯然和我一樣挫折，因為他在人為活動旁邊寫下 aber welche Art von Aktivität，「但到底是哪種活動？」在這行字下方的字跡看起來是用變鈍之後的鉛筆，或者是另一枝筆寫的——似乎隔了一段時間之後才寫上去的——內容是 Handwek nicht Fließband!，「無傳遞途徑！」。

那麼到底是什麼讓史騰堡尋找到象堡來？

除了倫敦市之外，南華克是倫敦最古老的部分，可以追溯到倫敦橋最南端的第一波特別安置時期。倫敦市總把不想要的東西往那裡塞，例如製革廠、漂洗廠、染坊以及其他牽涉到尿液的工業，以及很多倫敦需要卻不想要靠太近的東西，例如澡堂、妓院、劇院和其他喧嘩嘈雜的場所。兩條羅馬時期的道路直直切穿那些髒臭、醉醺醺又鬧烘烘的街道，連接大橋和坎特伯里以及南邊海岸。莎士比亞三不五時就被南華克惹惱，喬叟也是——或者至少他筆下的那些朝聖者是。

但是空中花園的所在地？一開始是沼澤，然後是農場和住宅區，並不是鐵匠鋪或者瘋人院，也不是瘟疫肆虐時的亂葬坑或者密特拉斯[1]神廟。

我有兩種推論，要不是史騰堡在當地發現了什麼——古老廟宇、巨石圈、大屠殺地點、或者鐵器時代的工廠——不然就是他打算從社會住宅居民的日常生活提煉出魔法，難怪他拿著望遠鏡在自家屋頂上守望，至死方休。

我認為我盡力了，留在這裡已經沒什麼用處，於是我把科技基地的所有裝置都關掉，把我們新獲得的德文收藏留在安全的非魔法圖書館，出門搭公車回到河的另一邊。

茉莉目送我離開，想必是急著要我走她才能繼續用電腦。我啟動的鍵盤監控系統之後會告訴我她到底在搞什麼鬼。

萊斯莉在客廳等我，她癱在沙發床上，一根手指伸進面罩的眼洞裡轉著，一邊收看ＣＢＢＣ電視臺播出的《淘氣阿丹大冒險》。托比坐在電視機前，好像自由泳賽評審一樣盯著阿丹的動作看。

「我要去見查克。」她沒頭沒腦地說。

「做什麼？」

「查克這個人不可能一開始就吐露資訊，」她說，「要是我整晚都待在這公寓裡，對工作一點貢獻也沒有。你跟德國人相處得還愉快嗎？」

我提出我的鑽井假說，她也覺得沒什麼說服力。「除非看電視也算人為活動。說到這個，我順道拜訪了我們的鄰居。」

「艾瑪．沃爾嗎？」我問——那個流亡公主？

「你知道有些人會努力裝笨嗎？」她問道，「要是你給他們一個明確又合常理的選項，他們會思考很久，然後選擇另一個笨蛋選項。」

「我想我們在實習時遇見過幾個。」我說。

「但有些人是天然呆——艾瑪．沃爾就是其中一個。」她說，開始在行李箱裡翻找衣物。

「所以她不是無臉男的間諜嘍？」

「除非他挑選間諜的標準很低。」

「該死，」我說，「這混帳真的很狡猾。」

萊斯莉舉起兩個面具放到她臉部兩側。「要戴哪一個？」她問，「噁心粉紅還是稅

---

1 古波斯神話中的光明之神。

務信封棕？」

「噁心粉紅，」我說。她走進臥室換衣服。「妳真的認為查克還有事情沒告訴妳？」

「對啊，一定有，」她從臥室裡大喊，「但我不確定有沒有用。」

十分鐘後她穿著窄版牛仔褲、奶油色上衣和皮外套出門。我很確定她那件外套改良過，好用來藏警棍和手銬。

「以備不時之需。」她給我看暗袋時氣勢洶洶地說。「而且讓外套的垂墜度比較好看。」

我傳簡訊給納丁格爾，告訴他計畫有變，然後我拿出普林尼的書來讀。一個人被困在房間裡時，還有什麼比讀一個萬事通羅馬人的著作更適合的呢？

我帶托比出去散步兼刺探時開始下起雨，我們在支離破碎的遊樂場邊晃來晃去，滴著水的枝葉間並沒有小天的蹤影。我們涉過架高人行道，我聽見類似箱型車引擎的轟鳴聲——聽起來至少有兩輛。抵達高塔時，我從女兒牆探出頭去，透過灰濛濛的雨幕，雖然視線被高樓邊邊擋住一半，還是看見兩輛配備二點二公升柴油引擎的福特全順Mark 7s型正在倒車進入其中一間車庫。一輛是郡園標準的白、黃、藍三色，另一輛則是普通深藍色，車身並沒有任何標記。我是可以使用魔法看仔細一點，最後還是拿出手機，將相機鏡頭拉近，這樣可以順道記錄下來。

雖然兩輛箱型車遮住了車庫，但很顯然他們正在裝卸貨物。我想起來凱文那批可疑貨物，納悶著這會是類似的東西嗎。不是每件事物都和邪惡的神祕有關——一些平凡無奇的犯罪事件也有可能同時上演。

托比打了個噴嚏。箱型車卸貨完開走了，我們回到公寓擦乾身體。托比開始吃晚餐，我繼續讀普林尼。

我在敲打著窗框的滂沱雨聲中醒來，萊斯莉不見蹤影。既然都醒了，我就爬下床，把早晨時光都花在巧遇下工後的哥德蠻族以及我懷疑是無臉男眼線的那名毛呢夾克男。搭訕哥德男孩很簡單，走進電梯跟他攀談就對了。一起搭電梯時，要讓這些白人男孩開口與你交談真是出乎意料地容易，等電梯抵達一樓時，我已經得知他的名字、門牌號碼和超越我想知道的人生故事。萊歐納．羅伯茲、住在我們樓下兩層、夢想成為詩人的現職保全人員，工作地點在漢尼拔屋——象堡購物中心頂端的辦公區。毛呢夾克男有個十歲的女兒，很快就把托比玩弄於股掌之間，或者說托比把她玩弄於股掌之間也行。女兒名叫安東尼雅．畢斯維克，爸爸名叫安東尼，最近剛失業，卻樂觀地認為不景氣遲早會結束。他說幫女兒取跟自己同名是他太太的主意，我才不信。不過算了，比安東尼雅糟糕的名字多的是，例如奈潔拉。

我通知局裡為兩人進行整合情報平臺查詢，但我的直覺是這兩人都不是無臉男的爪牙。中午時雨勢趨緩，我在購物中心吃飯，然後待在花園裡進行一些比較低調的練習。我想我聽到遠方傳來咯咯輕笑，但沒見到小天的影子。

我出門在外時萊斯莉回來了，帶來大概一公噸左右被忽略的公文，我們只好孜孜矻矻地一一處理，結束後才癱軟在沙發床上，吃微波加熱的千層麵配紅條啤酒。

「你為什麼沒跟貝弗莉搞啊？」她忽然問。

我被紅條啤酒嗆到。

「妳為什麼沒跟查克搞啊？」我咳完後終於回話。

「誰說我沒有？」

「妳真的有嗎？」

「可能吧，」她說，「一點點。」

「要怎麼跟他搞一點點？」

萊斯莉認真考慮這個可能性。

「好吧，可能比一點點還多。」她說。

「從什麼時候開始的？」我問。

「為什麼你想知道？」

這是個好問題，但我沒有恰當的答案。沒人會在聊天時談這個。

「是妳先提起的耶！」我說。

「對啊，你還沒回答我的問題。」她說。

「為什麼妳會覺得貝弗莉有興趣跟我搞？」

「你想這樣轉移話題？你是認真的嗎？」

我站起來把髒碗盤收到廚房，又拿了罐啤酒。我不想再坐下，靠門而站。

「我們可以打電話問貝弗莉，」萊斯莉說，「她很快就能趕到——基本上你從陽臺望出去就能看到巴恩斯區。」

「這我可不趕時間。」我說。

萊斯莉忽然對我發怒，指著她的臉，逼迫我看那一整張可怖的面孔。「不趕時間的下場就是這樣，彼得，」她說。「或者發生其他鳥事，你最好有花堪折直須折。」

我思索著自己到底能折下什麼樣的花，但還是閉嘴不語，因為腦海中冒出一個完全無關的念頭。

「我們現在何不打電話給查克？」我說。

萊斯莉崩潰地看了我一眼。

「為何？」她問。

「這整座高塔只有一個地方我們還沒去看過，」我說，「就是樓下的地下室。」

「跟查克有什麼關係？」

「他對鎖很有一套，想起來了嗎？」

15 花園造景

結果我們低估他了。

「不過是個掛鎖而已，」查克隨手將鎖丟給我，然後確定萊斯莉是否目睹了一切。

查克花了不到三十分鐘就出現在我們門口，穿著一件出奇乾淨的紅T恤，胸前有衝擊樂團的標記，身上散發止汗劑的味道，我猜應該是搭電梯上樓時才噴的。他舉起一個Lidl超市塑膠袋，裡頭裝著一罐三公升塑膠瓶裝的詩莊堡啤酒。

「派對在哪？」他問。

「樓下。」萊斯莉說。

我檢查查克丟給我的鎖，發現上頭一點痕跡也沒有，我們出去後可以重新掛上，沒人會察覺有異。

「這真的合法嗎？」查克問。

「噢當然嘍！」萊斯莉說，「那道鎖明顯觸犯了衛生安全管理法。」

「那就沒關係了。」查克說，往後一站讓我和萊斯莉接近通往地下室的門。「我不想認定兩位引誘我犯罪。」

「我們就是法律，」萊斯莉說，「記得嗎？」

「你們是艾薩克的人，」查克說，「事情可不能這麼說。」

卸下掛鎖後，通往地下室的門很容易就打開了。我們踏進去。

我們發現自己身處空中花園寬敞到毫無意義的中央天井下方，上方兩層樓處罩著一層鐵絲網，保護底下工作的人不被上頭扔下的垃圾砸個正著。過了三十年後，鐵絲網鋪滿厚厚一層老舊報紙、漢堡盒、空飲料罐和其他我不想認出是什麼的東西，把光線都擋住了。這大樓還維護得真好啊。

「火災時就不要了。」查克說。

所幸裝在牆壁上的ＬＥＤ燈還有幾盞沒壞，足以讓我們透過上方的垃圾山看見史騰堡所謂的阻尼器，一路往下直到我們所在的地下室。近一點看，我發現那是個直徑三十公分的圓筒，末端距離地面約一公尺高。

「這是怎麼掛在上面的？」查克問。

「每隔一層樓都有交叉的纜線，」我說，「沒有人行道的那些樓層，最上方也被固定住。」正是和一個刻滿神祕符號的塑膠基座相連，我發現這就是史騰堡的礦井或鑽頭之類的——把從某個源頭湧出的魔法凝成結晶，然後傳送到城市冠冕。

「那個也分擔了一些重量吧。」萊斯莉說，手往上指。

我們頭上一公尺處看起來像是分區供暖管道的東西從四面牆壁延伸出來，交會成形狀四方的束帶，包圍住假的阻尼器。

「看它們多乾淨，」我說，「簡直是全新的。」我把牆壁另一邊的管線相對位置記在心裡，跑出地下室，上樓到電梯間，找到最近抹上水泥的暗色條狀區域。

塑膠，我忖度著……某種塑膠能夠保留感應殘跡。納丁格爾說的對，我是在複製一九二〇年代時的研究沒錯，但不是浮麗樓也不是英國學者，而是德國人的研究。波斯特馬丁博士說過，一九三〇年代之前他們比我們領先許多——包括化工業。以前在學校讀到第一次世界大戰的起因時，藍威克太太大加讚揚當時先進的德國工業。

「他想幹嘛？」查克問。他和萊斯莉跟著我跑來這裡，現在眼神怪異地看著我。

「他在演夏洛克．福爾摩斯。」萊斯莉說。

我穿過大門走到雨中，看見牆壁上有一條新砌水泥的痕跡，往車庫的方向延伸。

「我爺爺說他是瘋子。」查克說。

「夏洛克．福爾摩斯嗎？」萊斯莉問。

「亞瑟．柯南．道爾。」查克說。

痕跡消失在車庫門下方，門上頭有郡園的不鏽鋼牌子，還掛著一個閃亮亮的鎖。

「可以勞煩你嗎？」我問查克。

查克從牛仔褲口袋掏出一根牙籤，開始工作。「他開始看到一些精靈和鬼魂，還跟死人講話。」他還在叨念柯南．道爾，掛鎖在他手中解開。

「但**真的**有精靈和鬼魂啊，」萊斯莉說，「我在酒吧見過——你還把我介紹給他們認識。」

「對啊，不過他看見的是不存在的精靈和鬼魂，」查克說，「所以他的確是瘋子沒錯。」

我俯身抓住門把，往上拉開車庫門，發出吱吱嘎嘎的摩擦聲，雨水潑了我滿臉。

「呃，」萊斯莉說，「這對案情沒什麼幫助，對吧？」

車庫堆滿看起來像金屬托盤的物品，裝在木框裡，滿到人根本擠不進去，也看不到車庫裡的瀝青地面下嵌著什麼東西。

我再往前傾一點，銳利刀鋒和齜牙咧嘴的狗兒一閃而過。我不禁後退了一步。

「妳知道這讓我想起什麼嗎？」我說。

「知道。」萊斯莉說。我們兩個都往後退了一步，查克退了兩步。

「最好找納丁格爾來看看。」我說，盡可能輕柔地關上車庫門。

萊斯莉和查克回到樓上，因為三個人站在雨中比一個人可疑多了，他們帶托比下來陪我，帶著狗站在雨中的男人比單獨一人更加不可疑。十分鐘後，納丁格爾到了，他花了半小時盯著車庫裡的東西看。

「我從沒看過這種東西。」他終於開口說。

「知道這是幹嘛用的嗎？」

「我認為是惡魔雷，」納丁格爾說，「可是我對一個真正的惡魔雷會造成的威脅沒概念，尤其是和這麼多武器擺在一起時更難以判定。」

「同樣的技術製造出來的嗎？」我問。

「技術？嗯，我想應該可以說是一門技術沒錯。」納丁格爾說，「也許我們的對手會尊重英國巫師精湛的傳統工藝。這期待太高了。」

「可能吧。」我說，關上車庫門。

「最多可以肯定的是，他們在這裡投資了這麼多心血，不可能現在放棄。」納丁格爾說。

「郡園一直在這裡出現。」我說，「也許是時候把這裡的工作做個收尾，直接去找郡園了。」

「你開始想念茉莉了嗎？」納丁格爾說，「我們再給布倫萊和薩塞克斯二十四小時，看看他們能否找到相關線索，到時候再決定。」

說好了之後，我跟托比回到我們沒有花園的空中公寓房間，發現查克和萊斯莉已經上床睡覺了。

好在新電視的內建音響夠大聲。

過去一年多，我每隔兩、三個星期就會夢到和貝弗莉．布魯克與萊斯莉．梅躺在床上——相信我，並沒有聽起來那麼刺激——雖然夢中的貝弗莉穿潛水衣。我沒告訴任何人這個夢境，主要是因為夢中的萊斯莉美麗的臉龐完好無缺，讓我覺得好像背叛了她。我們躺的床鋪常常變換，有時候是我在浮麗樓的床；有時候是露西．斯賓菲爾德的雙人床，她的父母很有錢，早餐時間總喜歡拽著我到他們面前招搖；偶爾是我在我父母親公寓裡的那張舊床——不太符合現實，因為連我一個人躺在床上都嫌窄，更別提要塞三個成人了。不過多半都是飯店裡又大又軟的床——詹姆士・龐德可能會跟兩個女人躺在上面的那種。龐德才不會因為身旁的女人身穿制服，還配戴防彈背心、手銬和胡椒噴霧就卻步不前，所以在我的夢裡，那兩個女人看起來就和你沉睡中的愛人一樣美麗。我腦中只能想著好吧至少她們有享受到，因為她們可以一夜好眠，我則是躺在兩人中間盯著天花板看。雖然我認為她們應該會迅速指出這樣實在有夠蠢，因為實際上正在睡夢中的人是我。

而今天晚上，有人在窗戶外尖叫。

我醒來，站在客廳中央，雙手握拳，但公寓靜悄悄的。

如果你是警察，也能輕易聽出真正的尖叫聲。我確定自己真的聽到了——只是我不確定到底是在夢裡聽到還是在現實中。

我穿上牛仔褲，跳到陽臺上。

一開始我只能聽到空蕩蕩的街區那頭市中心的低沉噪音，然後我聽見引擎的聲音越來越接近。不是車子的引擎，而是像除草機或者電動工具的馬達，從下方花園傳來。

然後我確實聽見了尖叫聲，一個女人，痛苦、絕望、恐懼。

我砰地一聲打開臥室房門時，萊斯莉猛地坐起，查克全身赤裸地躺在她旁邊，一隻腳充滿占有慾地勾住她的大腿。

「花園裡出事了，」我說，「快點。」

我一把抓起裝備袋，拉開大門衝向電梯。除非發生火警，否則搭電梯總比走二十一層樓梯好。電梯門打開之前，我已經穿好運動鞋，把腳卡在電梯門間，從袋子裡拿出防彈背心——套在我光溜溜的胸膛和背上感覺黏黏的。

萊斯莉出現了，戴著面罩、穿著褲襪和查克那件寬鬆的衝擊樂團紅T恤。她跟著我進電梯，我把腳拿開，門差一點點關上時，查克的臉出現了，半裸著加入我們的行列。

「他好像想要拿回上衣。」我告訴萊絲莉，她正掙扎著穿上防彈背心，我拿出空波，敲進納丁格爾的號碼——他十秒內就回應了，我告訴他我們正要下樓去查看奇怪的聲響。

「多奇怪？」他問。

「工具的噪音。還有疑似尖叫聲。」我說。

「我會前往車站路的警局留守。」

納丁格爾堪稱重砲兵，如果這只是尋常的犯罪事件或者花園中的小意外，我們可不想要他貿然衝進來。這麼一說，我反倒不確定我們是不是該衝進去，至少不是像這樣全副武裝，有如臉上寫著「我是條子」。

這就是為什麼正式的臥底行動在處理這種屎事時，會有規則和程序可循。

電梯太老舊了，被破壞到無法發出「叮」一聲，所以到達一樓時，門只開了一點點我和萊斯莉就衝了出去，沿著大廳門往人行道前進。

一到室外我們就聽見了，從右邊傳來電動工具的悶哼聲，下方和左邊還有男人的談話聲，他們正在激烈爭吵，同時又竭力控制音量。

然後我聽出了那電動工具的聲音，是電鋸反反覆覆嚼入樹幹所發出的噪音。知道發生了什麼事以及可能的後果之後，我感到背脊發涼。

「他們在砍樹，」我嘶聲說，「我們必須馬上阻止他們。」

「彼得，不過是樹而已，」她小聲回話，「說不定他們是想種植新樹木。」

我沒多費唇舌說自己相信樹之女神小天和樹木在精神意義上如何相連，特別是和她自己那棵樹。要解釋這整件事肯定又臭又長，至少當下我還不知道要怎麼一言以蔽之。

我傳簡訊給納丁格爾，警告他有人在砍樹，然後在萊斯莉來得及問更多問題前，跑下通往花園的斜坡。

萊斯莉跟著我。

我用最快的速度衝刺，直直衝向電鋸聲源頭。唯一的光源來自人行道的燈，花園裡暗影交織，然而我和托比已經在這裡散步很多次，讓我不至於撞到樹木。

接著前頭出現燦爛的光，我胡思亂想著該不會有架警用直升機白痴地用探照燈對準錯誤的人，但很快發現到處都是光。

在我前面是一名穿著牛仔褲和皮革風衣的矮胖白人男子，正在用電鋸切割支離破碎的遊樂場上其中一棵櫻花樹，劇烈震動晃得花都掉了，在刺眼的白光中像雪花一樣旋轉翻飛。

「喂！」我大喊，一邊衝向他，「離開那棵樹！」

他嚇了一跳，轉身面對我，直覺地舉起手中的電鋸。我緊急煞車，警戒地看著電鋸，對老派殭屍或者被困在電梯裡的人來說，電鋸是很恐怖的武器。可是如果在戶外，有足夠的活動空間，那麼你會比較擔心這些笨蛋會不會傷到他們自己，而不是擔心己身安危。

「警察！」我大喊，「放下電鋸，免得弄傷你自己。」

他停下來，猶豫地朝我們前進了一步，好像真的要拿電鋸衝向我們，然後我想他應該也忽然頓悟這是多蠢的一件事。

「戴夫，」一個聲音從他身後不遠處喚道，「我們要走了嗎？」

戴夫猶豫了一會兒，接著聳肩慢慢地卸下電鋸的肩帶。

他要拿傢伙砸我，我心想。這時他真的把電鋸丟過來，隨即拔腿開溜。

我往右邊一閃。實在很蠢，電鋸根本飛不過一公尺半，但還是替戴夫爭取到逃向新坎特路的時間。我追上去，他魯莽地橫衝直撞，我則很倒楣地沒注意到地上的銀樺樹而被絆倒，摔向草地時往前伸出手臂好保護臉。我滾了一圈，抓起空波告訴納丁格爾有兩名嫌疑犯，或許更多，他們正以步行方式逃亡，朝新坎特路前進。

「收到。」納丁格爾說。

我爬起來繼續追，忽然間聽到萊斯莉叫我的名字。

「彼得，」她大喊，「他媽的給我滾過來。」

她的語氣讓我停下腳步——一次是庫柏坦家的孩子死在我們面前時，另一次是在她的臉毀容前幾分鐘。

我大喊回應，循著她的聲音來到一棵巨大的棕櫚樹下，在明亮的光線下是一抹深黑的剪影。我發現原來納丁格爾在花園上空懸掛了巨大的擬光。

萊斯莉蹲在樹根間的一道人影旁。我認出那黃綠色的裙子和纖瘦的腳。是小天。她臉色蒼白、雙眼圓睜且一點反應也沒有，我朝她的脖子伸出手，但萊斯莉抓住我的手。

「她死了，彼得。」她說。我耳朵裡有巨大轟鳴聲，她的話語聽起來模糊不清。

我試著張開嘴問恰當的問題，但什麼也說不出。我看見自己站起身，遠離屍體一步，用視線掃過四周，然後封鎖現場等待凶案調查小組抵達，但我只感覺到自己的臉皺成一團。

後來判定小天的棕櫚樹和花園裡其他長成的樹木一樣，樹幹上都有十公分深的環狀切痕。不滿的地主或憤怒的鄰居常用這種方法來殺死礙到他們的樹木。

我以為我在那裡待了很長一段時間，蹲在小天的屍體旁，試著呼吸、試著移動，腦中一片空白。萊斯莉抓住我的手，免得我做什麼傻事。納丁格爾的魔法星星消褪了，我們被黑暗所吞沒。

但是，當警察不允許你有人性，執勤的時候更是不行。

小金穿越死去的樹木而來，亮麗得像一艘著火的三桅戰船，又像進行最後一次俯衝的轟炸機般尖嘯。我猛地站起身，那個穿著紅條紋海盜睡衣的小小人影衝過林間空地，往小天的身體上一撲。

「小天！」小金尖叫，「醒來！醒來！」

她伸出手想碰她朋友的臉頰，卻又忽然停在半空。

「小天，」她小聲說，「小天？」

我把手放在她肩膀上，發現她溼透了。小金又尖叫起來，那聲音宛如一股紮實的力量，讓我跪了下去。

「小金，別這樣。」我說。

她轉身看我，臉孔因憤怒、哀傷和遭受惡劣的背叛而扭曲變形。那是你在戰區以及犯罪現場會看到的臉，每個亟需緊急救助的人會露出的表情——也是不久之前我臉上的表情。

她吸進一口氣，我感覺膝下的地面在震動。我想像象堡地底的主要水管線哀鳴、扭曲、顫抖著，萊斯莉也感覺到了——我看見她往後退。

然後歐柏倫出現了。

在他現身前的幾秒鐘，我發誓我聽到了馬蹄聲，接著他就這麼出現在林中，置身我們旁邊，全身上下只穿著Calvin Klein的四角褲，怒揮那把該死的長劍。他散發出熱力、汗水和血味，還有一股凌厲揮鞭的氣勢。

「小金。」他說，低沉的嗓音像是遠處傳來的砲擊聲。

小金撲進歐柏倫懷中，他用左手一把抱起她。小金雙手環繞住歐柏倫的脖子，開始嚎哭。

「別哭了，孩子。」歐柏倫說，嚎哭聲停止。

歐柏倫瞥了我跟萊斯莉一眼，然後看向小天，迅速敏捷地轉了一圈查看四周，他這麼做時，我看見他赤裸的背上有交錯的疤痕。

他確定四周沒有危險後，不再高舉長劍，轉而從我們中間走過去。

「所有的樹都被砍了嗎？」他問。

「對，」納丁格爾說，從黑暗中走出來，擋在歐柏倫和小天的屍體中間。「不是被環狀剝皮，就是被砍倒。」

「這舉動太惡劣了。」歐柏倫說，環伺花園。

小金在歐柏倫的懷抱中扭動。

「我要他們死掉，」她說，「死掉、死掉、死掉。」

「不行。」納丁格爾說。

「這是法律！」小金大叫，小手握成拳頭，頭往前伸，「一命抵一命。」

「我們會逮到他們，並且讓他們伏法，」納丁格爾說，「這是協議。」

「我可沒簽這項協議。」歐柏倫說。

「那麼此事我請求你的寬忍。」

「我的寬忍，」歐柏倫啐道，「早已是一口被你的國家汲乾的枯井。」

「會有人為此付出代價的，」納丁格爾說，「我以軍人的身分發誓。」

歐柏倫猶豫了。小金感覺到他的改變，便把矛頭指向他。

「不！不！不！」她大喊，小小的拳頭用力捶打歐柏倫的肚子。

「夠了，」歐柏倫說，溫柔但堅定地握住她的手。他望向納丁格爾。「你以軍人的身分發誓？」

「沒錯。」納丁格爾說。

歐柏倫點點頭，蹲下身子把小金抱進臂彎中。她身形比小孩稍大，但歐柏倫似乎毫不費力。

「納丁格爾。」他道聲再見，然後離開了。

我們都等了一會兒，然後才慢慢呼出一口氣——納丁格爾也是。

16 狗狗農場

納丁格爾命令我們做的第一件事就是脫光身上所有警用裝備，放進袋子裡然後回到公寓。當地的處理單位已經在趕來的路上，納丁格爾打算把小天的謀殺案交給布倫萊煩惱，我猜杜菲偵緝督察長不會太開心，但這是關係到獵鷹——我是說，關係到浮麗樓——意外發生時的標準處理程序，牽扯到的特殊部門越少，就越容易假裝沒發生什麼不尋常的事。

我和萊斯莉穿著平民裝束，查克跟在我們後面一起搭電梯回到走道上，和其他居民一起從女兒牆探頭探腦，互相打聽到底發生了什麼事。

「去他媽的破壞狂！」凱文說。他緊張地看著閃著警示燈的幾輛警車湧入，停在下方的車庫圓環邊，幾名穿制服的警察下車，四處蘑菇了一下，才發現他們沒辦法從那裡進入花園，於是又開著車走了。

「我不覺得他們是想查你的倉庫。」我告訴凱文。

他狐疑地望著我，「你怎麼知道？」他問。

我指著一群穿拋棄式白色連身衣的人影，如鬼魅般在樹林間穿梭，「他們不會派這些傢伙來搜裝滿可疑物品的倉庫。」

「有人要遭殃了。」凱文看見白色連身衣之後說，放鬆下來。

凱文的媽媽加入我們，她花了點時間穿好外套才出來。「真是窮凶惡極，」她說，「下面有個小女孩被殺了。」

我試著想裝出驚愕的樣子，結果只露出一臉想作嘔的怪表情。

「是住在塔裡的人嗎？」凱文說。

「不知道。」她說。

走道右邊散發探照燈的光束，我認出鑑識現場搭的塑膠頂帳篷，一個女人的聲音從樹林間飄來，惱怒地大聲發號施令──我猜杜菲偵緝督察長並不開心。

凱文拍拍我的肩膀，朝站在一起的萊斯莉和查克點點頭，「我以為那是你女朋友。」他說。

「不是啦，」我說，「我們只是朋友而已。」

巴金和伊斯特漢姆的交界處，北環公路和A113公路在購物中心、汙水處理廠和一片貧瘠的荒地間交會。目擊者指出，一輛型號老舊的骯髒福特白色小貨車停在路旁草地上，和其他千百萬輛的白色箱型車外型並無二致，然後有人從後車廂抬出一具屍體。我一看到他馬上就認出來了，屍體被驗屍帳篷裡的蒐證燈光所照亮，是那個電鋸男。

早晨來臨，要不是道路被交通警察限縮成一線道，現在肯定因為車來車往而鬧烘烘，有可能還被想偷看犯罪現場的駕駛拖得更加慢吞吞。一名法醫病理學家已經抵達，但截至目前為止，凶案調查小組的人都在極力避免接管現場，事有蹊蹺的案子感覺應隸屬獵鷹處理，而且布倫萊那邊也清楚表達他們不想管這件事。這就是為什麼我躺在沙發床上失眠三小時後被挖去指認受害者，要是布倫萊知道我把他們拖下水，一定會不高興——應該避開倫敦東邊才是明智之舉。

「沒有布倫萊也沒差啦！」我大聲說。

「彼得，你說了什麼嗎？」瓦立醫生問。他蹲在屍體旁，拿光源往死者嘴裡照。

「胡言亂語而已。」我說。

電鋸男仰躺著，還穿著皮夾克，拉鍊沒拉往兩旁掀開，露出裡頭灰、白、黑三色格子襯衫。脖子的部分溼了一圈，瓦立醫生要我安心，說那只是水而已。我問瓦立醫生他對死因有頭緒了嗎。

「我很確定他是溺死的。」

「這裡只是棄屍地點？」我說。

「不是，」瓦立醫生說，「我想他就是在這裡溺死的。」

「在沒有水的陸地上？」

「他的肺部似乎充滿了液體——必須進一步檢驗才能確定是不是水——然後他就溺死了。」

「直接從內部窒息？」

「我的假設是這樣。」瓦立醫生說。

如果能完全避開倫敦南邊一、兩年那就再好不過了，我心想。

「你為小天進行驗屍了嗎？」我問。

「預計今天稍晚進行，」他說，「一定會很有趣——你想參加嗎？」

我打了個哆嗦。「不了，謝謝，」我說，「這我就先跳過了。」

帳篷外陽光耀眼，空氣中有石油的味道。我爬上矮樹叢生的草坡，來到交通警察設立的緊急車輛安全停放區，萊斯莉也在那兒，在Asbo後座睡著了。我讓她繼續睡，自己打電話給納丁格爾通報認屍結果，由他轉達這個壞消息給杜菲偵緝督察長。納丁格爾建議我們在原處等候，他們也許很快就能取得箱型車的相關線索，於是我爬進Asbo的駕駛座想休息一下。萊斯莉張開眼睛，拿下面具揉著臉。

「如何？」她問。

「是電鋸男。」我說，然後解釋了瓦立醫生的理論。

「是謀殺，」萊斯莉說，「行凶的是你那個小朋友。」

「妳拿不出證據。」我說。

「噢，醒醒吧，彼得。」她說，「他在路邊淹死，你也聽見她是怎麼說的：『一命償一命。』而且歐柏倫也沒多說什麼。『一命償一命』，」她指著草坡下的驗屍帳篷說，「那裡就是一命。」

「好吧，妳想回去逮捕她嗎？」我問，「她才幾歲——九歲？」

「是嗎？」萊斯莉說，「我不知道她是什麼來歷，只知道一件事——她和她媽還有天殺的他們那群人都不用守法。」萊斯莉閉起眼睛嘆氣，「如果他們不用守法，那我們又何必遵守？」

「因為我們是警察。」我說。

「納丁格爾是警察嗎？」她問，「有必要的時候，他還是會適時侵犯人權。」

「喔好吧，我們是一股清流，可以嗎？」

「又不是說我們真的可以找到證據證明她是凶手。」萊斯莉說。

「有可能是無臉男，」我說，「他對奇怪死法有偏好。」

「為什麼無臉男要殺電鋸男孩？」萊斯莉問。

「為什麼他要殺喬治．川查？」

「喬治．川查搞砸了，」萊斯莉說，「他利慾薰心，想賣一本不該賣的書。無臉男故意讓他的骨頭著火好強調一件事：敢跟我作對，就不得好死，像是那些雞雞被咬掉的傢伙還有斷頭的雲雀賴瑞。」

「那是老無臉男幹的。」

「對，但原則是一樣的，」萊斯莉說，「如果他只是想要某人讓開別擋路，下手就很低調，像他殺理查．路易斯那樣。如果賈傑沒注意到，事情就只會變成另一樁跳軌意外，不是嗎？不然他會用像羅伯．威爾那樣的打手朝他臉上轟一槍。」

「我不覺得他是凶手，」我說，「只覺得他跟棄屍有關。」

「你能證明嗎？」

「不能。」

後座有瓶礦泉水，我喝了一口，水溫溫熱熱的。

「給我一點。」萊斯莉說。我把水遞過去。

「妳知道查克單獨留在我們的公寓裡嗎？」我說，「妳覺得我們回去之後，發現裡面家徒四壁的機率有多大？」

「那不是我們的公寓。」萊斯莉喝完最後一滴水後說。

「電視是我的，」我說，「我花了兩百塊買下。」

「那你就變成收購贓物的人。」萊斯莉說。

「冤枉啊大人，」我說，「我覺得那臺電視完全合法，而且我真心相信那是天上掉下來的便宜好貨。」

「他不會偷我們東西的。」萊斯莉說，「而且我叫他幫忙照顧托比，這可以加強我們的偽裝。」

這是個好計畫。如果有鄰居懷疑我們是條子，和查克相處五分鐘後，他們的疑慮就會煙消雲散。

「你還有那個搜尋附近咖啡店的app嗎？」我問。

「不需要，」她說，「十字路那一邊有間購物中心。」

我本來想提議去那邊買杯咖啡，但這時一名交通警察敲敲我們的車窗。

「有東西給你。」他說，遞給我一張小紙片，上面寫著一個號碼，是白色箱型車的車牌。目擊棄屍的證人給了大概的時間點，接下來只要過濾監視器影片後一定能有些發現。我謝謝他，打給整合情報平臺查詢車牌號碼。我們等結果出爐時趁機前往購物中心，花了半小時在和飛機組裝廠一樣大的森寶利超市採買用品，把水、零食和三明治塞滿裝備袋。

接著我們坐在Asbo裡，捧著跟水桶一樣大杯的咖啡，要加夠多糖才喝得入口，一邊整理整合情報平臺那邊透過電話傳回的資料。

白色箱型車屬於一家股份有限公司所有，登記地址在Google Map上看起來是一座位於荒郊野外的農場。當天早晨九點十五分失主通報失蹤，但他們供稱車輛至少已經不見兩天了。

「真方便的說詞。」萊斯莉說。

聰明的罪犯會在大幹一票之前先把逃亡用的車偷好，但如果你只是想進城去，嗯，搞點破壞，可能就會選擇用你自己或朋友的車。問題是如果狀況有點失控，而且假設你朋友在後座開始莫名其妙地溺水，你只好把他給丟在路邊，接著可能需要一些推諉塞責的理由。這對我們沒用，你懂嗎，因為我們是天性疑神疑鬼的混蛋，但對法官、陪審團和其他天真的人可能有用，所以你通報失蹤後，如果夠聰明的話，會找個偏遠地帶把車給燒了。

有趣的是，顯然有些時候，車子是真的被偷了。

我們都同意去艾塞克斯那座農場看看或許會有些收穫，於是打電話知會納丁格爾，他叫我們小心點。

「是的，老爸。」萊斯莉說，不過是在納丁格爾掛斷電話後才說。

於是我跟著令人信賴的當地嚮導，發動Asbo，朝艾塞克斯的黑暗腹地前進。

我們從7號交流道離開M11公路，被一輛大露營車擋了大概三十分鐘之久。這讓我們有足夠時間欣賞新鮮農產品以及／或者便宜的倉儲空間，無聊到讓我一逮到超車的危險機會時就加速往前，萊斯莉緊抓住握把喃喃罵髒話。

「你覺得會發現什麼？」萊斯莉鬆開握把後問。

「不知道，」我說，「但納丁格爾說的沒錯，無臉男只是個罪犯而已，他也會犯錯，只要我們一點一滴動搖他建立的網絡，遲早會發現可以攻破的空隙，然後就可以砰！一舉摧毀它。」

「或者單純發現某個農夫的箱型車被偷了。」萊斯莉說。

「對，沒錯。」

我最討厭這國家的一點是，在親自瞧個究竟之前實在很難判斷任何事。我們乖乖跟著導航系統駛過一連串狹窄的鄉間小路，然後在一扇五條金屬棍大門前赫然停下。門後方是泥濘的院子，三邊各圍繞著一座老舊的磚造穀倉、一棟看起來原本是倉庫但為了末日後的反烏托邦世界而重建的建築，以及一棟似乎被龍捲風從北邊的公共住宅區連根拔起然後砰地降落在艾塞克斯荒野的磨石子平房。據我所知，它有可能是豬舍、也有可能是棟破舊的戶外活動中心。

「妳是鄉下人，」我對萊斯莉說，「我們該停在這裡然後走進去，還是打開門把車開進去？」

「停在這裡。」她說。「這樣才不會有人覺得可以趁我們不注意時逃跑。」

「要是農夫開著拖拉機回來，發現我們的車堵在門口，他會不開心的。」

「他會息怒的，」她說，「農夫總愛找藉口生氣。」

我看著農場，腳上還穿著馬汀大夫靴1461經典款。這不是我最好的鞋，但我還是不想沾上農業廢料，不過想成功辦案有時還是得做些犧牲。

我們下車走進炙熱的陽光中，空氣裡有股大便乾掉的味道。我已有足夠證據判斷這氣味要不是跟施肥有關，就是和大型音樂盛會扯上關係。不過我想這農場應該兩者皆非，因為看來四周並沒有任何牲畜。

「他可能是種穀物的那種農夫。」我指出前述論點時，萊斯莉說。

那殘破的灰色水泥穀倉兩頭都沒有遮蔽物，任由風吹雨打日晒。一輛老舊的越野車半停在裡面，引擎蓋打開露出生鏽的引擎，車後方有奇怪的水泥槽，以及外觀像長滿刺的刑具但其實是農具。水泥穀倉後方露出一塊淺藍色天空，磚造穀倉看起來比較古老，但比較堅固、維護得也比較好，前門緊緊關著，還上了掛鎖。

平房的窗戶都被灰撲撲的網狀窗簾遮住，被龍捲風吹落後和前院呈現一個奇怪的角度，而且前後相反，我們面對的是後門——雖然萊斯莉說這對農場而言很正常。「現在沒人用前門了，除了晾衣服的時候。」她說。

我敲敲後門，然後敲敲廚房窗戶。

「你好，」我大叫，「我們是警察，有人在家嗎？」

我疑似聽見遠方傳來狗叫聲。

灰塵滿布的地上有兩道車痕，一組往左、一組往右。我們往右走，看起來它往平房旁繞了一圈。的確如此，關於晾衣服萊斯莉也說對了，一塊正方形的粗糙草坪四周圍著與膝同高的鐵欄杆，中間牽著一圈晾衣繩，還散落著被太陽晒得褪色的塑膠玩具。另一邊角落有座生鏽的綠色金屬鞦韆，要是座椅還在，一定會在風中吱吱哀鳴搖盪著。那扇我很篤定是前門的門漆成斑駁的藍色，我試著推推看時發現卡住了。

「他們人會在原野裡嗎？」我問。

「院子裡還會有輛車，」萊斯莉說，「雖然農夫可能在工作，而農夫太太可能進城了。」

「有個農夫太太嗎？」我說。

「沒看到箱型車的蹤影，」她說，「要闖進去嗎？」

她聽起來沒什麼熱忱。農夫一定有獵槍，不論合法與否，而且當他們需要自我防衛時，可不怎麼把法律放在眼裡。

似乎有新的輪胎印自車痕延伸而出，我盯著那個方向看，心想遠方地勢較高處好像可以看見一個屋頂。

「我們先往這裡看看。」我說。

我們沿著車痕前進，直到爬上那塊隆起的坡地，發現自己正俯瞰著兩座木造倉庫小屋。屋頂還很新，松木鑲板仍然是亮黃色，散發出防水木蠟油的濃濃氣味。小屋沒有窗戶，三角形屋頂鋪著黑色羊毛氈。

「你聽見了嗎？」萊斯莉問。

「什麼？」

「狗，」她說，「吠叫的狗。」

我側耳傾聽，但只聽見風聲，和某種鳥類打嗝似的呱呱聲。

「沒聽見。」我說。

我們沿著車痕下坡，走到第一座小屋前。時至今日，我距離ＤＩＹ最近的一次是在特力屋逮捕順手牽羊的小偷，但連我這個外行人在近距離都看得出新木，以及有哪裡扭曲變形。有些牆壁上的鑲板從邊框剝離，我靠近看，發現沒有釘子，鑲板都是用木栓固定住。我查看門板，看見連鉸鍊都是木製的，而且沒有鎖，只有簡陋的木插銷。

萊斯莉伸手想開門。

「等一下，」我告訴她，她猶豫了，「有狗。」

「狗？」萊斯莉問。

我轉了一百八十度，在車痕對面發現了我要找的東西——一株光溜溜的細長樹木，細長的枝椏伸手可及。我走過去，試著折斷最小的一根，長短粗細和一根撞球桿差不多，好不容易才折斷，我把它從樹上拔下來時順帶剝下一片樹皮。冰冷的樹枝刮傷了我的手。

納丁格爾說過，越嫩越青綠的越好，我拿著樹枝朝萊斯莉一揮。

「狗。」我說。

我走回第一間小屋，用樹枝遠遠的那端舉起插銷，然後用末端的分岔勾住門把，拉開門。

「噢，」萊斯莉說，「狗啊！」

她讓我先進門。小屋沒有窗戶，本該一片漆黑，但陽光從變形鑲板間的狹長縫隙透進來。牆上一排排都是設備機架，同樣都是用新木製成，像軍營中的上下鋪一樣層層排列。架子是空的，從深度看是建造來儲存深約五十公分左右的物品，而從上下排的垂直距離判斷，也差不多是五十公分。架子看起來很堅固，而且過度加工，不管這裡存放的是什麼，一定都非常沉重。

萊斯莉加入我，用她的筆型手電筒照照地板。我看見地板也是厚重的新木鑲板，空氣中滿溢潮溼松木的氣味——聞起來比宜家家具的倉庫還糟。

「瑞典狗。」我說。

「納丁格爾確實說過是維京人發明的，」萊斯莉說，「如果你跟我想的一樣。」

「我可能是錯的。」我說，然後沉默不語，因為我發現其中一個架子不是空的。

「噢幹，」萊斯莉說，「我討厭你猜對的時候。」

納丁格爾說，惡魔雷是維京人製造的一種魔法地雷，在漫漫長冬時用來保護他們的長屋不受超自然事物威脅。我追問他到底是哪種威脅時，納丁格爾聳聳肩，「其他維京人，」他說，「冰原狼、山怪。」

「還有嚕嚕米。」萊斯莉加了一句，然後她得向我以及納丁格爾解釋那到底是什麼東西。

我們在聖誕節時看過納丁格爾解除的陷阱是一面圓形的不鏽鋼片，形狀尺寸和垃圾桶蓋差不多。這裡找到的惡魔雷不一樣，是由兩張不鏽鋼片組成，而且呈正方形，邊長六十公分，厚零點五公分，兩面鋼片距離七到八公分，四角鑽洞並插入木棍固定。木頭很新，某些部分還殘留沒刮乾淨的樹皮，中間大概有兩倍厚，讓我想起電話線上和高壓電線上會裝的陶瓷絕緣體。

被納丁格爾拆解掉的惡魔雷在接近中心處刻了兩個圓圈——「酬載」就是儲存於此。傳統的作法是將人類緩慢凌遲至死，擷取他們斷氣瞬間的精華成為酬載，我們發現無臉男把人換成了狗——效果是一樣的。或者應該說，**所有的**效果都是一樣的，因為被折磨的鬼魂、陷阱中的惡魔，可以當成很多東西的能量來源，包括擊倒打開陷阱的倒楣人或者將倒楣人及其朋友的五臟六腑都翻出來。你這就知道為何我跟萊斯莉會如此小心翼翼靠近了吧。

然後我認出了眼前的東西。

「記得車庫裡的鐵盤嗎？」我說。

「喔對耶，」萊斯莉說，「這是一樣的東西。你覺得這裡是倉庫嗎？」

「也可能是製造地點，」我說。這時Asbo的防盜鈴大作。那是很棒的防盜鈴，先發出惱人的嗚嗚聲，緊接而來的是驢子被生鏽鋸子閹割時的淒厲哀鳴，然後繼續嗚嗚大叫。警鈴在第三次循環時戛然而止。

「偷車賊技術很高明喔！」萊斯莉說。

我拿出手機，發現我們處於無訊號國度。

「靠，」我說，「我們要在這裡等還是怎樣？」

萊斯莉大笑。

「我提議我們晃悠到院子裡，給那些偷車賊一點顏色瞧瞧。」她說。

「如果是砍樹那夥人怎麼辦？」

「那就逮捕他們，布倫萊對我們的氣也會消一點。」

不管你是怎麼聽說的，警察的確基於民許警治的原則辦事。

就連老練的專業壞蛋都是民許警治的一部分，從他們抱怨兒童性侵犯、強姦犯及銀行家的刑期比一般罪犯還短這點看得出來。其他罪犯也是如此，包括假日時順手牽羊的小偷、酒駕肇事者、興奮過頭的抗議者和去賭場小試手氣的白領階級，當這些人的東西不見了、車被破壞了或者小孩不見或者公事包被搶走，他們都同意讓警察來幫忙。他們埋怨的只是我們辦事的優先順序。

這就是為什麼百分之九十九的時候，兩名警察光靠偉大的法律、社會契約，並且強烈暗示要是敢亂來以後便後悔莫及，就能安全接近一幫暴徒。

真正討厭的是，每次都會碰上另外那百分之一。

開頭算很不錯，我跟萊斯莉滿不在乎地晃進農場裡，一邊燦爛微笑。

「你好！」萊斯莉雀躍地說，「我們是警察，有人可以幫忙嗎？」

農場裡有兩個人，都是白人，將近三十歲，一樣都穿戰鬥軍褲和卡其夾克。一個有瞇瞇眼頭戴寬邊軍帽，另一個有粉紅色圓臉和邋遢的金髮。

瞇瞇眼從 Asbo 爬出來，顯然他剛用電線短路的方式發動車子，開進農場院子裡。粉紅臉正讓大門保持敞開，好讓一輛髒到不行的越野車開進來——我想裡面可能不只一個人，擋風玻璃的反光讓人看不清楚。

「你想幹嘛？」粉紅臉問。

「你們有誰是一輛白色箱型車車主嗎？」萊斯莉問，然後憑著記憶唸出車牌號碼。

粉紅臉望著瞇瞇眼，瞇瞇眼又望著車裡的某人，然後又看向我身後的某個東西。我只需要這些警告就夠了，從長屋後門出現了另一個穿戰鬥軍褲的白人男子，只是這個手裡還抄著一把雙管獵槍，他朝我們走來，把獵槍舉到肩膀處。

從一般警察辦案的觀點看來，對付武裝駁火最好的方式是避開射程範圍，並且讓倫敦警察廳的武裝特警隊拿槍射擊歹徒。第二好的方式則是在武器傷到你**之前**就先趕快把它處理掉。

我對獵槍施了簡單的**驅動**咒，在他來得及瞄準之前把雙槍管往上一推。他不由自主地扣扳機，發出砰砰兩聲。我往那傢伙臉上揍了一拳，他尖叫著放開武器，摀住鼻子踉踉後退。

我往後一瞥，看看萊斯莉狀況如何。這時我看見一個穿碳灰色戰鬥軍褲的纖細人影從越野車裡爬出來。納丁格爾一直訓練我們把召喚咒語當成反射動作，當我一認出她是誰，就立即召出護盾。這救了我一命，因為下一秒我就被一陣猛烈的冰柱襲擊。

撞擊力還是讓我往後摔，我看見頭頂上的藍天和旋轉的白色冰霜，然後背朝地重重跌落，摔得我頭昏眼花。我試著爬起身，但無疑是一隻靴子往我的胸膛踩落，讓我又摔倒在地。

拿著獵槍的男人俯視著我，他的鼻子彎了，而且開始腫脹，一邊鼻孔汩汩流出鮮血。他再次拿起獵槍，以會要人命的那頭指著我，有可能他沒時間重新裝填彈藥，但奇怪的是我不太想確定這件事。

瓦薇拉·席多羅夫那一起俯視著我。她看見我時，嘆了口氣然後喃喃用俄語說了些什麼，然後走出我的視線範圍，喃喃自語越來越大聲，至到她開始咆哮詛咒。

我驚訝地發現，俄文真是用來罵髒話的好語言——非常之生動。

17 戰俘

鬥狗人一點都不覺得自己是罪犯，他們將自己視為優良鄉村傳統的傳承者，此傳統流傳百年，卻被道貌岸然的都市人不當處罰。他們鬥狗不為了錢——雖然賭金很可觀，配種費也很好賺——而是為了榮耀、自尊和戰鬥時純然的興奮。鬥狗的正式規則在一八三〇年代訂立，鬥狗場地必須是邊長十二呎、高兩呎六吋的正方形，通常底部會鋪一層舊地毯，作為吸乾血液用。鬥狗場很顯眼很好辨認，尤其是當你正跪在它正中央、雙手抱頭時。

鬥狗場在舊穀倉裡，維持得比新的那座水泥穀倉好很多，四邊牆上有一排排空蕩蕩的狗籠，所以這座穀倉才被牢牢上鎖。

他們要我跟萊斯莉面對穀倉門，我們背後站著至少兩名戰鬥軍褲小隊成員——兩個人都拿著獵槍，瓦薇拉·塔蒙尼那知道我們的能耐，所以不想冒險。我們待在這裡久到我的膝蓋開始抽筋，久到看守我們的人忘了我們在偷聽。

「他媽的這真是太蠢了。」麥斯說。我們來到這裡之後，他每隔一段時間就重複一次這句話，經過一連串消去淘汰的過程後，我斷定這是粉紅臉的聲音，並且得知他名叫麥斯，因為他的搭檔上次叫他閉上狗嘴時用的就是這個名字。我很確定他的搭檔就是毬瞇眼，而且知道瞇瞇眼的名字叫貝利，因為麥斯叫他滾他媽的蛋時用的就是這個名字。

「閉嘴。」貝利說。

「嗯，他媽的這真是太蠢了。」麥斯說，「我們早就應該離開這裡了。」

「操她的少校同志。」麥斯咕噥道。

「要是我才不會想操她，」貝利說，「她會把你的蛋蛋凍到掉下來。」

「噢是啊，」麥斯說，「凍到硬邦邦。」

「聽著，」萊斯莉說，「你們俘虜我們已經夠糟了，至少可以不要讓我們聽到這些天殺的性別歧視嗎？」

「妳這婊子真大嘴巴，可不是嗎？」貝利說。

「我是警察，」萊斯莉說，「要是我和我同伴有什麼不測，我敢保證你們絕對活不過接下來的逮捕行動。」

「啥？」貝利說。

「要是敢傷害我們，」我說，「我們的同事絕對把你們操到翻。」

「閉嘴。」麥斯說。

「沒錯，」貝利說，「閉上你們的狗嘴。」

「不只他們，蠢頭，」麥斯說，「你也閉上狗嘴。」

我的胃在翻滾。我不想死在鬥狗場，老天啊而且還是艾塞克斯的鬥狗場，我父親會怎麼說？我母親一定會被我氣死。我如果能大難不死那就再好不過了。

「你們知道嗎？今天過後，你們兩個就沒有利用價值了。」萊斯莉說。

「她說對了，」我說，「我們是用那輛箱型車追蹤到這裡的，過來之前我們和局裡通報過。」

「她要你們把我們給宰了，」萊斯莉說，「然後就丟下你們給警察抓。」

我的喉嚨很乾澀，咳嗽完才發得出聲音說：「那或許還是太冒險了，她比較可能直接殺了他們然後跟這地方一起燒了。」

「私製武器的人很容易引發火災，」萊斯莉說，「他們會覺得是你們殺了我們，然後不小心發生意外害死自己，就此結案，少校同志則會逍遙法外。」

一陣冗長的靜默，麥斯才說：「我們沒在聽，知道嗎。」

但我想他們應該在聽。

在這之後，我猜我們在這兒又待了一個小時，貝利抱怨他想撒尿，我的膝蓋痛到快死掉，而且肩膀因為雙手抱頭而劇痛不已。我想知道麥斯和貝利站了這麼久，是不是也和我們一樣全身僵硬痠麻。

我前方沒有任何可以用**驅動咒**抓住的東西，而且該死的少校同志瓦薇拉·塔蒙尼那吩咐過麥斯和貝利必須三不五時在我們身後隨機移動，而且兩人不要站在一起，免得我亂槍打鳥把他們擊倒。只是無論我做什麼都趕不上他們扣扳機的速度——不管他們有多僵硬痠麻。

儘管如此，當穀倉門在我眼前打開時，我還是盡可能保持心思澄澈專注，為任何可能的機會做準備。

進來的是瓦薇拉．席多羅夫那，我不禁注意到她拎著兩個塑膠汽油罐，從罐子壓在她肩膀上的樣子看來，一定是接近全滿。而且我不覺得裡面裝的是水，等我意會到這點時，她已經走出我的視線範圍。

「好了，」她在我們身後說，「幾分鐘後我要你們朝這兩個人的頭上開槍，然後把汽油到處撒一撒。」她刻意用ＢＢＣ第四電臺主持人不帶方言口音的英文說。

被槍口指著是每個警察的夢魘。你平常總會告訴自己，當扣下扳機的那刻來臨、當某個混帳真的要開槍殺你時，至少必須拚命一搏，去奪槍、低頭、徒手攻擊那禽獸。我的意思是，不管怎樣，在那一刻你還有什麼可失去的呢？不過，當那一刻真的來臨，我發現自己動彈不得，只能僵在原地。很可恥，我的勇氣已經到了極限。

幸運的是，人類的愚蠢並無極限。

「他們是警察，」貝利說。瓦薇拉．席多羅夫那又回到我的視線範圍，準備走出穀倉。「我不覺得這是個好主意。」

瓦薇拉．席多羅夫那轉身，她的表情像一幅生動的畫，擺明說著我今天過得很不順，現在你們還在那胡思亂想！

「聽著，瓦薇拉，」萊斯莉說，「倉促行動前妳真的應該和你們老大談談。」

我還在努力命令自己行動，但只能挫折地顫抖著。我以前又不是沒做過蠢事，我心想，為什麼現在變得這麼困難？

「瓦薇拉，打給妳老大。」萊斯莉說，聲音緊繃。

「我們怎麼知道幫妳幹完這些髒活後，妳不會把我們也處理掉？」貝利問。

「回到倫敦後我還需要你們幫忙搬運裝備。」瓦薇拉・席多羅夫那說。

「是喔，」麥斯說，「但是——」

「別讓我一個人回去做那些事。」她說。

「好吧，」麥斯說，「但我不覺得——」

瓦薇拉・席多羅夫那舉起一隻手要麥斯安靜，接著頭歪向一邊——凝神傾聽，然後我也聽到了，越來越接近的汽車引擎聲，輪胎輾過農場院子的砂石聲，引擎熄火，傳來手煞車的吱吱聲。

我感覺到旁邊的萊斯莉渾身一緘——聽起來不像現代車輛的手煞車。

我們聽到車門打開，然後砰地關上。

瓦薇拉・席多羅夫那猛地對麥斯和貝利打手勢，要他們注意。她用兩根手指比了比自己的眼睛，然後又指了指我跟萊斯莉。她踏著安靜的貓步移動到穀倉旁邊，我看見她慢慢吸氣，然後又滑順地吐氣。她的表情冷靜下來、凝如止水——等待著。

安靜了很久，我聽得見麥斯和貝利用嘴巴呼吸的聲音，不斷轉移兩腳的重心，還有某種有爪子的小型生物沿著籠子邊緣移動的滴答聲——老鼠嗎？這時忽然傳來巨大爆裂聲，像是巨人一腳踩在盤子上，然後日光從穀倉前牆壁上的一個大洞傾瀉而進——剛好在那扇門上方，灰塵湧進空氣中翻滾攪動——在陽光中閃閃發亮，然後穀倉前頭像拉拉鍊一樣裂開——磚頭各往兩邊升起分開，大門的鉸鏈瞬間扯斷、在空氣中旋轉著，好像災難性減壓中的物品。

在確保每個人的注意力都放在前門之後，納丁格爾從後門走進來。

首先我們注意到麥斯和貝利飛了起來，一頭栽進鬥狗場裡，落在我們旁邊。我短暫瞥見他們的獵槍在空中劃了一個弧，朝瓦薇拉・席多羅夫那原本站的地方劈去，但她跳起來往左一滾躲開了。

麥斯轉頭看我，我揮拳朝他的臉打下去時，感覺到肩膀一陣撕心裂肺的疼痛，痛到我尖叫出聲，但是很值得，因為麥斯往骯髒的地毯上一倒，就此癱在那兒。這時候處於腰部以上的高度變得很危險，我看見麥斯顫抖的軀體另一邊，萊斯莉把貝利的頭緊緊夾在腋下——他滿臉漲紅，嘴巴張開喘著氣。

我本來以為又有冰霜攻勢，但這次瓦薇拉・席多羅夫那發射了一排火球掃過穀倉，在一排狗籠之間爆炸，碎片砸到鬥狗場的木頭邊緣，發出鏗鏗鏘鏘的撞擊聲。

萊斯莉大喊我的名字，她的頭往穀倉前方大洞的方向一扭，我之後才了解到納丁格爾是故意在那裡炸了個洞好讓我和萊斯莉逃出去。

我怒目瞪視麥斯。

「我們一起從前面出去。」我嘶聲說，「你要是敢作怪，我就把你留在這裡，懂了嗎？」

麥斯點點頭，恐懼地睜大眼，我很想往他的臉再揍一拳，但理智的一方勝出。

「一、」萊斯莉喊，「二……」

一團和我拳頭一樣大的火球凌空劃過我頭頂上方，然後彎向天花板交界處炸開來。

「去他的！」萊斯莉大喊，「快跑，快、快！」

所以我們跑了又跑，我盯著前方陽光普照的農場院子看，壓低身體直直朝那裡狂奔，一邊拖著麥斯。外頭陽光眩目，但我沒停下腳步，直到撞上越野車、痛苦地彈開後才停下來。我轉身看到萊斯莉推著跑在她前面的貝利趕上我們。

穀倉的屋頂被掀開但沒有炸裂，而是近乎完整地直直飛進十公尺的高空中之後才墜落，後半部砸爛了，灰色瓦板傾瀉而下，掉到地上裂開。

我們把麥斯和貝瑞大力推向越野車另一邊，把他們臉朝下推進泥巴中。我們沒帶手銬，於是要他們把手放在頭上，希望他們不會愚蠢到輕舉妄動。我蹲下身，越過引擎蓋偷看，剛好目睹穀倉屋頂往內坍塌。

一波棕色的磚粉往農場院子翻撲而來，在越野車附近開始緩緩飄落地面，之後一切變得異常安靜，一塊不知飛到多高的瓦片遲至這時才孤伶伶掉在地上。

我聽見鳥兒又開始試著唱歌，風在灌木籬笆上方騷動著。

「妳覺得我們是不是要……」我朝穀倉點點頭。

「彼得，」萊斯莉說，「單獨從行動的角度看來，我覺得那是天殺的爛點子。」

這時我才發現納丁格爾的捷豹並不在這裡，但我發誓我聽見的是它的聲音。

我感覺到從鞋跟傳來的一陣晃動。

有東西碎了，然後一陣無疑是玻璃裂開的聲音讓我伸長脖子看向長屋。後門左邊我認為是廚房的位置有扇觀景窗碎了，一片片玻璃往外飛進院子，我看見一股迴旋著的冰霜從空蕩蕩的窗框間散出來，四周的磨石子牆板斑駁龜裂然後彈開，露出底下的紅磚。也許替這房子增加了點古蹟價值，我心想。

一聲哀鳴提醒我查看囚犯們，這時我才發現不見了一個，被我用他自己的獵槍打斷鼻子的那位不見了。我告訴萊斯莉這件事。

「我知道。」她說。

「妳覺得我們要去追他嗎？」

長屋裡傳來一連串轟鳴聲，一個看起來像老式白瓷瓦斯爐的東西從窗戶飛出來，一圈圈翻滾過院子。

「現在不是時候。」萊斯莉說。

一個十五公斤藍色瓦斯瓶從空中掉落，撞到長屋前方的地面又彈起來，然後才又掉下來，發出好大一聲**啵**。

我正要提議應該已經安全了，就又發生爆炸——法蘭克·柯福瑞會發誓說這種事情絕對不可能發生。

驚訝之餘，我的頭重重撞到輪胎蓋上緣，越野車的窗戶碎了，一截藍色金屬框旋轉掠過我頭頂、越過籬笆、繞著院子飛，然後落入那方原野中。

我聽見女人憤怒挫敗的尖叫聲，接著像網球選手一樣悶哼，地面再次晃動，越野車窗戶的殘餘部分爆炸了，往我們身上灑下一陣水晶般的碎片——我原本以為安全玻璃不會這樣。

傳來一陣密集的紮實撞擊聲，像是拳擊手捶打沙包出氣。

接下來是靜默，然後瓦薇拉．席多羅夫那說：「夠了、夠了，我投降。」

我冒險偷看了一眼，她蹲在農場院子中央，臉朝下、高舉雙臂、手掌朝天。她原本整潔俐落的外套少了一邊袖子，露出裡頭被撕裂、沾滿血的淡粉色上衣。

我們站起來好看得更清楚，看見長屋被切成兩半，好像有人開著火車從中輾過。納丁格爾從斷垣殘壁裡走出，步向瓦薇拉．席多羅夫那。

我注意到他穿著碳灰色輕量毛料西裝，六〇年代的經典款，大概是和捷豹差不多時間買的。我有點噁心地想到我父親應該也會很樂意穿上這套西裝。納丁格爾渾身乾乾淨淨，他一邊前進一邊拿出手銬，檢查連接處——一個完全不假思索的動作。

「瓦薇拉．席多羅夫那．塔蒙尼那，」他說，「我以謀殺、意圖謀殺、預謀殺人、幫凶和教唆殺人等罪名逮捕妳，在犯罪事實之前、期間以及之後，妳還另外參與許多其他犯罪事件。」他猶豫了一下，我發現原來他不記得現代版的逮捕宣告。

「妳不用說任何話，」萊斯莉大叫，「但當我們提出對妳稍後出庭有幫助的問題，如果妳保持緘默，將會不利於妳的辯護。妳的任何行動和說詞都可以作為呈堂證據。」

我在散落一地的殘骸之間小心翼翼前進，納丁格爾取出一副現代手銬拋給我，我拉著瓦薇拉．席多羅夫那站起來，請她把手放在背上，銬上手銬。

「對妳來說，少校，」我說，「戰爭已經結束了。」

瓦薇拉給了我一個憤怒的表情，然後嘆氣。

「真是這樣就好了。」她說。

這時艾塞克斯警方和消防隊抵達了，想依照先全部逮捕、回局裡再挑出有罪之人的完善辦案原則把我們通通抓起來，於是經過一段揮舞證件、打電話給長官和告訴他們要是再不認真看待我們就一定會有更多農舍遭炸毀的含蓄威脅，感謝你們的配合。他們把麥斯和貝利帶走，一、兩個小時後他們在五公里遠的地方找到第三名嫌疑犯，名叫丹尼·貝提斯，他在火球開始漫天飛時開溜，這似乎讓他成為在場最聰明的人。

結果我們全都一起到了切爾姆斯福德的監獄，那裡不僅有全新的拘留室，而且和艾塞克斯警局總部只有一小段距離，讓當地應變小組可以把燙手山芋一路推到英國警察總長聯會等級的官員那，然後逃回埃平。

艾塞克斯的那群首長或許是被納丁格爾一絲不苟的西裝嚇傻，但更有可能是想把燙手山芋整顆推回去給倫敦警察廳，因而同意讓我們自己進行訊問。逮捕事宜塵埃落定後，他們給了我們一間無窗辦公室，我跟萊斯莉很快在裡頭打起瞌睡，納丁格爾把我們叫醒，帶來咖啡、各式水果、起司三明治和一套訊問對策。

我們要先從瓦薇拉·席多羅夫那問起，趁她還沒恢復鎮靜，由我跟萊斯莉來訊問，如果有必要便上報給納丁格爾。

納丁格爾看著我們臉上提不起勁的表情。

「我會確保有足夠的咖啡送來。」他說。

「可以給我一把電擊槍嗎？」萊斯莉問，但納丁格爾說不行。

瓦薇拉・席多羅夫那坐在訊問桌另一邊，穿著便宜的白T恤和灰色慢跑褲。這是現在的羞羞裝，我們已被禁止讓嫌疑犯穿上紙製連身服。雙卡錄音機裡並沒有裝錄音帶，而且艾塞克斯警方可能透過頭頂上裝在紅色透明壓克力球中的監視器記錄整段過程，所以基本上是場非官方訊問。這已經變成我們的標準程序，給了我們和受訊問者進行檯面下討論的機會。

「可以請妳告知全名嗎？」萊斯莉問。

「瓦薇拉・席多羅夫那・塔蒙尼那。」

「出生年月日？」

「一九二一年十一月二十一日。」瓦薇拉・席多羅夫那說，「在俄羅斯的克留科沃。」我後來查才知道，原來是在莫斯科近郊澤列諾格勒的廣袤原野中，而且剛好也是第二次世界大戰時德國人離首都最近的地點。

「二戰時妳在蘇維埃軍隊服役嗎？」我問。

「三六五特種兵團，我是中尉。」她說，「不是少校。這位納丁格爾有露臉的打算嗎？」

「差不多要了。」萊斯莉說。

「我聽說過關於他的傳言，原本以為是誇大其詞，但老天啊，他還真不是蓋的。」瓦薇拉．席多羅夫那咧嘴而笑，看起來像名在麥田中奔跑完的十八歲青春少女。「我從沒遇過動作這麼快、力量那麼強大的人，難怪法西斯懸賞要他的頭。」

訊問嫌疑犯時專注在案情相關問題上很重要，就算是這樣，我還是竭力克制想追問法西斯懸賞的衝動。我懷疑要是我們能把她關進霍洛威的監獄，波斯特馬丁博士一定會時常造訪她。

他一定會問一堆關於她受訓、戰時行動，以及一九四三年一月時在布揚斯克附近被捕的細節。

「我沒告訴他們我是誰，」她說，「法西斯黨與接到的命令是當場狙殺我們，所以我假裝是醫務官，」就算是這樣，她還是差點被抓住她的人凶殘虐待至死——我們沒問細節，她也沒主動提。她不敢用魔法逃跑，因為那時戰事已經發展到德國人開始派他們的魔法師對抗暗夜女巫。

「他們有一批叫做狼人的傢伙，」瓦薇拉．席多羅夫那說，「據說他們能聞出任何使用魔法的人。」

「他們是真的狼人嗎？」我問，「還是變形人？」

「誰知道。」她說，「我們有情資證明，他們的確具備這種能力，但我從沒真正遇過他們，所以不知道到底是不是會變成狼的真人。」

後來她被編列為托德組織下的奴工，驚訝地發現自己竟身在海峽群島。「他們說我們在英國的土地上，」瓦薇拉．席多羅夫那說，「頭幾天我以為英國被入侵了，其他的俘虜說雖然這裡是英屬群島，距離法國還比較近。」集中營所在地奧爾德尼島上有一、兩隻狼人，但根西島沒有。她本來被運到根西島，原本會在那裡蓋砲臺蓋到死為止，但他們一在港口靠岸，她就打倒了行進隊伍後方的一名守衛，在混亂中逃跑了。

「比不上第三集中營或柯帝茲堡大逃亡那麼轟轟烈烈。」她說，「你沒辦法留在那組織什麼逃亡委員會之類的垃圾，很有可能下一刻就會有個豬臉警衛因為好玩便朝你腦袋開一槍——一逮到機會就得逃。」

瓦薇拉．席多羅夫那愉快地承認她完全準備好要幹掉幾個當地人好順利逃亡，她被一位老太太看到，把她帶到反抗軍那裡，這對每個人，尤其是德國人來說，都是非常幸運的事。

「他們叫我薇薇安，」她說，一個女演員的名字，然後提供了假的身分文件，「還教我怎麼說得一口漂亮的英國腔。」

一九四五年解放日後，她帶著新的英文名和新身分回到倫敦，利用戰後百廢待興時轉為官方身分，她說她在一九五二年結婚，但拒絕透露關於她丈夫的細節。

「不管怎樣，他在一九六三年過世了。」她說。

他們住在溫布頓大街底的一棟半獨立房屋，沒有小孩。

「以一個九十幾歲的女人來說，妳算保養得非常好。」萊斯莉說。

「妳注意到了啊。」瓦薇拉．席多羅夫那轉頭，搔首弄姿。

「妳知道為什麼嗎？」萊斯莉問。

瓦薇拉．席多羅夫那往前傾。「我發現了青春靈藥，」她說，「在特威肯漢的樂施會商店裡找到的。」

「妳確定妳走進去的不是幫幫老人[1]嗎？」我問，比萊斯莉搶先了百萬分之一秒——她在桌子底下踹了我一腳報仇。

瓦薇拉．席多羅夫那耐心等待我們恢復秩序。

「妳對自己做了什麼事嗎？」萊斯莉問。

「天啊才沒有，」她說，「前一天我還在變老，隔一天我就凍齡了。」

所以納丁格爾並不是個案，我心想。

「妳想得起來大概是哪一年開始的嗎？」我問。

「一九六六年的銀行節。」她說。

「非常精確的日期耶。」萊斯莉說。

「這件事我記得一清二楚。」瓦薇拉．席多羅夫那說，那時她還住在溫布頓的房子裡，正在後院晾衣服。

「感覺好像有人開了一扇通往夏天的門，」她說，「忽然間，我好像充滿了」——她亂揮著手——「蜂蜜、陽光、花朵，那天上床睡覺時，我好幾年來第一次夢到俄羅斯。我很想跳舞，很想很想跟人上床，第二天下了場大雷雨。」

「所以妳知道自己要返老還童了？」萊斯莉問。

瓦薇拉．席多羅夫那大笑，「不，親愛的，」她說，「我以為我更年期了。」但後來顯然沒有，所以她決定善加利用。

「我出去跳舞、跟人上床，還喝得很醉很醉。」她說，然後她搬到諾丁丘，試了迷幻藥，還聽了過多的前衛搖滾樂，對她的身體沒好處。「聽我的勸，千萬不要一邊施魔法一邊聽鷹族雄風樂團，」她說，「也不要一邊嗑迷幻藥。」

「妳怎麼維持生計的？」萊斯莉說。

「那個年代很好混日子，到處都有能暫住的小屋、合作社團和好麻吉，到處都有人在徵合夥人、樂團成員或者實驗劇團夥伴。我在《倒數計時》雜誌工作過，時間也有可能再晚個幾年——有一、兩年我沒什麼印象了，特別是一九七五年的時候。」

「妳是什麼時候遇見艾柏特．伍德維爾．詹托的？」我問——原本的無臉男在一九七〇年代早期銷聲匿跡，所以他們可能當時碰過面。

「很久之後，」她說，「二〇〇三年時。」

那時的瓦薇拉．席多羅夫那已經完全回到了地下神祕圈。

「你們兩個一定知道那是什麼感覺，」她說，「只要知道它的存在，就不可能忽略，而且我想看看有沒有回家的機會，回俄羅斯。」她知道很多戰時的戰友已經過世，沒被德國人殺死的那些很可能被史達林清算了，所以她發現 Nauchno-Issledovatelskiy

1 英國的老人長期照護慈善團體。

Institut Neobychnyh Yavleniy，也就是異常現象科學研究中心又重新開始運作，而且有個幹員在西方國家活動時，感到非常驚訝。

我跟萊斯莉神聖地點點頭，一副很懂的樣子。我一邊想像納丁格爾把這件事加入那一長串他覺得自己應該要知道卻不知道的事物清單當中。

但異常現象科學研究中心在蘇聯活動意味著魔法師仍然被追蹤著，而瓦薇拉．席多羅夫那可不想再受任何人控制了，就算是她的祖國也不想，所以一九八〇和九〇年代時，她忙著複習魔法並學習新招，「這邊學一點，那邊學一點，」她說，「你們聽到會嚇傻的。」

「妳**到底**是怎麼和伍德維爾．詹托扯上邊？」我問。我開始覺得瓦薇拉．席多羅夫那在耍我們。

「那是我的工作。」她說，和她在一九七〇年代末期開始做的沒太大差別。「你和我這種人游走在凡人和地下神祕圈中間，我們是很棒的仲介和中間人。」她說，但拒絕透露更多細節。

「客戶隱私，」她說，「你懂的。」

她明顯不把無臉男二號當成客戶，因為她很樂意解釋他是怎麼開始雇用她進行各種工作，大多數都很無聊，「去地下神祕圈找一些人或東西。」她說。我們做筆記，之後再追蹤並條列下來。她堅稱沒見過無臉男本人，所有事情都是透過電話進行。

「是我幫他找到老艾伯特的，」她驕傲地說，「花了我六個月——他被塞在牛津外一家私人看護中心，」無臉男在莎士比亞塔裡安排了一棟公寓給他，瓦薇拉．席多羅夫那好好利用了這個地點，在劇場裡待了更久。

「妳就這樣做了多久？九年？」萊斯莉問。

「不是全職工作，」她說，「有兩個受過正規訓練的護士照顧那個可憐蟲，在頭一、兩年，他大多時間都往外跑。」

「跑去哪裡？」

「我一點概念也沒有，」瓦薇拉．席多羅夫那說，「每天早上都會有個年輕女子來接他，下午又載他回來。」

「你知道她帶他去哪裡嗎？」萊斯莉問。她問話時，我在她看得到的筆記本上寫下白小姐＝沒司機＝巴比肯附近的電臺。

「有人特別付我錢要我別問問題。」瓦薇拉．席多羅夫那說。

她不知道公寓裡的惡魔雷，但她一點也不驚訝，我們去拜訪過後，她就安排艾伯特搬家。她懷疑惡魔雷在那裡的目的不只是要讓艾伯特就範，也是想逮到納丁格爾或我們這種人。

我們問她羅伯．威爾和他的棄屍活動，她一概說不知道。她知道為什麼無臉男會想朝一名女子臉上開槍嗎？

「也許他想延遲屍體被認出的時間，」她說，「或者想遮掩他對她的臉做的事。」

我感覺到萊斯莉在我旁邊緊繃起來。

「哪種事？」她問。

「你們見過他的動物園了，」瓦薇拉．席多羅夫那說，「可能是他想製造新種生物。」

雖然這是非官方訊問，但瓦薇拉．席多羅夫那仍不打算透露我們還不知道她曾犯下的罪行。她聲稱對郡園一無所知，然後聽到我們懷疑她讓藥頭理查．杜斯伯里在吃早餐時心臟病發死去時，她哈哈大笑。

「這不是我的風格，親愛的。」

問到他們到底對薩塞克斯農場上的狗做了什麼時，她也不想多說，而問到她都在那裡做些什麼時，她只說：「收尾一些瑣事。看到你們兩個來探頭探腦時，可以想像我有多驚訝嗎？」

我瞥向萊斯莉，她聳聳肩。我們很清楚她所謂的收尾一些瑣事，要是我們沒干預的話，貝利、麥斯和丹尼早就死了。我們質問她是不是這樣，她說世界上少了他們會變得比較醜惡嗎。

「妳知道那個樹之女神嗎？」我問。

「什麼樹之女神？」

「住在天空花園高塔底端的那個。」我說。

「我知道很多事，」她說，「你們會——」

我感覺到萊斯莉的手按住我的手臂，這才發現我已經半從椅子上站起，白色的塑膠咖啡杯在我們中間的桌面滾來滾去——幸好是空的。瓦薇拉・席多羅夫那往後一縮，警戒地看著我。

「不，」她說，「我什麼都不知道。」

我吸了一口氣，重新坐下。

「這點我會查個清楚，」我說，「要是妳知道些什麼，最好現在告訴我。」

瓦薇拉・席多羅夫那望向萊斯莉，她不為所動地看回去。

「不知為何我很懷疑。」她說，然後舉起手，「我發誓我不知道，但這解釋了早上我去接麥斯和貝利時他們在咕噥什麼。」

「考慮到妳犯的罪有多嚴重，」萊斯莉說，「妳看起來倒是一派輕鬆。」

「我對人生的看法比你們還要長遠，」她說，「我被納粹的武裝親衛隊俘虜過——你們真覺得倫敦警察廳能嚇著我嗎？覺得艾薩克的人能嚇著我？順帶一提，我很喜歡這暱稱，『艾薩克的人』，真是饒富興味。你們一定知道如果我選擇逃跑，普通監獄根本攔不住我，你們也還不能正式處決我，而守著我會浪費你們大把時間。所以我們遲早會達成某種協議，不管是哪種，我可能都還幫得上忙。」

「妳想殺了我們，」萊斯莉說，「記得嗎？」

「如果怕老虎，」瓦薇拉・席多羅夫那說，「就別往虎山行。」

18 計畫之中的畸零空間

事情發生時我還沒真正意會，後來才意識到我心愛的福特轎車壞了。就算沒被半噸重的磚塊砸壞，也會被一頭從引擎蓋上踩過的大象摧毀。納丁格爾從沒想通這到底是他還是瓦薇拉．席多羅夫那做的，而她只對著我的臉大笑。

納丁格爾的捷豹安全停在一百公尺外通往農場的路上，他說他用魔法製造出了抵達的車聲，讓把我們關在穀倉裡的人分心，而他趁機躡手躡腳繞到後門。

我們在切爾姆斯福德旅館過夜，我的房間可以欣賞到附近高架道路的迷人景觀，但至少床很柔軟，淋浴間也沒壞。隔天上午的早餐是歐風自助餐，我和萊斯莉比賽誰可以在盤裡堆出比較高的食物山。早餐吧沒有香腸、沒有培根也沒有炸魚片——無論是托比或茉莉都不會滿意的。

杜菲偵緝督察長在接近中午時抵達，載來一車子的布倫萊警官，然後開始訊問麥斯和貝利——罪名是刑事損壞——並把丹尼丟回給艾薩克斯——罪名是非法持有槍械、恫嚇行為和破壞英格蘭鄉村。

我們自己也得做筆錄，耗費了大半天，因為我們得不斷停頓、跳回杜菲偵緝督察長和監督本案的助理警察局長認為「有問題」的地方。基本上每個地方都有問題，最後我們只得把一切財產損壞歸咎於火災意外和瓦斯桶爆炸——多起火災和爆炸。

納丁格爾必須待在瓦薇拉·席多羅夫那附近，所以我跟萊斯莉開車去切爾姆河邊的一間海鮮酒吧買些豪華的炸魚薯條，帶著食物回到監獄前，我們在河邊走道花了幾分鐘餵鴨子，看看是否有人在家。沒有，真不好玩。

「可能不是每條河都有河神。」萊斯莉說。

當晚剩下的時間我們用來完成筆記，打兩份主要案件調查報告，然後回到旅館。我們訂很早的鬧鐘，好在動身離開前先飽餐一頓。

為了加快我們離開的速度，艾塞克斯的警察給了我們一輛車和一名司機。我們坐在後座往倫敦前進，口袋裡塞滿芭比貝爾小起司條、心中充滿疑問。

由於我心愛的 Asbo 壽終正寢，首要任務是先弄到一輛車。我們拋硬幣決定，我輸了，所以我會被丟在空中花園去看看托比，萊斯莉則去找一名據她所知有在經營中古車買賣的友善修車工人。我打賭她會買回一輛銀色 Astra，但誰說得準呢？

從人行道看過去，圍繞著高塔的花園看起來並無不同，在片片陽光中依然青翠。根據布倫萊叫來的專家說，要讓那麼大的樹木死掉得等上好幾年，可是為什麼小天那晚就死了——幾乎是當場死亡？而且為什麼無臉男要摧毀那些樹木？甚至還雇用貝瑞、麥斯、丹尼和他們剛不幸溺死的朋友這種無能的跳梁小丑。電鋸男的身分剛確定，名叫馬丁·布朗，住在巴西爾登的長萊汀。這四個人都是那種低級莽夫，他們的野心是成為專業罪犯，卻連入門磚的邊都摸不到。

我想下樓去花園，但布倫萊的凶案調查小組還在樹林間穿梭，進行撤退之前最後一次地毯式檢查。我可不想在臥底工作還沒完成之前就被指認出來。

為什麼無臉男想弄死那些樹？傑克．菲利普斯說過，空中花園還在古蹟保護名單上的原因就是那些樹，是因為想要把大樓從名單中除去並開始拆除作業才摧毀那些樹嗎？更新計畫涉及大筆金錢，無臉男的動機有可能這麼俗氣嗎？

我往下望著一間間車庫，看著上頭有郡園標誌的那幾間，其中四間有新砌水泥的痕跡，一直延伸到高塔底部。不，這不會是不動產詐欺案這麼簡單。首先，這種詐欺案其實完全合法，再說也不需要魔法協助就能達成目的。

無臉男安排手下去砍樹時知道小天的存在嗎？可能不知道，不然他不會找一群小丑去執行任務，但為何不乾脆派瓦薇拉．席多羅夫那去呢？我很確定她可以直接召喚出一陣致命的冰霜來對付整座花園，要是她算準時間，甚至還能把錯推給古怪的天氣。

但是無法騙過我們，艾薩克的人不會被騙，我們聰明多了。

意思是要嘛無臉男知道我們在這裡，要嘛他正嚴密監控這個地方。

不過為何要冒險——就算那四個艾塞克斯男孩死了也沒差？

除非他趕時間，就算顧忌我們也無法延緩計畫。

我從走道看見通往低樓層的門被撐開了，這是個明確的標示，可能是議會讓工人進來或是有人要搬出去，不然就是有賊闖空門。我看看停車場是否有線索，只看見一輛白色雪鐵龍箱型車，車身印著南華克議會的標誌。我記下車牌號碼，單純以備不時之需。

一樓電梯間黑暗陰涼，我按了電梯鈕，等待的時候盯著那個懸掛在大樓中央「其實不是真的阻尼器」的東西。史騰堡設計了空中花園好用來吸收環境中的**感應殘遺**，要是成功了，這些能量一定會導到某個地方去。我們原本假設這整個邪惡計畫失敗了，因為能量並沒有往上傳輸到屋頂上的**城市冠冕**然後發散出去。如果能量只是單純累積起來，並沒有要釋放呢？

如果是儲存在這三十公尺長的塑膠柱裡呢？電梯門在我身後打開，我無心理會。能量可以往下輸進圍繞著高塔的車庫裡堆疊得整整齊齊的金屬盤中，無臉男不需要納丁格爾教我們的權杖鑄造技術——他改良了惡魔雷的製作方法，製造出可以儲存能量的容器——狗電池。

這不是不動產詐欺，我忽然想通了，這是搶劫。

我轉身想衝回公寓，但電梯門關了，我得再等它下來。

我開門進入公寓後，發現裡頭堆滿了人體。

窗簾拉起來，電燈也沒開，黑暗中我依稀辨認出至少有三個人躺在沙發床上，地上則至少有五個。他們好像都是男的，從灑出啤酒的氣味以及滿地洋芋片包裝和外帶紙盒判斷，他們正準備在這兒好好住上一宿。我注意到他們穿的厚夾克和反光條，由此推斷出他們到底是誰。

我緩緩推開臥室門，往內窺看，史騰堡將主臥室悉心設計得狹窄到無法橫放特大雙人床，但如果縱向放置，床和牆壁間又會多出十五公分的縫隙。床尾那端的牆壁有扇拉門，而床邊剛好可以放得下衣櫥，衣櫥又那麼剛好擋住了通往拉門和外頭房間的路。艾瑞克・史騰堡以這種對細節一絲不苟的態度而聞名，《衛報》的建築特約記者說這是**現代英國建築顛覆傳統最佳典範**。

查克面朝下躺在床上，除了一條亮紅色的內褲之外什麼也沒穿，雖然他食量很大，我還是不禁注意到他瘦到我能數出他背上的每節脊椎骨。

我小心翼翼地蹲下來，直到嘴唇只離他的耳朵幾公分遠，然後大叫：「警察！」然後他的反應極富教育意義，不只往上彈了至少一公尺，還像隻貓一樣扭動著，四肢著地降落在我們之間的床鋪上。

「媽的！」他大喊，然後一把捂住自己的嘴巴。

「你為什麼把我的客廳塞滿了無聲之人？」我低聲說。

「社區關懷。」查克小聲說，「我想讓他們多跟地面上的世界互動。」

「你帶他們去酒吧巡禮了，對不對？」

查克聲稱這的確成功促進了互動。

「他們其中一個在格林巷點了希臘捲餅，」查克說，我們退到廚房去喝咖啡，一邊用幾近正常的音量說話，「讓我眼眶泛淚，感到非常驕傲。」

「你為什麼帶他們來這裡？」

「很晚了，這是最近的去處。」

「有茶可以喝嗎？」走廊的一個人影問道。他個子矮瘦但很結實，有輕量級拳擊手的體格和力氣，他的臉很長很蒼白，大大的眼睛是灰色的，很漂亮，說話時的聲音低如洪鐘，但音量只比喃喃自語稍大一些。他上下打量我，然後伸出一隻手。

「史蒂芬，」他說。他的手勁強而有力，皮膚像砂紙一樣粗糙。

「我叫彼得，」我說，「我們有過一面之緣——你把我埋在牛津圓環地鐵站的月臺下。」

史蒂芬聳聳肩，「你很需要休息。」他說。

「酒吧巡禮如何？」我問。

「小有所成，」他說，「要是能睡晚一點就好了，我一直被鑽地聲吵醒。」

我跟查克側耳傾聽，除了遠處傳來車輛往來的聲音和水壺燒開的尖響之外，什麼也沒聽見。

「什麼鑽地聲？」我問——心裡想的是樓下的議會承包商。

史蒂芬舉起手貼在廚房外牆上，閉起眼睛。「樓下，大概三十英呎左右，半吋的水泥鑽深入水泥六吋的聲音，是品質很好的牆壁。」史蒂芬說，用關節敲敲牆，「不是這種爛貨。」

查克遞給他一杯茶。

我的茶，我走了一整條路大老遠買回來的茶。不過，有鑑於我們把查克留在公寓裡整整兩天，還有東西留下就已經不錯了。

「托比呢？」

托比在樓下支離破碎的兒童遊戲區，在鋪滿地面有如積雪般的落櫻間跳躍玩耍。放眼望去沒有別人，所以我召喚了幾顆水球讓他追著玩。我一邊想著真的是該擺脫無臉男的時候了，不管他鋃鐺入獄也好或被推進驗屍間也好，我顧不了那麼多了。

「他不過是個罪犯而已。」納丁格爾說過，「不可能料想到每一件事。」

我想他沒預料到我們會找到書，還把它和空中花園聯想在一起。不管他的計畫是什麼，他也沒預料到我們會中途出現，他慌了——所以才攻擊花園，然後要瓦薇拉・席多羅夫那湮滅證據。如果我們再刺激他一下，讓他無法穩住陣腳，但該刺激哪裡呢？

他戴面具，而且在幽影中移動，但他還是得在凡人的世界裡活動，總得有人往倉庫堆狗電池，可以把它們鎖在亮晶晶的不鏽鋼大門後方，門上還整整齊齊印了個標誌——提供全方位服務、大家最愛的資本主義好夥伴——郡園。

我可以打給布倫萊凶案調查小組，看看他們是否在整合情報平臺系統上查過這家公司，但我真的不想讓他們再對我怒上加怒了，所以我只好選擇第二好的方案。

「你想知道些什麼？」傑克・菲利普斯問，一邊警戒地看著托比嗅聞他的棕櫚樹的根部。

「我想我應該拜訪一下郡園。」我說。

「以什麼樣的身分拜訪？」他問。那瞬間我以為他識破我是警察了。

「以熱誠部落客的身分，」我說，「準備好利用社群媒體的力量來創造美麗新世界，我想拯救這個地方。」

「你才來一個星期。」他說。

「那又怎樣，」我說，朝他天空中的花園揮揮手。「如果所有陽臺都像這樣，這個地方會成為巴比倫的空中花園——這裡會成為世界奇景。」

一輩子的挫折讓他變得憤世嫉俗，但如果沒有頑強的核心信念，如果沒有堅信著事情會變好，就不可能一直是活躍分子——這跟當聖安東尼奧馬刺隊的籃球迷有點像。

「你這樣想嗎？」他問。

「我認為值得一搏。」我說，同時發現自己說的是實話。

於是傑克一邊哼著國際歌[1]，一邊領我進入他將空房間改建而成的辦公室。裡頭真的有那種灰色鐵製檔案櫃——他說是一九六六年時從一輛翻斗車裡撿回來的。他從櫃子中段一個抽屜裡拿出一本鼓脹的淺黃檔案夾，找到所需的資料。好險我及時想起跟他要張小紙條記下細節，而不是掏出筆記本來寫。

我小跑步走了四層樓梯回到我們的公寓，撞見萊斯莉和查克正在吵架，這是那種一方不知道另一方心意已決的低調爭吵。

「你們不能待在這裡。」萊斯莉說，然後她看見我，殘酷地也把我捲入戰局，「對不對，彼得？」

「如果是因為食物不夠吃，我可以再去採買沒問題。」他說。

史蒂芬和其他無聲之人正尷尬地站在客廳，一群人已經完全準備好在杯盤滿天飛之前開溜。

「我們的行動正在進行中，」萊斯莉說，「這是公事，你們會讓我們分心——抱歉。」

查克看著我尋求確認，我點點頭——無論如何都得挺夥伴。他嘆氣，然後和萊斯莉遮遮掩掩地親吻，我去上廁所好避開這一幕，接著查克和他地下來的夥伴們便離開了。

「又少了一組要擔心的人了。」她靜靜地說，然後提高音量對我說，「我們要待在這裡還是回去休息？」

「兩者皆非。」我說，「我覺得我們可以去製造一些騷動。」

郡園和姐妹公司郡望、郡縣財務管理（標語是「郡管相信我們！」）和郡縣系統公司都位於岸渠的史夸頓街，他們在十九世紀的倉庫改建成的出租辦公室裡，大門附近有藍色石膏毛石砌。你會覺得這種地方比較適合新創軟體公司或者沒落的電視製作公司——不會是提供全方位服務的物業管理公司，尤其不可能是有一整隊整齊劃一車輛的公司，而且剛剛幫我們的新車找車位時發現史夸頓街上根本沒地方停車。嗯，車不是全新的啦，但至少不是銀色Astra，而是另一輛福特Asbo，車牌是二〇一〇年的，里程數高到令人心疼，但顯然前任車主很愛護它，開起來還是很享受。它不是橘色的，而是一種務實的深藍色，至少進行偵察任務時不會引人注目。

---

1 國際社會主義運動中最著名的一首歌。

最後，我們把車擠上人行道停妥，完全違法的行為，只希望停車時間不會久到被開罰單。

我們亮出證件給櫃檯人員看順便問路，爬上一層樓後我們犯了個小錯，不小心左轉而不是右轉，然後發現我們來到一扇灰色強化金屬門前，門上用透明膠帶貼著一張印有郡園標誌的Ａ４紙張。我試著轉動門把——鎖住了。我敲敲門，等待，但沒有人應門。我看看手錶，時間是下午三點——沒有公司會這麼早下班。我把耳朵貼到門上死系傾聽著。

「裡面沒人。」我說，但說話的當兒正巧聽見裡頭傳來吸塵器聲音。我大叫：「警察——開門！」我又聽了一次，聽見吸塵器關掉，似乎過了很長一段時間門才打開。

門打開後，我們發現眼前站著生平遇過身高最傲人的索馬利女人，我猜她年約三十五，比我整整高十公分，表情肅靜、棕眼憂傷。她身上那件藍色聚酯纖維清潔工外套穿在她身上看起來像馬甲，頭上的伊斯蘭頭巾是昂貴的紫色絲綢。

「是的，」她說，「有什麼事嗎？」她有索馬利口音，但英文的流暢程度讓我覺得她在非洲受過所費不貲的高等教育。

我拿出身分證件，告訴她我們正在調查郡園。

「跟我沒關係，」她說，「雇用我的是芳恬辦公室清潔服務。」

萊斯莉側身擠過我們去查看辦公室。

「妳來這裡多久了？」我問。

「大概十一年，」她說，「我有護照。」

「我的意思是，」我說，「妳今天在這間辦公室待多久了？」

「喔，」她臉色一亮，「我剛進來。」

「妳知道他們人都到哪去了嗎？」

「我想今天可能他們公司休假。」

「彼得，」萊斯莉急切地喊我，「過來看看這個。」

這裡是典型的開放式辦公室，方塊隔間給孜孜矻矻的工蟻使用，玻璃會議室給不知人間疾苦的蟋蟀。這和我看過的其他辦公室沒兩樣，就連凶案調查小組的外部調查辦公室也是長這樣——紙張、咖啡杯、便利貼、電話、檯燈和員工隨手擺放的辦公室小物，照片之類的東西。

「要看什麼？」我問。

「什麼東西不見了？」萊斯莉問。

然後我發現了，每個方塊隔間裡都有基本的平面電腦螢幕和便宜的鍵盤，但是主機不見了。文書資料都還擺在公文格裡，米白色的隔板牆上也還釘著桌曆，某個員工似乎企圖用咖啡漬圈圈組成奧林匹克標誌，但是辦公室裡沒有半個還在運作的硬碟。

我走回清潔女士的身旁，問她昨天是否也在這裡，以及那時辦公室有人嗎？

「噢，有，」她說，「昨天這裡可忙碌了，我很難把工作做完。」

我要她放心，記下她的名字艾娃．尚比爾和其他詳細資訊，告訴她應該可以開始找新工作，因為這間公司應該不會再營業了。

「她是你母親的朋友嗎？」我們看著她一絲不苟地收拾掃除工具和個人物品時，萊斯莉問。

「應該不是。」我說，不是在倫敦的每個清潔人員我母親都認識，她只認識來自獅子山共和國的那些、大部分奈及利亞人，以及一群和她一起在國王十字車站工作的保加利亞人。不多啦。「提醒我有空時查查她的資料。」

「如果你覺得她有問題，我們現在就應該攔下她。」萊斯莉說。

她對待工具的方式很專業，可是我還不知道有哪個清潔人員會像她一樣戴著高級頭巾上工。

「不必，」我說，「我們得回大樓去。這是無臉男合法的門面公司，如果結束營運了，代表他不再需要它，或者今天過後這裡會有安全漏洞。」

「所以電腦才都不見了。」萊斯莉說。

「不管他的計畫是什麼，我猜會在今天或今晚執行。」

過河並穿越象堡糟糕的交通回去時，我感到一股奇怪的慌張，但想不出是為什麼。

「一、兩天前有人想殺我們，」我告訴萊斯莉時，她說，「我們現在沒有因為精神異常告假已經夠讓我驚訝了。」

「殺不死我們的，」我說，「如果想幹掉我們，下次得更早起床。」

萊斯莉說這樣真是太好了，但上面批准我們在任何獵鷹行動中攜帶遠距離電擊武器著實讓她安心許多。她回來時順便去浮麗樓拿武器。

萊斯莉也撥了電話給納丁格爾，他還困在艾塞克斯看管瓦薇拉・席多羅夫那。他也說他跟杜菲偵緝督察長談過了，布倫萊凶案調查小組會繼續追蹤調查那間辦公室。

我們回到空中花園，議會的箱型車還在停車場。

「我去拿裝備袋，妳盯著他們。」我說。

「你覺得會出事嗎？」萊斯莉問。

「謹慎起見。」我說。我想要我的防彈衣，就算只能帶來心理安慰也好。看吧，有人想殺了你，忽然之間你就變得小心翼翼的，等電梯時我心裡這麼想。

艾瑪・沃爾倒是第一次看起來這麼開心。電梯門打開時她走出來——她看到我的時候還跳了起來。

「你好，彼得，」她說，「我正要去買東西。你需要什麼嗎？我可以順道一起買。萊斯莉呢？」

「在外面。」我說。

「好吧，」艾瑪說，「回頭見嘍。」然後小跑步出門，沒等我回答要不要她順道買東西就走了。

一定是毒品，搭電梯往上時我心想，讓我們的流亡公主淪落到這般田地的東西——一定是毒品。

鑰匙插入鎖中轉動時，托比開始吠叫。我解鎖到一半猛地停下動作。艾瑪的公寓被郡園的閃亮不鏽鋼門封住了。她是自己離開的還是被驅逐出去？但她剛剛說只是要去買東西而已，而且以一間目前辦公室空蕩蕩的公司來說，動作也太快了一點。

我繼續把門打開，忽略在我腳邊急切蹦跳的托比。我抓起裝備袋回到玄關，托比盡牠所能爬進來。我掏出手機，速撥給萊斯莉。

「艾瑪和妳在一起嗎？」我問。

「沒，」她說，「她去買東西了。」

「如果妳看到她，把她攔住，在我下去之前也別讓那些箱型車跑了。」

萊斯莉說她覺得我開始變得疑神疑鬼，但她同意把 Asbo 新車橫停在地下車道上，這樣他們就逃不掉了。

警察廳背心分成兩部分，防刺和防子彈的夾板以及背心外層的堅固布料，沒有印任何字樣適合便裝調查。但這次我想穿制服背心，它是令人安心的藍色，背上用螢光字體印著**警察**兩個字。我全副武裝後，走到新裝的郡園安全大門前，先停下腳步把手機關掉，然後用火球把鎖轟掉。

接著必須等兩分鐘讓金屬冷卻，我不禁開始忖度要怎麼讓瓦薇拉·席多羅夫那把她用來攻擊我的暴冰射線**形式**傳授給我。

終於，我用警棍末端撬開門。我把警棍甩到最長，準備好隨時派上用場，接著踏入公寓。如果艾瑪真的搬出去或被驅逐了，那她可真是輕裝簡行。公寓很不整潔，我回憶和一群男警察住一起時也差不多是這個樣子。不是真的骯髒，而是角落累積灰塵、內衣褲半掛在抽屜上、床單縐巴巴、枕頭四散在地的那種髒亂。客廳也讓人嫌惡，一張滿是汙漬的咖啡桌中央放著裝滿的菸灰缸當擺飾——我注意到沒有吸毒工具的蹤影。

托比在走廊上打噴嚏，揚起一股棕色灰塵，我沒注意到牠跟進來了。半條走廊都覆蓋著灰塵，前門左邊一個儲藏櫃前的灰塵被壓實了，我看得出厚重的靴子把灰塵踩入仿木地板的痕跡。

「很多人來過這裡，托比。」我說，想起史蒂芬對電鑽的抱怨，「還帶著很重的ＤＩＹ工具。」

史騰堡將空中花園設計由九根和高塔一樣高的巨大梁柱支撐。他試著不讓梁柱干擾到長條狀的公寓房間，但每層樓還是有四間公寓的浴室被圓柱貫穿，史騰堡的解決方式是假裝他原本就想把浴室設計成電話亭大小，而柱子的圓弧壁面是用來掛儲藏櫃用的。

我想我的潛意識應該已經猜到即將要發現什麼了，因為我小心翼翼地把櫥櫃的門打開，看見裡頭的東西後我連呼吸都忘了。

水泥梁柱上鑽了一排洞，塞著看起來像灰色橡皮泥的東西。灰色圓管從軟綿綿的底端探出，一把電線從圓管散出來，然後被束得整整齊齊，導進用封箱膠帶牢牢黏在柱子上的一個容器中，大小形狀如同收銀機現金盒。

我想知道要是一股腦把所有引信都拔掉會發生什麼事，然後我注意到一張黃色的便利貼飄落在盒子下方的地面，我撿起來讀：**這個裝置有保護措施，請勿亂動，違者常引發爆炸。**

19 對不相干的事務一時不察

讓我背脊發涼的是警告語竟如此厚顏無恥，不管把爆破裝置放在這裡的是誰，都不擔心會被人看見。意思是什麼？他們不認為有人會闖入郡園的封鎖範圍？或者是更糟糕的情況，因為他們很快就會引爆，根本不會有人來得及發現？

我完全想不起發現炸彈時的處理程序，但很確定第一步一定不是緊張到過度換氣。對，第一步是尖叫喊救命，不過要喊得理性又節制，而且不要用手機或空波，免得射頻引爆炸彈。因為艾瑪出門時除了身上穿的衣服什麼也沒帶走，所以我首先查看她是否有室內電話——幸好不是無線手持話機——而且有撥號聲。我打電話報警，對中央通訊組表明身分，他們要我確認地點以及有炸彈在屋內。

我記起史蒂芬抱怨電鑽的噪音時說是從公寓下方傳來的，我不懷疑他的聽力——尤其與岩石和水泥相關時更無庸置疑。如果鑽洞地點不只一處，那很可能有更多炸彈被固定在梁柱上。我友善的鄰居無臉男打算以爆破計畫夷平整棟建築。

「不只一個炸彈，他們在建築主結構上都鑽了洞。」我說，「我有理由相信他們打算炸毀整棟樓，所以需要在不同地點安裝多個土製炸彈。他們還留了一張紙條說炸彈有陷阱裝置。」

倫敦警察廳真的很不會取行動口訣。給第一位抵達重大意外現場的警員口訣是SADCHALETS，**查看**（Survey）：天啊有炸彈！**評估**（Assess）：天啊炸彈不只一個住戶全都會被炸死！**通報**（Disseminate）：天啊有炸彈我們要被炸死了快來支援！但我從來不記得接下來的CHALETS代表的是什麼——**傷亡人數**、**災情**之類的，只記得最後一個字S代表的是**開始記錄**，因為實在是廢話。

接線員問我爆炸裝置是否跟獵鷹有關。

我告訴她這的確是牽涉到獵鷹的行動，但那裝置只是一般的炸彈，她花了一、兩秒鐘消化這個訊息，然後要我趕快離開這附近。我告訴他們萊斯莉在樓下，提供了她的手機號碼。

接著我掛斷電話。

我躡手躡腳回到走廊查看炸彈，真的看起來很像橡皮泥。我腦中有一小部分尖叫著想說服其他部分那只不過是橡皮泥而已。

重大意外處理程序手冊中記載第一位抵達現場的警察應該要執行的一長串事項，最後還有個專門的章節寫著：

為確實執行上述事項，第一位抵達現場的警察務必不可親身涉入營救工作。

最近的緊急應變警車距離這裡路程不到兩分鐘，第一要務是疏散民眾，他們會從最下面往上疏散。我已經在二十一樓了——我和屋頂之間有五層帶有陽臺的樓層，每層都是兩層樓公寓，如果我從這裡往上疏散，那麼就能在建築被炸毀之前先讓他們逃離。

這就是為什麼有人會因此殉職，無論重大意外處理程序手冊是怎麼教的，我都沒辦法自己跑下樓，留下這群人聽天由命。

還有多久？還有多久？我看看手錶，瞪著炸彈。

「如果這是電影的話，裝置前面會顯示倒數時間，」我說，「大大的夜光ＬＥＤ數字。」

這樣我至少能知道還剩下多少時間。

我快步走回公寓外的走道，沒必要狂奔。我得穩住自己。艾瑪離開後二十一樓只剩下兩戶人家，我走向其中一戶，托比在我腳邊汪汪叫，要不是牠感染了我的緊張情緒，就是覺得散步時間到了。

我撳門鈴。

不能劈頭就砰砰敲門大喊警察在此，在空中花園這樣的地方尤其不行。雖然很難以置信，但在社會某些角落，有人不把警察看作法律與秩序的可靠守護者，大喊警察常會讓居民猶豫要不要應門。有些人是因為在這兒或別的地方和警方有些過節、有些人是因為他們不想惹事生非、也有些人是因為必須在開門前把他們必須沖掉的東西丟進馬桶。

一名棕膚小男孩打開門，抬頭看我，訝異地睜大雙眼。我問他爸媽在不在家，他叫來爸爸，我亮出證件給他看。

「不好意思，先生，」我搶在他開口前說，「請你和家人立即離開公寓下樓去。」

「我們做錯了什麼？」爸爸問。

「你們沒做錯什麼，先生，」我說，「我們正在疏散整棟大樓。拜託，先生，你們必須馬上撤離。」

他點點頭，走回公寓，用我猜是泰米爾語的語言快速交談。我聽見一個女性聲音的音量提高——是媽媽嗎？她不信。

拜託、拜託。

我踏步進入走廊，盡我所能以最權威的姿態矗立在廚房走道間，那女人看見我嚇了一跳閉上嘴，我禮貌但堅定地對她點點頭。

「太太，你們必須馬上離開這棟樓，」我說，「你們有生命危險。」

她轉向丈夫，大喊著下樓指令，我沿原路退出。他們為剛才那名小男孩以及應該是他姊妹的小女孩穿上鞋子和夾克，一分鐘之內就被推出大門。我引導他們到逃生梯，爸爸經過我時，我一把撈起托比，塞進那名受驚男子的臂彎中。

下一棟公寓沒人回應門鈴，大聲敲門和吼叫也沒用，我透過信箱孔看進去，似乎空蕩蕩的。

時間一分一秒流逝。

還有多久？我還有多少時間？

我離開公寓，希望裡面真的沒人，然後爬兩層樓到二十三樓。他們說處於這種情況時最關鍵的一件事就是避免眾人驚慌失措，所以你不能大喊：「他媽的有顆大炸彈要爆炸了，趕快跑不然就等著死翹翹！」可是真的很難讓民眾感受到恐懼且理解事態緊急，卻又不驚慌到失控。

這層樓有三間公寓有人居住，兩間似乎空了，第三間住著一對波蘭夫婦。感謝老天，在我說完第一句話之前他們就離開公寓了。

還有多久？

依照我的手錶顯示，我是十分鐘前通報有炸彈的，倫敦消防局會拉起內圍封鎖線，趕來的警察則會設立外圍封鎖線。

那條線能有多長？

我又往上爬了兩層抵達二十五樓，這層沒有半扇郡園的不鏽鋼門，我直接前往貝茲的公寓。這時我的右手掌已經因為大力拍門而瘀青，於是我用警棍的手柄端敲門。

我聽見貝茲大喊：「別急噢馬上來。」

她看到我時當真嚇了一跳。

「彼得，」她責備地說，「你這個髒東西。」

「貝茲，聽我說，」我靜靜地說，「有人在這座樓到處安裝了炸彈。你、沙夏和凱文必須馬上出來。」

貝茲的嘴巴張開，然後又闔上。「用你媽的生命發誓。」

「用我媽的生命發誓，」我說，「你們必須馬上離開。」

她望向我身後，然後又重新看著我。

「你是現場唯一的警察嗎？」她問。

「萊斯莉在樓下。」我說，「在這麼高樓層的只有我一個，還有更多警察正在趕來。」

「這層樓的人你都疏散了嗎？」

「還沒，我先過來這裡。」我說。

「好孩子，」貝茲說，「跟你說，我跟凱文幫你疏散這層樓。」

「好吧，」我說，「但不要逗留，也不要用電梯。」

「晚一點，」她說，「你和我要好好聊聊關於欺騙鄰居的事情。」

「我沒問題啊。」我說。

「好，你快去吧！」她說。

讚頌愛管閒事的社區跋扈管家婆，以及伴隨而來的所有好處。

我發現自己站在頂樓，卻沒有爬上樓梯的記憶。這層樓有四戶人家，其中之一是傑克·菲利普斯，我把他留到最後再通知——因為我覺得他會是個麻煩。

我揿下第一戶的門鈴，然後又揿了第二戶的，一個四十五歲左右的白人男子出現。

「我們要疏散了嗎？」他問，「電視新聞說的。」

「是的，先生，」我說，「請你盡速下樓。」或者你可以回到公寓裡，看自己在電視上爆炸。

我眼前的下一扇門打開，出現一個看起來很虔誠的西印度裔美麗女子，年紀大概三十出頭，對我露出燦爛又友善的微笑，讓我一時反應不過來。

「有什麼事嗎，警察先生？」

「我們要被疏散了。」她鄰居說。

「真的嗎？」她問。我很快地解釋說為了他們的方便和性命著想，最好趕快離開大樓，能跑多快就跑多快，如果不會太麻煩他們的話。

「那我的兒子怎麼辦？」她說。

「他們和妳一起在公寓裡嗎？」我問。

「不，他們在上學。」她說。

「我兒子也是。」她鄰居說，「他們上同一間學校。」

「你們想再看到兒女嗎？」我問，「想的話就請趕快下樓去。」

還是花了我兩分鐘才把這兩位請到逃生梯。

還有多久？

超過二十分鐘，倫敦消防局一定進入樓中了，一層一層淨空。沃華茲監獄能派出的所有警力一定都忙著維持外圍封鎖線和建立現場通行管制。而集合點則藏在一個不明顯的地方，停放一輛機動應變車，上頭有一根長桿支撐的監視攝影機，車裡即將塞滿中階警官，都擔心著鬼牌傳到了自己手上該怎麼辦。

我來到第三間公寓，沒回應。我透過郵箱投遞口往裡窺視，發現裡面加裝了保護信箱，擋住了視線，看不出公寓裡有沒有人。於是我用火球把鎖轟掉強行進入，我的噩夢已經夠多了，不需要再夢到有人把屍體從瓦礫堆中抬出來，一邊安慰我說：「沒關係的，你又不知道。」

公寓裡沒人，至少現在我知道了。

冰箱裡還冰著一、兩罐可樂，我偷拿了一罐。

「走開！」我一按門鈴傑克就大叫，聽起來他在屋內走廊上，我想他早已守在那兒等著叫我走開。

「傑克，」我說，「大樓要炸了。」

他打開門，但沒解開安全鏈，從縫隙間怒目瞪視著我。

「我早該猜到的，」他啐道，「熱誠部落客——笑死人。你是哪個單位的？特殊部門？」

「我是重大詐欺犯罪偵查署的人，」我說，要是說自己**來自處理魔法的小單位**，會挑起許多我沒時間回答的問題，「我們一直在調查開發商。」

「炸彈恐嚇是他們在背後搞的鬼嗎？」

「不只是恐嚇，」我說，「我親眼看到炸彈，紮紮實實的炸彈。你如果不馬上離開，很可能就會死。」

「我不能丟下我的花園。」他緩緩地說。

「傑克，」我說，「我們需要你……和其他人一起當郡園罪行的目擊證人。如果你死了他們就贏了，那麼你他媽的這麼辛苦是為了什麼？」

還有多久？

他花了二十秒做決定，花了三十秒解開安全鏈然後踏上走道，又花了六十秒才讓他走到逃生梯。

還有多久？

再爬最後兩層到二十九樓，只有一戶加裝郡園的不鏽鋼門——這裡無人可疏散。我正要轉身進行一個有尊嚴但希望夠迅速地下樓逃生的動作，卻發現通往屋頂的安全門打開了。

還有多久？

久到一整隊顏色鮮豔五花八門的重大意外應變車輛都在樓下集合好了，而金銀銅三個層級[1]的指揮官在圍繞著空中花園的同心圓封鎖區內如雨後春筍般冒出。

我爬上最後幾階樓梯，必須確定才行。

無臉男在上面等我——這個混帳。

他穿著一件海軍藍上好西裝，搭配猩紅色領帶和袋巾。我覺得他根本懶得使用魅惑來隱藏自己，臉上戴的那副平凡無奇的棕色面具很惱人地讓我想到萊斯莉。

他倚著欄杆站立，和我上次看見他一樣刻意維持漠不在乎的態度。很好，我心想，他不會趁自己站在頂樓時炸掉大樓。

希望如此。

1 英國救災體系分成金銀銅三個層級，金牌負責決策、銀牌負責執行，而銅牌負責第一線救災。

我漫步走向他，但微微往左偏，看進遮住撐起城市冠冕的混凝土圓柱，心想緊急時這應該是不錯的防護。

離他六公尺遠時，他慵懶地舉起一隻手，示意我停下腳步——我又往前多踏了一、兩步，基本原則使然，而且這樣可以再靠近圓柱一點。

「我忍不住要問，」我說，「為什麼要戴面具——你在這上面等誰呢？」

「你的師父，」無臉男說，「還是你稱呼他為先生？」

「都可以，」我說，又朝掩護處靠近了幾步。「你考慮過戴帽子嗎？感覺你戴帽子會很好看。歌劇帽如何？」

「很幽默，」他說，「但跟不上時代的人可不是我。」

「他很快就會到了，」我說，「你知道他打敗了你的俄羅斯女巫吧？」

「我聽說了，」他說，「很厲害。」

「她說『噢拜託饒了我』，接著他就『啪！』，然後她就陣亡了。」

「你有無線電嗎？」

「什麼？」

「無線電，」無臉男說，「可以聯絡你上司的東西。」

我給他看空波。

「你打算要投降嗎？」我問。

「沒那麼簡單。」他說，「我想知道大樓淨空了沒，」他拍拍夾克外套，「再開始放煙火。」

我撥了空波，呼叫ＭＳ１，執勤的沃華茲探員。

沉默了幾秒鐘才傳來回應：「ＭＳ１收到，」然後另一個聲音說，「請說。」較年長的女聲，操著老派港灣口音且裝腔作勢——我愛死這個聲音了。

「我在屋頂，面對一名身分不明、有獵鷹潛能的嫌疑犯，他聲稱能引爆建築裡的數個土製炸彈。他想知道大樓被淨空了沒。」

「已經搜索過大樓，爆炸品處理組正在二十一樓的裝置所在處。」

意思是，對，當然他媽的建築已經淨空了，可以請你挖更多炸彈小隊的資訊嗎？

我告訴無臉男，除了爆炸品處理小組之外，大樓裡已經沒有其他人了。

「告訴他們五分鐘之內我會引爆，所以最好撤離每個人。如果我聽到直升機靠近，就會馬上引爆。」他說，「確定他們知道我是認真的。」

「他說引爆土製炸彈之前，你們有五分鐘可以撤離建物裡的相關人等。如果他看見或聽見印度99式或其他直升機的聲音，就會馬上引爆。」

「你有空說話嗎？」ＭＳ１問。

我說沒有。

「你幫得上什麼忙嗎？」她問。

「沒辦法，」我說，「我累癱了。」

「了解。」她說，然後空波連線就被切了，他們斷了和我的聯繫。從此時此刻開始，我是人質，不是可用人力。

五分鐘。

史垂塔大樓俯瞰空中花園，也許狙擊手可以從那裡行動，但我寧可假設無臉男謹慎站好了位置，讓自己被中央混凝土圓柱遮住。

「這麼大費周章到底是為了什麼？」我問。

「你猜不到嗎？」

「我知道史騰堡為了收成魔法建了這座塔，但我不知道收成魔法是為了什麼，」我說。「我知道你打算偷走魔法，但我不知道要怎麼偷。

「我知道你用惡魔雷的技術製造了某種儲存魔法的狗電池，我也知道你把電池和這座塔的塑膠核心軸連接在一起。」我說，「但我不知道原因。既然你已經接好線路了，為什麼不開始移轉電力呢？」

「狗電池，」無臉男說，「名字取得真好，雖然牠們的作用比較像電容而不是電池。」

「那就是犬類電容，對吧？」

「喔你真聰明，對，犬類電容。」他說，「魔法不像電力，是很捉摸不定的物質，而且較難操控。這座塔比較像咖啡壺，可以濾泡咖啡的那種東西，咖啡粉懸浮在熱水中，想萃取的話你必須壓下活塞。」

「你真的用咖啡壺沖過咖啡嗎？」我問。

「我承認使用這個譬喻之前的確應該三思，但你應該懂了大概意思。」他說。

「你要把建築炸崩，這樣就能把魔法導入狗電池。」我說，「我猜你已經安排好一間專職拆除地點清潔的公司以低價搶標——只等狗電池裝載好，你們就能溜之大吉。」

我忽然發現他對城市冠冕一點概念也沒有，所以他才打算炸了整棟建築。不過他怎麼可能不知道？

「你要那麼多魔法做什麼？」我問。

「喔，我光靠自己的力量就完成了很多了不起的事，」他說，「想像一下我能用這裡四十年來累積的魔法闖出什麼大事業呢？」他看看手錶，「我覺得已經給了他們夠多時間疏散了，對吧？」

「那我怎麼辦？」我問。

「很遺憾你必須留在這裡，」他說，「我想避免大屠殺，但我們就打開天窗說亮話吧……要是放你一條生路，那我就太蠢了。」

「那為什麼不現在殺了我？」

幹得好，彼得，我心想，就讓他認真考慮這件事啊！

「為什麼要呢？」他問，「而且——」

我趁他話講到一半忽然發難。**驅動**真是不折不扣的美麗咒語，這是我所知道能對單點造成最大傷害的方式，但他還是趕在被擊中之前召出了護盾，發出一聲像水泥裂開的聲音，然後他瑟縮了一下——讓我感覺好受多了。

他直起身，然後裝模作樣地拍除身上的灰塵。

「真的假的，彼得，」他說，「我還以為你的進步不只如此。」

在我想出什麼機智回話之前，就先讓他以為自己說中好了。他掏出一枚無線引爆器，炸了大樓。

我聽見下方傳來爆炸聲，像夢魘裡的聲音一樣異常遙遠。我從腳跟感覺到悶悶的重擊，搖搖晃晃地往無臉男的方向跌去，準備好腳底下的屋頂隨時崩塌。

我感覺到了，排山倒海之力，像春季召見時泰晤士河散發出的那波力量，還有和小天跳舞時幾乎讓我飄浮在半空中的那陣風。建物企圖維持形體，不讓自己崩毀。

我利用這個機會縮短與無臉男之間的距離。現在我離他只有三公尺遠，但他似乎並不害怕。

「別抱太大希望，」他大喊，「它維持不了多久的。」

我聽見遠方傳來人群的尖叫，希望那只是地面上看熱鬧的民眾發出來的。

原先的微微顫抖已經加劇為搖動，震波的波長增加，到達某個幅度之後，建築便會崩塌。

拜託，艾瑞克，我心想，如果你想把這座塔當活塞用，為何還要安一個玻璃痘痘在最上面？

然後我聽見我們後方傳來碎裂聲。終於，城市冠冕所承受的壓力已經撐開了我在混凝土圓柱上方敲出的裂隙。

「想不到吧！」我大喊，然後震波將我轟倒在地。

接著城市冠冕一片一片裂開，就像魔法師攤開手掌一樣，或者更像巧克力橘子，因為有些部分還黏在一起，如同我剝過的每顆巧克力橘子。

我不知道史騰堡坐在他海格區的頂樓花園期待看到的是不是這般景象，也許會像《魔戒》裡的場景——一道道光束直衝天際，射進迅速打開的一圈雲裡。不過事實上只發出微微閃爍的光芒，好像一束熱氣。但我感覺到了，一波煮食的氣味和味道，油脂和胡椒、綠咖哩和起司通心粉、快乾膠、溼黏的紙漿和小孩的啼哭、人們熨燙衣服、刮鬍、唱歌、跳舞、呻吟、做愛。

「布魯諾在此！」我大叫，但無臉男沒在聽我說話。他盯著城市冠冕，連面具都掩蓋不了他全身散發出的驚愕與憤怒。屋頂在腳下一震，往下陷了一公分、停下、又往下陷——空中花園就快要抵抗不了地心引力了。

無臉男轉頭，踏了三步然後往欄杆外縱身一躍。

我跑向前，也跟上他的腳步。

不然我還能怎樣——反正我在屋頂上也待不久了，對吧？再說了，我不認為無臉男是會自殺的那種人，而且如果他能讓自己不摔死，那麼我不認為他應該獨享這個救命方法。

不然我就得在往下掉時想出別的方法了。

下墜沒多久，我就落在他的背上，然後我用手臂圈住他的脖子牢牢抱住。他一定在施某種我覺得和**氣咒**有關的魔法，咒語像降落傘一樣抓住空氣，或許更像翅膀，因為我們正在滑翔而不是直直墜落。

「你儘管耍花招吧，老兄，」我在他耳邊輕聲說，「我已經豁出去了。」

他一定是以自身重量估量過咒語的效果，但是多了我一個，他往下掉的速度快得危險。我確定是我騎著他往下——已經做好最壞的打算。我們掉落的速度一定和大樓一樣，因為我聽見身後傳來水泥崩解碎裂的聲響，還看見濃密的灰色和棕色雲團在身旁咆哮擴散。

我們朝著赫格特街和羅德尼路交會的那個路口的大略方向前進。我猜他已經安排好接應車輛在那裡待命，可是他無法拍拍屁股一走了之，而且他現在必須保持專注，連動也不敢動一下。

活該，誰叫你是自大的豬頭——如果是我，就會把炸彈安裝在碎片大廈的摘星塔觀景層。

我往下看見廣大的世界正快速朝我們迎面而來，希望世界對我們友善一點。

我們剛好在花園的邊邊降落，他率先撞地，試著打滾，但我刻意害他失去重心，讓他重重摔落。不幸的是我也摔得很慘，接著灰塵雲暴刮過我們。我們盲目打鬥，他穿著西裝，我穿的可是馬汀大夫鞋，趁無臉男站起來之前，我已經對準他的頭狠狠踹了一腳。他撲通倒下，我將他的臉朝下壓制住，雙手往後扭，呈現制式逮捕姿勢，然後銬上手銬。

「準備吃牢飯吧！混蛋！」我說。

我聽見萊斯莉叫我的名字。

「我在這裡！」我大喊，不過在翻滾的煙塵中伸手不見五指。

我被灰塵嗆到，無臉男也是。我將他一把抓起讓他坐直，不想冒讓他窒息的風險。

萊斯莉又喊了一聲，我回應她——塵埃似乎開始落地。

「我真的對你刮目相看。」他說。

「我太開心了。」我說。

「我想，做決定的時候到了。」無臉男說。

「我已經下定決心了。」我說，伸手想拔他的面具。

「不好意思，」無臉男說，「我指的不是你。」

萊斯莉電擊我脖子後方。

我知道是她，因為她把遠距離電擊武器丟在距離我躺的地方半公尺處，序號和發配給她的那個一樣。她在我企圖站起來時電擊我第二次，才丟下電擊器。

很痛苦、很羞恥，但你的身體動不了，束手無策。

無臉男的鞋子出現在我眼前，我看見它們在墜落時嚴重磨損。

「不，」一個悶悶的聲音說，我後來才確定是萊斯莉。「我們當初談的生意不包括這件事。」

然後他們離開了，丟下我一個人。

20 共創更奇怪的倫敦

有時候，當你出現在人家的門階上，他們已經準備好接收噩耗了。父母們準備好聽見小孩失蹤了、另一半準備好聽見已經在電視新聞上看到的墜機消息──都寫在他們臉上──心理準備都做好了，還有某種怪異的放鬆。痛苦等待已經結束，最糟的情況已經過了，他們會挺過去的。當然有些人挺不過去，他們會發瘋或者抑鬱或者崩潰，但大多數人都能度過難關。

但有時候你彷彿驚天雷般出現在他們門階上、把他們的生活劈個粉碎時，他們一點頭緒也沒有。你試著不設身處地，但你不禁想知道那是怎樣的感覺。

現在我知道了。

我站起身來去追他們。不然我算什麼？

我全身沾滿灰塵，而且看起來一定氣壞了，因為路人甲乙丙本來想衝上前幫我，但近到看見我的臉時卻又紛紛退開。我抓住其中一個笨到進入我雙臂範圍內的人。

「你有看見一個戴面具的女人嗎？」我大喊，「她和一個男人在一起──你有看見他們往哪去嗎？」

「我誰都沒看見，老兄。」他說，然後掙脫我的掌握，逃之夭夭。

我抵達外圍封鎖線，一名穿制服的頭頭瞥了我一眼就命令我去救護車集合點。他派了一名實習警員帶我去，她看起來乳臭未乾，發號施令的聲音倒是練得臻至完美。

我應該表明身分的，因為所有金銀銅指揮官都認為屋頂坍塌時我還在上面，但有些事還是不聲張的好。

大象路上的檢傷區至少有十二輛救護車，我被送上其中一輛的後座時，同時看到有兩、三輛正離開隊伍進入車陣中。倫敦的救護車系統之龐大繁忙，在世界上名列前茅，無法在那兒空等有人受傷，就算是重大意外也一樣。

一位醫護人員上下檢查我，我問他是否有人傷亡。

「大樓倒塌時有兩個人在屋頂，」醫護人員說，「但還沒找到他們。」

這時候我應該告訴他們我沒死，但正如我事後向專業標準理事會解釋的一樣，我剛從大樓倒塌意外中生還，他們應該讓我先喘口氣才是。不過事實是，在我和納丁格爾談過之前，很多他們問的問題我一定都答不出來。

我告訴醫護人員我想打電話給我父親，能不能借我手機。他遞給我，不過先要我保證我父親不是住在里歐或索馬利亞之類電話費很貴的地方。我打給納丁格爾，從他的聲調聽得出他很擔心。

「發生了什麼鬼事？」

「我本來抓到他了，先生，本來抓到無臉男，把他逮個正著，但萊斯莉電擊我。」

驚愕的沉默。

「萊斯莉電擊你？」

「是的，先生。」

「好幫助嫌疑犯逃亡？」

我想做決定的時候到了。

「是的，先生。」

「你對萊斯莉的行為有任何懷疑嗎？」

我們當初談的生意不包括這件事。

「沒有，先生。」

「彼得，」納丁格爾說，「你的第一優先要務是保護浮麗樓，通知茉莉萊斯莉已經不在通行名單上。你必須**馬上**進行這件事，不管其他資深警官怎麼命令你。你一到浮麗樓就馬上聯絡我——聽懂了嗎？」

「是的，先生。」

「好小子，」他說，「加把勁。」

就連最正常的時候我都不太攔得到計程車，當我全身上下白撲撲蓋滿灰塵時，更是沒司機想載我。為了不讓自己失望，我衝到觸目所及第一輛黑色計程車前，用我的警察證件、一張二十英鎊紙鈔，並且暗示我身為重要反恐行動中的一員來說服他載我一程。司機很快就把我載到指定地點——他很想快點甩掉我，甚至連小費也沒拿。

我從前面的雙開門進去。因為我從來不走前門，而且如果有人、如果萊斯莉想突襲我，她會埋伏在後門。我停在大廳的警衛亭屏氣傾聽，什麼聲音也沒有，我溜過艾薩克．牛頓的雕像進入中庭。

茉莉在等我，她聽納丁格爾的指示時臉上表情和她接受點菜時的表情一樣肅穆，然後她安靜地飄上階梯——希望是去檢查樓上安不安全。

浮麗樓中庭有一張專門擺電話的桌子，連同記事夾板、便條紙和小檯燈。我拿起塑膠話筒撥號，真的是撥那種老式電話盤，打到納丁格爾的手機，他幾乎馬上就接聽了。

他給我一連串的指示，告訴我完成後回電給他。

我從後方階梯下樓、左轉、穿過門進入射擊場，在火藥庫前停下腳步，裡頭儲存著九釐米白朗寧高威力自動手槍。納丁格爾一直計畫教我們用，我很想拿一把，但法蘭克．柯福瑞告誡過我絕不要攜帶你不知如何使用的武器，而且我也不確定到了緊要關頭時，我是不是真能狠下心朝萊斯莉開槍。這是柯福瑞的另一句箴言——除非準備好開槍，不然不要拿槍指著人。我檢查火藥庫的門依然牢牢鎖上，然後往前走，沿著鋪磚的方形走廊前進。因為燈光昏暗、霉味又重，我以前從來沒想過要走這裡，而且從灰塵和蜘蛛網看來，過去幾十年來茉莉和其他人也沒來過。遠端有扇簡陋的木門，你會在花園小屋上看到的那種，門後是另一道短短的走廊，以及另一扇看起來威嚴許多的灰門。之後我才得知是用表面強化的戰艦金屬材料做的，門上沒有把手或顯眼的鎖，金屬上蝕刻著一個個重疊的圓圈。和惡魔雷酬載區的相似度令人不安，更令人不安的是比起惡魔雷酬載區，它更像《超時空博士》影集裡時間領主用的神祕語言。

所有圓圈看起來都沒有損傷或被擾動的痕跡，而我一點想觸碰它們的念頭都沒有。

我走回中庭打電話給納丁格爾。

「感謝老天，」他說，「那是我最害怕的事。」

「你從沒告訴過我那扇門的事。」我說。

「現在看來是個正確的決定，可不是？」納丁格爾說。

我知道最好不要在電話中詢問門後方有什麼，但這個問題肯定成為了我的待辦事項第一條。

納丁格爾花了八小時才回到浮麗樓，身為萊斯莉的前輩與直屬長官，他必須負責和專業標準理事會面談，而且他不敢丟下瓦薇拉・席多羅夫那無人看管，只好把她像惹人嫌的小妹妹一樣拖在後面到處忙。他和專業標準理事會在布朗普頓皇后大廈的辦公室裡共享愉快時光時，我困在這裡守著浮麗樓，但有人陪我，法蘭克・柯福瑞和幾個朋友一起過來，看起來都有點年紀但身材好得可疑，頭髮很短、背著相機袋，裡頭塞滿不是相機的物品。

空中花園倒塌九個小時後，托比出現在後門，大聲吠叫好引起茉莉的注意，然後滿足地帶著幾根香腸回到牠的籃子裡。牠一定是自個兒從象堡走回來，我指出這中間的路程大概有四公里，花不到一小時就應該走到了，但誰知道呢？說不定托比中途在蘭心戲院停下來看了場表演，我本來還要繼續譴責牠，可是被茉莉趕出廚房。

凌晨三點時納丁格爾回到浮麗樓，我第一次看見他這麼狼狽生氣，還帶著瓦薇拉・席多羅夫那這拖油瓶。因此告訴茉莉在另行通知之前，她都是我們的「客人」。我聽得出客人兩個字旁邊的引號，茉莉也是。她把從暗影中監視那女人當成一種嗜好。

「她是什麼東西啊？」有一天，瓦薇拉・席多羅夫那確認茉莉聽不見她說話後這麼問我。

「妳不會想知道的。」我告訴她。

那個月似乎除了薩塞克斯的警察之外，沒人給我們好臉色看。羅伯・威爾認罪後至少塞利克行動有了結果，他聲稱自己攻擊並殺害了一名與他素不相識的陌生人，他朝她臉部開槍，而且當天晚上將她埋在樹林裡。薩塞克斯的重案小組找不到行凶用的槍枝、查不出受害者的身分，而且顯然不相信羅伯・威爾的犯案動機。不過沒關係，他們已經取得凶手自白以及足夠的鑑識證據，所以羅伯・威爾便鋃鐺入獄。

布倫萊凶案調查小組查辦喬治・川查烤人肉串的臭皮匠行動基本上四面碰壁，小天依然是在可疑情況下被殺害的成年女性，身分成謎。既然找不到暴力手段留下的痕跡、瓦立醫生也鑑識不出死因，也許會以意外致死結案。針對這起凶殺案，他們只能將麥斯和貝瑞以刑事損害的罪名起訴。

要不是正巧有一棟大樓被炸翻了，以上兩件案子一定會吸引更多媒體注意。大樓倒塌的案子直接鬧到了反恐指揮科那裡，行動代號溫特沃斯，而後犯案動機曝光、明顯是為了剷除二級古蹟空中花園，因其阻礙了能帶來暴利的象堡開發案，案子便鬧得更大，由重大詐欺犯罪偵查署共同負責偵查。這樁官司必須纏訟多年，我想無臉男會有幾個免洗同事可以拿來背黑鍋，如同瓦薇拉·席多羅夫那所說的：讓狼群忙著吃代罪羔羊。

我去見我們的兒童即興表演者諾飛先生，他剛從醫院回到溫布頓的家中。我帶艾比蓋爾一起去，教她怎麼訊問證人才不會無聊或煩躁。

「老天爺，」他說，「今天是帶女兒來上班日嗎？」

「這是我表妹。」我解釋。

「我在做學校報告。」艾比蓋爾說。

「真是積極進取。」諾飛先生說。

我們問他既然出院了，能不能再表演一次他的小魔術。他當著我們的面召出了一團擬光。

「很美吧？」他問，無視於我驚嚇的表情，「我出院後試了好幾個星期，然後在兩週前成功了，好像有人忽然打開了電燈開關。」

「你不可以向任何人提起。」我說。

「為什麼不行呢？」

真是個好問題。

「就像魔術師的行規，」艾比蓋爾說，「魔術師永遠不會洩漏魔術後頭的祕密。」

諾飛先生莊嚴地點點頭，「要守口如瓶對吧？」他說。

「是的沒錯。」艾比蓋爾說。

我在離牛津街十公尺遠的一間夜店找到坐在吧檯後方的查克，通往那間夜店的唯一通道是橫貫鐵路的工作隧道，天花板是拱形的，四面牆壁鋪著看起來是褪色木鑲板的材料，直到你用手去摸才發現不是。客人全都是男的，都穿著皮褲、皮背心和反光外套，他們坐在桌邊喝啤酒，以頭幾乎靠在一起的姿勢輕聲說話。吧檯邊放著黃道帶點唱機，非常小聲地播放著險峻海峽樂團的歌。

我俯身越過吧檯，小聲說：「你一直在躲我。」

「你怪我嗎？」查克說。

「你知道嗎？」

「知道什麼？」

我揚起手要他別裝傻。

「不知道。」他低聲說。

我們靜靜地喝著酒。

「你跟貝弗莉談過了嗎？」他問。

「為什麼問我這個？」

「因為她來這裡找我談你的事。」他小聲說。

「為什麼？」

他聳聳肩，「我不知道，忽然間大家都覺得我是彼得．葛蘭特專家。」

「真的嗎？還有別人？」

「比方說你老大，」查克小聲說，「泰小姐也趁我不注意湊過來，把我嚇個半死。還有歐柏倫，可能是貝弗莉派艾法派歐柏倫來問的。」

「小金還好嗎？」

「悶悶不樂，但她年輕又長生不死，」他小聲說，「她會熬過來的。」

點唱機發出一聲令人擔心的吱吱機械聲將唱片翻面，開始播放〈風中雛菊〉。

「為什麼選險峻海峽樂團的歌？」

查克那群輕聲細語的客人揮一揮手，「他們正在惡補過去一百年來的流行文化，上週進行到七〇年代。」

「險峻海峽耶！」

「他們愛馬克．波蘭有點愛過頭了。」他小聲地說，「我考慮過要帶他們認識低傳真打擊樂和放克風節奏藍調的華盛頓 go-go 嘻哈[1]，最後覺得他們幼小的心靈可能無法接受。」

「可以試試看人民公敵樂團。」我低聲說。

「我聽說你們和暗夜女巫住在一起。」查克小聲說，「感覺如何？」

---

1 七〇年代美國華盛頓區特有的音樂類型，結合放克、節奏藍調和早期嘻哈元素。

「有點恐怖，像跟〇〇七裡的迷人壞蛋住在一起。」我小聲回答，「我們對彼此很有禮貌、很小心翼翼，我們很快就會把她甩了。」納丁格爾正在鑄造一條手環，他打算用魔法熔解金屬把手環扣在她手腕上，這樣一來她就得用更強大的魔法或者很厲害的鉗子才能剪斷。為了預防第一件事，手環裡裝設電子追蹤器，每六十秒會回報她的方位一次——瓦薇拉．席多羅夫那一使用魔法就會摧毀晶片並觸發警報。

「納丁格爾告訴她，如果必須再追捕她一次，他就會把她遣送回俄羅斯去。」我小聲說。

「為什麼不乾脆頒一面獎牌給她？」查克問，「表揚她是偉大的衛國戰爭[2]女英雄之類的。」他發現我瞪著他看，「我有修普通中等教育的歷史課好嗎，我喜歡俄羅斯人——可以體會他們的感受。」

「要嘛殺死她，要嘛把她收為自己人，」我小聲說，「重點是她就變成他們的問題，輪不到我們操心。」

點唱機播到皇后樂團的〈誰人想永生〉。

「開什麼玩笑？」我不小心太大聲，被瞪了。

「我們有卡拉ＯＫ之夜，」查克小聲說，「這是我最喜歡的一首，第二喜歡的是〈我想自由〉。」

我喝完啤酒站起身，準備離開。

「你有沒有想過一件事，」查克問，「萊斯莉這麼做可能是想進無臉男的組織臥底

——潛伏雙面諜之類的？」他沒把話說完。

「他答應給她一張臉。」我說。

「你怎麼知道。」查克嘶聲說。

不知道，但我知道瓦立醫生在臉被手槍轟掉的女人身上找到了嵌合體細胞〉為了掩蓋無臉男試圖重建萊斯莉臉孔的實驗證據，他一定覺得她無法抵擋這個誘餌——誰能說不呢？他可能計畫讓她繼續留在浮麗樓監視我們，納丁格爾說無臉男不是莫里亞提，不過在我看來，他真的跟莫里亞提很像。

「只有這個動機說得通。」我也嘶聲回答。

「可能兩者皆有啊，」查克說，「你至少也思考一下這個可能性。」

我搖搖頭。

「如果她跟你聯絡，你會告訴我嗎？」我問。

「你覺得呢？」

我覺得他鐵定不會。

「好吧。」我說，然後回家。

2　二戰期間俄羅斯對德蘇戰爭的稱呼。

建築與歷史事實備註

據我所知，並沒有叫做艾瑞克·史騰堡的德籍愛國建築師，所有他設計的建築也並非真實存在。惡名昭彰的空中花園和象堡附近同樣惡名昭彰卻再真實不過的赫格特公共住宅位於同一地點，而史騰堡那遵行無用的功能主義的現代建築代表作是由海格區兩幢真實建築所拼湊而成的虛構物。布魯諾·陶特真有其人，城市冠冕的概念也是真的，陶特也以應用白色、棕色和米色之外的顏色設計科隆工藝聯盟博覽會上的玻璃展覽館聞名。如果你想知道小黃瓜摩天大樓的靈感是哪來的，這就是了。

我將瓦薇拉·席多羅夫那形容為Nochnye koldunyi（Ночные Колдуньи），好跟588夜間轟炸團（後來的46塔曼守衛夜間轟炸空軍團）的英勇女飛行員們區分，她們駕駛帆布與繩線做成的飛機，德國人怕到喊她們Nachthexen（暗夜女巫），俄文則是Ночные ведьмы。

謝辭

我想感謝John Tygier RIBA、英國防止虐待動物協會的Mike Butcher和倫敦警察廳的Bob Hunter與Stephen Dutton，謝謝他們所有的幫助並且忍受某些特別蠢的問題。感謝我的好友Mandy和Christine Blum常回答我的德文問題、Chris Kendall和Cynthia Camp則負責基礎拉丁文解惑，還有Elena提供緊急俄文釋疑，Andrew Cartmel大力幫忙揪出文法錯誤！一如往常，所有錯誤都算在我頭上。是我的——你搶不走[1]……

1 作者應該是在模仿《魔戒》裡的咕嚕說話。

【Echo】MO0054X

天空塔黑巫再現

Broken Homes

作　　者❖班恩・艾倫諾維奇 Ben Aaronovitch
譯　　者❖林詔伶
封面設計❖謝佳穎
排　　版❖Rubi
總 編 輯❖郭寶秀
特約編輯❖施怡年
行銷業務❖許芷瑀

發 行 人❖凃玉雲
出　　版❖馬可孛羅文化
10483台北市中山區民生東路二段141號5樓
電話：(886)2-25007696
發　　行❖英屬蓋曼群島商家庭傳媒股份有限公司城邦分公司
10483台北市中山區民生東路二段141號11樓
客服服務專線：(886)2-25007718；25007719
24小時傳真專線：(886)2-25001990；25001991
服務時間：週一至週五9:00～12:00；13:00～17:00
劃撥帳號：19863813　戶名：書虫股份有限公司
讀者服務信箱：service@readingclub.com.tw
香港發行所❖城邦（香港）出版集團有限公司
香港灣仔駱克道193號東超商業中心1樓
電話：(852)25086231　傳真：(852)25789337
E-mail：hkcite@biznetvigator.com
馬新發行所❖城邦（馬新）出版集團【Cite (M) Sdn. Bhd.(458372U)】
41, Jalan Radin Anum, Bandar Baru Seri Petaling,
57000 Kuala Lumpur, Malaysia
電話：(603)90578822　傳真：(603)90576622
E-mail：services@cite.com.my
製版印刷❖前進彩藝有限公司
二版一刷❖2021年12月
定　　價❖400元

ISBN：978-986-0767-45-2（平裝）
ISBN：9789860767476（EPUB）

城邦讀書花園
www.cite.com.tw

國家圖書館出版品預行編目（CIP）資料

天空塔黑巫再現／班恩・艾倫諾維奇（Ben Aaronovitch）作；林詔伶譯. -- 二版. -- 臺北市：馬可孛羅文化出版：英屬蓋曼群島商家庭傳媒股份有限公司城邦分公司發行，2021.12
　面；　公分 --（Echo；MO0054X）
譯自：Broken homes
ISBN 978-986-0767-45-2（平裝）

873.57　　110018118